KB113073

의식

Rituelen

RITUELEN

by Cees Nooteboom

세계문학전집 320

Rituelen

세스 노터봄

김영중 옮김

민음사

근본적으로, 누구도 나보다 관대하지 못하다. 모든 의견을 주장할 이유들이 있다고 본다. 문제는 나의 의견을 강하게 드러내는 것이 아니라 나와 상반된 환경에 살았던 사람도 상반된 의견을 갖는다는 것을 이해하는 것이다.

— 스탕달, 「논설 초안」(1832)

차례

1부
간주곡

1963

그리고 내가 세운 모든 계획에 대해 '무의미한 것은 아닌지'라는
질문이 나를 따라다닌다. 특히 완전히 나를 사로잡을 듯 위협하는 질문.
— 테오도르 폰타네

인니 빈트롭이 자살을 시도한 그날 필립스 사(社) 주가는 149.60굴덴으로 마감됐다. 암스테르담 은행의 마감 시세는 375굴덴이었고 해운 조합의 마감 시세는 141.50굴덴으로 폭락했다. 기억이란 눕고 싶은 곳에 누워 버리는 개와 같다. 그가 무엇인가를 기억했을 때 떠오른 것은 주가와 운하에 비치던 달이었다. 그리고 그가 기고하던 《파롤》지 별자리 운세란에 아내가 다른 남자와 도망칠 것이고 사자자리인 그는 자살할 것이라고 쓰여 있었기 때문에 화장실에서 자살을 시도한 기억이었다. 그 예언은 완벽했다. 지타는 이탈리아 남자와 도망쳤고 인니는 자살을 시도했다. 그는 블룸의 시를 읽었지만 어떤 시였는지 기억이 나질 않았다. 언제나 제멋대로인 개는 이때만큼은 실패했다.

육 년 전 결혼 전날 밤 인니는 역시 프린선 운하 거리에 있는 법원 청사 계단에서 진짜 눈물을 흘렸다. 그가 흘린 눈물은 개구리와 벌레가 우글거리는 발러리우스 거리의 어느 여관방에서 지타의 순결을 빼앗았을 때 지타가 흘렸던 것 같은 진실한 눈물이었다. 똑같은 이유 때문이었다. 어떤 전조나 의식(儀式)을 통해 온 것이든 간에 그의 삶에 변화가 일어날지도 모른다는 근거 없는 불안감과 어두운 예감 때문이었다.

인니는 지타를 많이 사랑했다. 그는 지타를 비밀스럽게 나미비아 왕국의 공주라고 불렀다. 그녀는 푸른 눈과 윤기 나는 붉은 머리, 고운 분홍빛 피부를 지녔다. 그것은 모두 나미비아 상류 귀족이 지닌 특징이었다. 그리고 그녀는 나미비아 모든 지방의 귀족이 진정한 미덕으로 여기는, 충격에 대처하는 침착성과 신중함도 갖추고 있었다.

어쩌면 지타가 인니를 더 많이 사랑했을지도 모른다. 그런데도 만사가 잘못되어 간 것은 오로지 인니가 스스로를 사랑하지 않았기 때문이다. 물론 만사가 잘못되어 간 이유가 두 사람 모두 이름이 특이했기 때문이라고 주장하는 사람들도 있었다. 그러나 인니(영국의 유명한 건축가 이니고)와 지타(나미비아 공주의 어머니는 합스부르크 왕조의 지지자였다.)[1]는 그들의 이름에서 풍기는 이국적인 발음이 그들을 세상 위로 들어 올려 나머지 세상으로부터 격리시켰다는 것을 알고 있었다. 그래서 그들은 몇 시간이고 인니, 인니, 지타, 지타 하고 서로의

---

1) 영국의 건축가 이니고 존스(Inigo Jones)와 인니(Inni)의 이름이 비슷하고, 지타(Zita)가 오스트리아 합스부르크 왕조의 마지막 왕비의 이름과 같은 것을 두고 쓴 말.

이름을 부르면서, 또 특별한 경우에는 벨벳처럼 부드러운 발음으로 진니스(Zinnies), 이타스(Itas), 이니지타스(Inizitas), 진니니니타스(Zinnininitas)라고 부르면서 서로의 이름과 몸을 섞으며 함께 침대에서 시간을 보냈다. 그 순간 그들은 영원히 그러고 싶어 했다. 그러나 총체적 시간과 분리된 시간 사이에 대립이 심해 그렇게 계속할 수 없었다.

인니 빈트롭은 이제 꽤 머리가 벗어졌다. 그 당시만 해도 머리에 긴 금색 머리카락으로 가득했었다. 그가 같은 연배의 사람들과 달랐던 점은 혼자 밤을 보내지 못했고, 돈이 좀 있었으며, 종종 환상에 빠지곤 했다는 것이다. 게다가 인니는 한때 화랑을 경영하기도 했고 《파롤》지 운세란 원고를 쓰기도 했다. 또 네덜란드 시를 많이 외우거나 주식과 증권에 빠지기도 했다. 그는 정치적 신념을, 그게 좌파든 우파든, 경미한 우울증으로 간주했다. 그리고 자신을 이탈리아어 단어 딜레탄트(dilettant)의 어의(語義)대로 세상일에 아마추어라고 평가했다.

그가 주변에서 모순투성이로 받아들인 모든 것이 1960년대에 접어들면서 암스테르담에서 점점 더 아픈 경험으로 전개되기 시작했다. 같은 세상에 살고 있으면서 그와 성향이 다른 친구들은 "인니는 두 세계 속에 살고 있다."라고 말했다. 그러나 하루의 매 순간 증오할 필요가 있다면 자신을 증오할 준비가 되어 있던 인니는 이 시점의 암스테르담에서는 예외였다. 만약 그가 야망을 가졌다 하더라도 그는 동시에 자신을 실패자로 생각할 각오가 되어 있었을 것이다. 그러나 그는 야망이 전혀 없었고 인생을 하나의 낯선 클럽으로 여겼다. 그는 자신의 의사와는 상관없이 우연히 그 클럽의 회원이 되었고 아무런 이유 없이 회원에서 제명당할 수도 있었다. 인니는 클럽 모임이 지루해지면 언제든지 클럽을 떠나기로 이미 결심한 상태였다.

그러나 지루함이란 말 그대로 얼마나 지루한가? 그는 그 시점이 다가오고 있음을 자주 느꼈다. 그럴 때면 인니는 중국산 돗자리가 깔린 마룻바닥에 며칠이고 누워 있었고, 까끌까끌한 돗자리 가장자리에 한쪽 얼굴이 눌려 그의 꽤 부드러운 피부에 폰타나 문양[2] 자국이 생겨났다. 지타는 그것을 도락(道樂)이라 불렀다. 그러나 그 도락이란 보이지 않은 깊은 근원에서 솟아 나온 진정한 슬픔이었다. 그런 우울한 날이면 지타는 인니를 최대한 잘 보살펴 주었다. 도락은 대개 하나의 환상으로 끝났다. 그럴 때면 인니는 몸에 배겨 아파 오는 돗자리에서 일어나 지타에게 눈짓으로 오라고 하여 방금 자기에게 나타났던 형상들과 그것들이 무엇을 말했는지에 대해 설명해 주었다. 인니가 법원 청사 계단에서 울었던 그날 밤 이후로 오랜 세월이 흘렀다. 지타와 인니는 함께 식사도 하고 술도 마시고 여행도 했다. 인니는 니켈 사업으로 돈을 잃기도 했고, 헤

2) 데이비드 폰타나(David Fontana)가 『만다라와의 명상(Meditation with Mandalas)』에서 소개한 갖가지 꽃문양.

이그파 화가들이 그린 수채화로 돈을 벌기도 했다. 또한 여성지《엘레강스》에 별자리 운세와 요리법에 관한 글을 쓰기도 했다. 지타는 아이를 가질 뻔했다. 그러나 인니는 변화에 대한 두려움을 제어할 수 없었다. 또 자신도 결국 흥미를 느끼지 못하는 세상으로 들어가는 통로를 차단하는 명령을 내렸다. 그렇게 하여 그의 모든 변화 중에서 가장 큰 변화가 될, 지다가 자기를 떠날 거라는 사실에 서명을 해 버리고 말았다. 인니는 지타가 자기를 떠날 것이라는 징후를 처음 느꼈다. 그녀의 피부는 메말라 갔고, 인니와 눈도 마주치지 않는 날이 많아졌다. 인니의 이름을 부르는 횟수도 줄어들었다. 그러나 인니는 그런 징후를 자신의 운명과 상관없이 전적으로 그녀의 운명과 결부시켰다.

시간의 특징은 그것이 후일 촘촘히 압축되어 분해할 수 없는 단단한 물체와 같은 것으로 한 가지 냄새와 한 가지 맛을 내는 음식과 같다는 것이다. 그 당시 현대 시의 어법에 익숙해 있던 인니는 자기 자신을 '구멍[空]', 부재자, 존재하지 않았던 사람으로 표현했다. 그의 그 표현은 다른 시인들과는 반대로 '비실재적인 것[虛]'을 의미했다. 그리고 그 표현은 오히려 그에게는 그가 다양한 부류의 사람들과 교류할 수 있다는 사실에 대한 사회적인 코멘트였다. 구멍, 카멜레온, 말씨든 몸짓이든 모든 것을 해낼 수 있는 사람, 그것들 모두 그를 두고 한 말이었다. 그리고 암스테르담은 흉내 낼 수 있는 모든 가능성을 제공해 주었다. 한번은 작가인 그의 친구가 "너는 진지하게 살고 있지 않아." 하고 말한 적이 있었다. "너는 네 기분대로 즐기기만 해." 이 말을 인니는 칭찬으로 생각했다. 그는 주주총회에서처럼 선술집에서도 그의 역할을 잘해냈다고 생각했다. 다만 헤어스타일과 의상이 문제였지만, 그 당시 암스테르담 전체가 카멜레온 같았고 옷차림에서는 이미 계급 없는 사회가 선언되고 있었다. 누가 언제 어떤 옷을 입었든 아무런 문제가 되지 않았다. 인니가 자신의 인생에 대해 무엇인가 말할 수 있는 게 있다면, 이때가 인니의 삶에서 가장 행복했던 시기라는 것이다.

지타는 그렇지 못했다. 그녀가 지녔던 나미비아 귀족이 갖춘 수많은 특징이 고갈되어 갔다. 세상에는 너무 정숙하여 단 한 번의 부정으로 자신을 확실한 파국으로부터 구할 수 있는 여자들이 있다. 아마도 인니는 그것을 꿰뚫어 볼 수도 있었는지도 몰랐다. 그러나 언제부터인가 제어할 수 없는 시간이 계속되는 가운데 지타에게 관심을 갖지 않게 되었다. 그리고 더 불행하게도 온갖 기미와 조짐이 보이는데도 그녀와 잠자리를 했다. 그는 그녀의 존재를 서서히 망각해 가면서도 점점 더 자주 그녀와 잠자리를 했고, 그래서 지타는 점점 낯설어져 가는 이 남자에게서 자신의 사랑을 천천히, 그러나 철저하게 거두어들였다. 인니는 그녀를 흥분시키고 애무하고 핥고 오르가슴을 느끼게 해 주었으나 때로는 며칠 동안 아는 체도 하지 않았다. 그렇게 인니와 지타는 두 개의 아름답고 완전한 관능의 기계, 도시의 자랑거리가 되었으며, 디자이너 하피 케이저와 딕 홀트하우스의 작품을 보는 듯한 한 쌍의 환상적인 모습이 되어 버렸다. 지타는 혼자 있을 때 아동복이 진열된 쇼윈도 앞에 가만히 서 있었다. 그럴 때면 그녀는 은밀한 복수심에 몸을 떨었다. 대개는 — 모든 것을 저장하는 대형 플라토 컴퓨터만이 알 수 있는 일이겠지만 — 인니가 유럽 어느 도시의 지저분한 여인숙 방에서 청바지를 입은 십 대 소녀나 창녀에게 몸을 맡기고 수음하거나, 어느 카지노에서 손뼉을 치며 여섯 번이나 연달아 "방코"[3] 하고 소리치며 배팅하는 것을 알았을 때였다. 아동복 가게 쇼윈도에 비친 양 뺨에 붉은 머리카락이 내려온 백인 여인의 탐스러운 얼굴에 현혹되어 조심스럽게 가까이 다가오는 지중해 출신 남자에게 지타는 전혀 관심을 두지 않았다. 그녀의 때는 아직 아니었다.

암스테르담은 프로보[4], 카바우터[5] 그리고 길고 뜨거운 여름에 직면했다. 곳곳에서 반쯤 마술에 걸린 듯 불안과 소요가 심해졌다. 훗날 완전히 다르게 기술되어야 할 네덜란드 국사 교과서 뒷부분에서 인도네시아에 대한 내용은 사라진 지 오래였다. 한국은 거스를 수 없는 역사의 흐름이라는 말로 몇몇 사람들에 의해 38선으로 분단되었고, 베트남 전쟁의 씨앗이 뿌려졌다는 것을 알아챈 사람들이 있었다. 물고기들은 전에는 영향이 없었던 이상한 물질로 인해 죽기 시작했다. 70년대

---

3) 카지노 게임에서 플레이어 대신 물주인 방코(Banco)에게 배팅하는 것.
4) Provocation의 약자. 1960년대 기성 권력에 항거하는 암스테르담 젊은이들의 무정부의적 사회 정치 운동.
5) 프로보 운동에서 발전된 1970년대의 히피 운동.

에 접어들자 운하 위에는 차량 정체가 점점 심해졌고, 차에 탄 사람들의 얼굴에는 좌절감과 공격성이 뒤섞여 나타났다. 만물의 어머니인 자연이 파괴될 것이라는 사실을 아무도 몰랐고, 오염된 시대의 종말이 다가왔다는 사실, 특히 이번에는 결정적으로 다가왔다는 사실을 알지 못하는 것 같았다.

그럼에도 이런 모든 외적인 무지 속에서 불안, 절망, 해악의 열기가 서서히 팽창되어 갔다. 세상은 악취를 풍기기 시작한 지 오래였다. 암스테르담은 서서히 그을리기 시작했다. 그러나 모두가 그것을 자신들의 나쁜 기질, 고생, 되돌릴 수 없는 결혼 혹은 경제적 궁핍 탓으로 돌렸다. 먼저 세계에, 그다음에 인류에 재앙이 닥쳐올 것이라는 위대한 묵시록을 아직은 아무도 전하지 못했다.

'우울할수록 더 깨어 있기', 그 당시 인니가 내건 모토였다. 언제 그의 밤이 닥쳐올지 전혀 확실하지 않았다. 인니는 그런 밤이면 항상 한밤중에 깨어 있었고, 그럴 때면 죽음에 가까이 와 있다는 느낌이 들었다. 적어도 그는 그렇게 말했다. 알려진 얘기로는 누구든 죽음을 눈앞에 둔 사람은 죽기 직전에 자신의 전 생애가 번개처럼 눈앞을 스쳐 가는 것을 본다고 한다. 인니도 그런 현상을 매일 밤 겪었다. 단지 아무것도 보지 못했을 뿐이었다. 테레제 고모가 나타났던 그날까지 자신의 삶에 대해 기억하는 게 아무것도 없었던 탓이다. 그가 본 것은 연속적인 영상 몇 개만이 담긴 희미한 필름뿐이었다. 거기에는 인니가 어렸을 때 혹은 더 컸을 때의 맥락 없는 짧은 영상들이 함께 비춰졌고, 그의 기억 속에는 별 연관이 없는 사건들, 기억 속 빈 구석에 정지된 채 남아 어찌 설명할 방도가 없는 대상들, 이를테면 틸뷔르흐에서 보았던 접시 위의 달걀 하나, 헤이그의 술집 스헝크카더의 화장실에서 본 어떤 사람의 거대한 보라색 남근 같은 것이 남아 있었다.

그럼에도 그가 어떻게 시를 외울 수 있었는지 스스로 생각해도 수수께끼였다. 인니는 밤마다 찾아오는 최후의 순간에 서로 연결되지 않는 토막 난 장면들이 아니라 적어도 사람들이 방금 마감한 삶에 대한 영상이라고 기대해도 좋을 만큼 잘 정리된 영상을 볼 수 있기 위해서라도 지나간 자신의 삶을 확실히 알아서 외워 두는 편이 좋겠다는 생각을 자주 했다. 정리된 영상처럼. 그렇기 때문에 인니가 날마다 느끼는 그런 죽음은 한없이 괴로운 일이었다. 왜냐하면 사실상 아무도 죽는 것도 아니고, 기껏해야 아무도 보지도 않을, 거의 연관도 없는 스냅 사진들만 있을 뿐이기 때문이다. 변함없이 불길하게 나타나는 이 무의미한 순환 과정은 낮 동안엔 그를 결코 괴롭히지 않았다. 결국 죽음이란 생활에 속해 있지 않기 때문이다. 그래서 그 역시 지타와도 또는 그 누구와도 이에 관해 이야기하지 않기 위해 조심했다. 지타는 잠을 잘 때 선사 시대의 나미비아식으로 잠을 잤다. 인니는 밤마다 고통이 찾아들 때면 지타의 포옹에서 빠져나와 다른 방으로 들어가 잠깐 동안 통렬하게 울었다. 울고 난 후 다시 침대로 들어갈 때면 지타는 그런 인니를 보기라도 한 듯 팔을 벌렸다. 그러나 그녀의 팔은 실제보다 훨씬 더 많이 벌어진 것 같았다. 그녀가 팔을 벌린 곳은 막 베어 낸, 아직도 푸르디푸른 건초와 함께 따뜻하고 부드러운 초원이 펼쳐진 곳이었고, 세상에 인니라는 이름을 가진 모든 사람이 잠들 수 있는 완전한 극락의 세계였다.

그의 독특한 기억 결핍증은 모든 사람들에게 전염된 것 같았다. 그러지 않다면 인니로서는 1963년의 여름이 어떠했는지 나중에 아무도 그에게 얘기해 줄 수 없었던 것에 대해 설명할 도리가 없었다. 여름을 떠올릴 때면 어떤 여름이든 상관없이 항상 도른 시 근교의 아르놀트 타츠의 집 주위를 둘러싸고 있던 숲을 생각하지 않을 수 없었다. 그날은 뜨거운 여름날이었다. 사방은 안개가 끼어 있었고, 후텁지근하고 금방이라도 벼락이 떨어질 듯한 날씨였다. 늪지대는 온통 거무스레했고 쥐 죽은 듯이 고요했다. 어떤 소리도 반향시킬 수 있을 듯했다. 오리가 갈대숲에서 꼼짝 않고 쉬고 있었다. 시골 별장의 지붕 위에는 수컷 공작새 한 마리가 절망적인 소리를 내뱉고 있었다. 우주가 그 소리에 마침내 멸망해 버릴 것만 같았다. 벌써 약간 썩는 냄새가 났다. 썩어 버리는 것은 자연 그 자체였기 때문이다. 인니는 아무것도 할 필요가 없었다. 여름이란 으레 그랬다. 따라서 1963년 여름도 당연히 그럴 수밖에 없었다. 적어도 누군가 신문 자료철에서 1963년 여름에는 계속 비가 왔다는 사실을 그에게 얘기해 줄 때까지는 말이다. 그는 아직도 알고 있다. 그해 후트보흐 거리의 술집 호스티스와 사랑에 빠졌던 일과 빅토리아 호텔 주방에서 일하며 여가 시간에 사진을 찍던 이탈리아 이주 노동자의 기억이 분명히 남아 있었다. 그 이탈리아인은 《타부》지에 실릴 지타의 사진을 찍어 준 적이 있었다. 그 잡지는 통권 2호밖에 발행되지 않았지만 그 기간은 인니와 지타의 행복에 종말을 고하기엔 오랜 시간이었다. 어찌 됐든 마치 끊임없는 식사처럼 서로를 조심스럽게 소비하는 긴 낭비, 빈 영화 릴을 위한 육체의 전위와 돌연한 환영으로 가득 찬 그 모든 암스테르담의 밤들, 이 모든 것이 전부 행복이었기 때문이었다. 그리고 그 행복은 사라질 것이고 더 이상 돌아오지 않을 것이기 때문이다. 결코 다시는.

술집 바는 길고 어두웠다. 주식 투자자, 시골 사람, 창녀촌에 가는 걸 두려워하고 여자 친구를 사귀는 데는 인색하고 그 대신 체크무늬 벽으로 둘러싸인 어둠침침한 불빛 아래서 호스티스 리다의 불룩한 흰 젖가슴을 쳐다보러 오는 질 나쁜 손님들을 위한 바였다. 그런 즐거움의 대가로 그들은 칵테일을 수없이 마셔야 했다. 바로 그 여자였다. 커다랗게 벌린 입속으로 천천히 흘러 들어가 사라져 버리는 초록빛 액체, 꼴사납게 부풀려 올린 은회색 파마머리, 볼 것이 많은 듯하면서 조금밖에 볼 수 없는 희고 불룩한 젖가슴, 인니보다 머리 하나만큼 키가 크다는 사실.

"배 속이 온통 초록색이야."라고 그녀는 몇 번이나 그렇게 말했다. 그 말 또한 인니를 흥분시켰다. 최초의 진짜 리다를 알게 된 이후부터, 사실 그녀의 이름은 리다가 아니라 페트라였지만, 인니의 인생에 많은 리다들이 있었다. 그리고 인니는 언행이 일치하는 철학자가 아니기 때문에 여러 여자를 만난 것에 대해 다른 해명거리를 갖고 있었다. 때로는 진정으로 사랑하는 관계도 있었다. 그러나 인니는 자기 자신을 지나가는 행인들, 여자들, 그의 말대로 여자이기만 하면 어떤 여자든, 그들로부터 '기(氣)'를 빨아먹지 않고는 살 수 없는 뱀파이어라고 생각했던 일도 있었다. 그러한 찰나적 절정과 파트너 교체, 말로 형용하기 어려운 타인과의 섹스가 그에게 잠시나마 살아 존재하고 있다는 느낌을 주었다. 그는 그런 일이 항상 즐거울 거라고는 생각하지 않았다. 그러나 때로 시간이 끝날 것 같지 않을 때면, 낮이 상상할 수 없을 정도로 너무 길어 혼란 속에 빠질 때면, 마치 물과 공기보다 시(時)와 분(分)이 더 많은 것 같아 보일 때면, 그는 한 마리 개처럼 거리로 뛰어 나갔고, 섹스하고 싶은 사람처럼 몸치장을 했고, 저녁이면 그 어느 때보다 지타의 팔 안에 더 깊숙이 파고들었다. 그러나 다른 시간, 다른 날도 있었다. 사냥꾼이 되레 사냥을 당했던 날들이 있었고, 상대할 대상이 딱히 없을 때도 있었고, 자동차를 보았을 때 '자동차'로만 생각하지 않은 때도 있었고, 하루를 빈 공간으로 또 그의 주변을 에워싼 요소들로 채울 수 없었던 날도 있었다. 그럴 때면 그는 희열에 넘쳐 마치 날아갈 듯 거리를 배회했고, 인니 빈트롭을 잠깐 동안 소유하려는 사람에게 자신을 내맡기곤 했다.

지타는 거기에 전혀 개의치 않았다. 인니는 세상이 존재하는 한, 또 자신이 존재하는 한 지타의 원칙을 지키기로 마음먹었다. 지타의 원칙은 간단했다. 지타는 인니가 무슨 짓을 하든 알고 싶어 하지 않았다. 그렇지 않으면 그녀는 그를 죽일 수밖에 없었을 것이다. 그것은 아무에게도 도움이 되지 못했다.

그러던 그해 어느 날 갑자기 11월이 다가왔다. 인니는 후견인에게 상속받은 몇 평 되지 않는 작은 땅을 팔고 공증인과 함께 레스토랑 우스터르바르에서 식사를 했다. 그리고 지타를 암스테르담 남쪽에 사는 친구에게 데려다 주었다. 그리고 그는 지금 리다에게 칵테일을 따라 주고 있다.

"오늘 밤 너와 함께 가고 싶어." 인니는 이것이 암스테르담식 접근 방법임을 확신하면서 말했다. "좋아." 하고 그녀가 대답했다. 그리고 마치 낯선 소리를 다시 한 번 듣고 싶어 하는 앵무새처럼 고개를 갸우뚱했다. 그녀가 한 모금 마셨다. 인니는 초록빛 술이 그녀의 배 속으로 미끄러져 들어가는 것을 보자 서서히 발끝부터 흥분감이 올라오는 것을 느꼈다. 리다는 서쪽에 살고 있었다. 칵테일, 다음엔 그녀의 다락방으로 올라가는 가파른 계단이 있었다. 그 계단이 인니를 말할 수 없을 정도로 흥분시켰다. 다락방엔 대나무 의자, 네스카페 커피, 금잔화, 야자 껍질로 만든 카펫, 그녀의 아버지 초상화를 넣은 액자가 있었다. 리다를 닮은 대머리가 저승에서 오늘은 누가 딸 옆에 있는지 의심하는 눈초리로 방 안을 들여다보는 것 같았다. 모든 것이 인니를 흥분시켰다. 인니는 나체를 한 번도 보지 못했던 사람의 나체를 보는 것에 감동했다. 옷을 입고 똑바로 걷는 낯선 인간들이 이름도 모르는 도시의 어느 낯선 구석방 어딘가에서 약간의 손놀림으로 가장 자연적인 상태로 돌아갈 수 있다는 것, 방금 에스프레소 카페에 앉아 《엘세비

어르》지를 뒤적이고 있던 미지의 여인이 종전에 없었던 새 침대에, 물론 침대는 오래전부터 이미 존재하기는 했지만, 옆에 알몸으로 누워 있다는 사실은 참으로 감동할 만한 일이었다. 죽음, 무지, 암과의 싸움에 도움을 주는 무엇이 있다면 그것은 바로 하룻밤의 섹스다.

리다는 키가 컸고 하얀 피부에 살결이 부드럽고 몸매는 통통했다. 그들은 기대했던 섹스를 했다. 그녀는 흥분하여 엄마를 불러 댔다. 정사 후의 그들의 모습은 비행을 시도하다 실패한 모습이었다. 그들은 땀에 흠뻑 젖어 바닥에 굴러 떨어졌다. 헤어스프레이로 솜사탕같이 말아 올린 은빛 머리에 꽂힌 에나멜 핀을 뽑자 머리카락이 엉덩이까지 풀어져 내려와 두 사람을 뒤덮었다. 그들은 그렇게 오랫동안 누워 있었다. 여느 때처럼 인니는 허탈감에 빠졌다. 그보다 훨씬 몸집이 큰 리다와의 포옹을 기억 결핍에서 씻어 내는 동안 여느 때처럼 이제 일어날 일들이 그를 언짢게 했다. 그들은 포옹을 풀고, 몸을 씻고, 계단을 내려가는 누군가처럼 계단을 내려갈 것이고, 그녀는 자기 보금자리에서 잠이 들고, 내일이면 다시 멍청한 인간들과 칵테일을 마실 것이다. 그리고 그들은 각각 서로 다른 병원 침대에서 아직은 태어나지 않은 젊은 간호사들에게 구박을 받다가 죽을 것이다.

인니는 등 뒤로 손을 뻗어 방바닥을 더듬었다. 침대로 가기 전에 그는 카발레로 시가 상자가 놓여 있는 것을 보았었다. 그가 반쯤 몸을 일으키자, 그의 밑에서 그녀가 부드럽게 신음 소리를 내기 시작했다. 바로 그때 인니는 갑자기 지타의 눈을 보았다. 종이에 인쇄된 것이었지만 역시 지타의 눈이었다. 그녀의 사진이 《타부》지에 두 페이지 분량으로 실려 있었다. 나는 지금 폼페이에 있구나 하고 인니는 생각했다. 화산의 분화구에서 분출한 용암이 나를 덮치고 나는 이렇게 영원히 누워 있지. 한 남자가 몸을 반쯤 굽힌 채 고개를 처들고 영원히 볼 수 없게 되어 버린 그 무엇을 쳐다보며 여자 위에 올라타고 있다. 상상할 수 없는 미래에 이 여자가 내 여자가 아니라는 사실을 아무도 모를 것이다. 그가 느낀 것은 슬픔이었다. 인니는 이미 수백 번 지타 사진을 보았다. 그러나 지금 본 사진은 마치 갈색 벽지 위에 네 개의 압정으로 고정시킨 사진 뒤에 지타만이 존재하는 하나의 우주가 있는 것 같았다. 인니는 더 이상 그 우주에 함께할 수 없을 것 같았다. 하지만 그것은 무엇일까? 차가운 초록빛 눈, 불투명한 보석으로 세공하여 만든 것 같은 눈이었다. 그런 눈이 사랑을 담아 그를 쳐다본 적이 있었던가? 마치 방금 무언가를 얘기한 듯, 아니면 무엇인가를 얘기하려는 듯 그녀의 입은 약간 열려 있었다. 지타와 인니의 관계를 끝낼 것이라고 말하듯, 나미비아식의 저주를 내뱉은 듯, 함께 불릴 수도 있는 그들의 우스꽝스러운 이름을 지워 버리겠다는 가차 없으면서도 부드러운 상투적인 말을 한 듯, 그녀의 삶에서 그를 영원히 추방하겠다고 말한 듯, 다가올 앞날뿐만 아니라 — 그건 참을 수 있겠지만 — 지나가 버린 과거의 시간에서도 그를 영원히 추방하여 존재했던 것을 더는 존재하지 않게 할 것이라고 말한 듯, 그녀의 입은 약간 열려 있었다.

지난 팔 년간 인니는 지타의 삶에 존재하지 않았다! 인니는 더욱 뚫어지게 종이 위의 여자 얼굴을 쳐다보았다. 눈 깜짝할 사이에 여자의 얼굴은 모르는 척 외면하는 얼굴로 바뀌었다. 그를 쳐다본 것은 분명했다. 동시에 그녀는 다른 사람을 쳐다보고 있었다. 그녀가 사랑의 마음으로 쳐다보는 대상은 더 이상 인니가 아니었다. 사진을 찍어 준 사진사였다. 그 때문에 인니는 버림받았다.

"잡지에 실린 여자 예쁘네." 리다는 앉으며 말했다. 인니는 은색 머리카락이 그녀의 젖가슴을 덮고 있는 것을 그제야 보았다. 그의 손과 가슴, 그녀의 얼굴, 어디에나 은빛 머리카락이 흩어져 있었다.

그는 일어섰다. 거울을 따라 걸어가는 자신의 은빛 몸뚱이를 보았다. 그리고 옷을 입었다.

"당신한테 익숙해지고 싶지 않아." 리다가 말했다. 그 말은 마치 어떤 회의 일정에 마침표를 찍는 것처럼 들렸다. 갑자기 흘린 눈물 자국에다 은빛 머리카락으로 뒤덮인 그녀의 얼굴에 인니는 손을 흔들어 보이고는 사람들이 죽은 듯 고요히 잠들어 있는 집들이 있는 거리로 나왔다.

그는 곧장 보스플란 공원으로 차를 몰았다. 공원 연못에서 멈춰 섰다. 지타의 삶에서 자신이 추방당할 것이란 외면적 단초가 될 수 있는 손에 묻은 은빛을 씻어 없애고 싶었다. 그러나 실패했다. 오히려 사정이 더 나빠졌을 뿐이다. 새벽 5시였다. 자연이 깨어났다. 그곳에선 동물들은 서로를 알아보지 못하며 누구도 누구를 사랑하지 않는다.

그는 사진사를 생각했다. 그리고 지타를 처음 만난 때를 생각했다. 어떤 사진 전시회에서 그녀가 자기 사진 앞에 서 있을 때였다. 인니는 그녀를 보기 전에 사진부터 보았다. 사진 속의 여자가 사진 앞에 서 있는 여자를 부정하는 것인지, 아니면 그 반대인지, 누가 누구의 존재를 부정하는 것인지 알 수가 없었다. 어떤 사진들은 버지니아 울프가 스무 살 생일 때 찍은 그 유명한 옆모습 사진처럼 너무나 완벽하여, 마치 실제 인물이 사진을 찍기 위해 창조된 허구의 모습 같아 보였다. 인니는 사진 속의 여자를 알고 싶으면 사진 앞에 서 있는 여자에게 말을 걸어야 한다는 것을 알고 있었다. 그리고 그렇게 했다. 사진은 약간 어두운 구석에 걸려 있었지만 그는 즉시 그림 쪽으로 이끌려 갔다. 그림이 가진 어떤 마력이 작용했다. 그 얼굴은 결코 살아 있는 사람에 속한다고 할 수 없는, 마치 수백 년 동안 모든 것으로부터 독립하여 자신 안에 완전히 갇혀 균형을 유지하고 있는 얼굴 같았다.

그녀에게 다가갔을 때 약간 현기증을 느꼈던 것을 아직도 인니는 생생히 기억한다. 일이 잘되려고 그랬는지 그녀는 사진 앞에서 벗어나 창가에 서 있었다. 아주 부드러운 광선이 그녀 위를 비추고 있었다. 스스로 의식하진 못했지만 그녀는 타인과 다르다는 것을 보여 주려 태어난 사람인 양 아주 의연하게 서 있었다. 그녀는 그녀 자신만이 홀로 구성원인 다른 종류의 계층에 속해 있었다. 그래서 인니는 그 계층의 구성원이 되지도 않은 채 그 속으로 들어갔다. 인니는 지타의 완벽한 균형을 만끽하며 즐거운 나날을 보냈지만 지타는 그로 인해 상처를 입었다. 그리고 그는 이제 그 대가를 치르게 될 판이었다.

서서히 날이 밝아 왔다. 인니는 추위에 몸을 떨었다. 커다란 왜가리 한 마리가 방향을 틀더니 날개를 퍼덕이며 갈대숲에 내려앉았다. 사방은 아주 고요했다. 인니는 생전 처음으로 멈춰 서 있는 것 같았고, 마치 지타를 처음 만난 이래 이 연못 옆에 서 있기 위해 손에(혹시 얼굴에도) 은빛 얼룩을 묻힌 채 걸음을 멈추지 않고 먼 길을 한 동작으로 걸어온 것 같았다. 인니는 은빛 얼룩들을 지워 내지 않기로 마음먹고 곧바로 집으로 갔다.

그가 생각했던 모든 것이 사실이라면 이제 그는 벌을 받아야 했다. 벌을 받을 거라면 당장 받는 것이 더 나을 수 있다. 이제 확실한 것은 아무것도 없었다. 그것은 카오스였다. 그의 인생에서 가장 두려웠던 것은 카오스였다. 그녀가 그를 떠난다면 다시 빠져들 것 같은 그 카오스였다.

모든 것이 그가 생각했던 것과 달리 진행되었다. 물론 지타는 사진사와 사랑에 빠졌다. 그리고 그와 잠자리도 함께했다. 인니가 그녀의 인생에 첫 번째 남자인 것처럼 그 사진사도 지타가 인니와 사귄 이래 첫 남자였다. 법을 지키며 생활하는 사람이 갖는 절대적인 확신을 갖고 그녀는 이제 인니를 떠나야만 한다는 것을 알았다. 그녀는 인니를 사랑했고 카오스에 대한 그의 두려움을 알기 때문에 마음이 아팠다. 그러나 어찌할 도리가 없었다. 나미비아 관례대로 소리 없이, 신속하게, 단 하나의 유리그릇도 깨뜨리지 않고 끝내고 싶었다. 그가 집 안으로 들어갔을 때 그녀는 키스를 해 주면서 낯선 은빛을 씻어 내는 방법을 알고 있다고 말하며 씻는 것을 도와주었다. 지타는 그에게 다가섰다. 그리고 침대로 데려갔다. 지금까지 인니는 그녀를 그렇게 사랑해 본 적이 없었다. 인니는 가장 사랑스럽게 먼저 머리를 그리고 온몸을 그녀 품 안으로 밀어 넣었다. 인니는 지타의 품 안에 영원히 남아 있고 싶었다. 그러나 모든 것이 끝나 버린 후 그녀는 마치 파라오 왕 투탕카몬의 새로 태어난 누이동생처럼, 마치 수백 년 동안 숨도 쉬지 않고 잠자는 사람처럼 잠이 들었다. 방금 전까지 신들린 사람처럼 미쳐 비명을 질러 대던 그 여자는 언제 그랬느냐는 듯 곤히 잠들어 있었다. 그때만 해도 인니는 자기 운명에 아무 변함이 없는 걸로 알았다.

그가 최근 몇 해 동안 정신이 딴 곳에 가 있었던 것처럼 지타도 정신이 멍해 있었다. 그는 일어나서 서랍장에서 수면제를 꺼내 먹었다. 그가 정오가 다 되어서 깨었을 때도 그녀는 여전히 아침과 마찬가지였다. 아니 작년과, 재작년과, 처음 만났을 때와 마찬가지로 그녀는 완전한 늪에 빠져 있는 것 같았다. 늪 안에 너무 깊숙이 들어가는 사람은 누구나 빠져 죽을지 모른다.

몇 주일이 지나갔다. 지타는 그 이탈리아인을 만나 잠을 잤고, 그는 그녀의 사진도 찍었다. 그리고 그가 그녀의 사진을 찍을 때마다 인니는 조금씩 암스테르담 공기 속에서 조금씩 망가져 분해되었다. 새로운 사랑은 옛 사랑을 불태워 버리는 화장터였다. 그래서인지 어느 날 코닝 광장을 걸어갈 때 한 줌의 재가 인니의 눈 속으로 들어갔다. 지타가 입으로 그 재를 핥아 내지 않았더라면 빼낼 수 없을 게 뻔했다. 지타는 그의 건강이 좋아 보이지 않는다고 말했다.

그 일이 일어난 것은 어느 금요일 오후였다. 그날의 사건은 이탈리아인들이나 사랑과는 무관했다. 오히려 수백 년 전부터 지하에서 비밀스럽게 전해 내려온, 성문화된 적 없는 나미비아 법과 관련이 있었다. 이 법에 따르면 팔 년에 한 번씩 어느 금요일 오후에 최후의 판결이 내려진다. 문제의 금요일 오후가 되면 나미비아 남자들은 처참한 죽음을 맞기 위해 소환된다. 그러나 다른 많은 관례와 마찬가지로 소수 민족 집단에서 이어 오던 엄한 전통도 사라져 갔다. 인니는 추방되었다. 그러나 바로 그날 당할 줄은 꿈에도 몰랐다. 지타는 그와 관계를 끊었고 더 이상 그의 여자가 아니었다. 그날 그녀는 그녀와 똑같이 무일푼인 이탈리아 남자와 함께 이탈리아로 떠나려 했다. 이탈리아에서 무슨 일이 일어날지 그녀는 알 바가 아니었다. 그곳에서 무슨 일이 일어나든지 상관없다고 생각했다. 무슨 일이 일어날 것이라는 것 그 자체가 중요했다.

그녀가 인니의 눈에 묻은 재를 입술로 핥아 내자 그는 책상에 앉았다. 그는《파롤》지 토요일 자 부록에 실릴 별자리 운세란 원고를 쓰기 위해 한 시간 반 동안 책상에 앉아 있었다. 그는 잡지《마리 클레르》,《하퍼스 바자》,《노바》, 그리고 갖고 있던 몇몇 점성술 책에서 약간 고쳐 옮겨 썼다. 그리고 사람들이 글을 읽어 볼 것이기 때문에 다른 사람들의 운세를 한번 점쳐 보았다. 자신의 별자리인 사자자리에 이르렀을 때《하퍼스 바자》에는 일이 잘 풀릴 것이라 쓰여 있었으나《엘르》에는 반대로 일이 잘 풀리지 않을 것이라 쓰여 있었다. 그는 펜을 내려놓고 지타에게 말을 건넸다. 그녀는 창가 앞 소파에 누워 프린선 운하 거리를 내다보고 있었다. "사람들은 도대체 왜 솔직하게 쓸 생각들을 안 하는지 모르겠단 말이야. 예를 들면 '게자리는 암에 걸릴 운세입니다. 사자자리는 오늘 끔찍한 일을 당할 것입니다. 혹은 아내가 달아나고 당신은 자살할 것입니다.' 라고 말이야." 지타는 그 순간 인니가 자기 고모와 아르놀트 타츠 생각을 하고 있다는 것을 알았다. 그녀의 녹색 홍채가 흐려졌다. 그러나 인니는 그것을 보지 못한 채 킬킬 웃기만 했다. 지타는 고개를 그에게 돌려 그를 유심히 쳐다보았다. 아주 낯선 사람이 책상에 앉아 웃고 있었다. 그녀도 웃었다. 인니는 일어나 지타에게 다가가 그녀의 머리카락을 쓰다듬고 그녀 옆에 누우려 했다.

"눕지 마." 하고 지타가 말했다. 그러나 그 말에는 아무런 의미가 없었다. 그 말은 그녀가 해야만 하는, 혹은 하고 싶어 하는 놀이의 일부이거나, 그가 그녀에게 어떤 이야기를 해 주어야 하는 놀이의 일부일 수 있었다.

"이번에는 화대를 내!" 그녀가 말했다. 그 말도 새로운 말이 아니었다. 인니는 강한 욕정이 솟아오르는 것을 느꼈다.

"얼마야?" 그가 물었다.

"5,000굴덴."

그는 웃었다. 5,000굴덴이라. 그는 지타의 블라우스 단추를 풀었다. 그녀에게 지불했던 가장 큰 액수는 100굴덴이었다. 그들은 그런 말을 주고받으며 늘 크게 웃곤 했다. 그럴 때면 대개 지폐 위에서 잤기 때문에 지폐가 바스락거리는 소리를 듣곤 했다. 후에 지타는 그 돈으로 산 것을 늘 그에게 보여 주었다. 아니면 인니에게 밥을 사 주기도 했다. 언젠가는 태연한 얼굴로 발렌 거리의 사창가 안으로 들어가 아무 말 없이 지폐를 전해 준 적도 있었다.

"5,000굴덴이야." 지타가 다시 한 번 말을 했다. "당신 수표책, 빨간 상자 안에 들어 있잖아." 이것은 새로운 놀이였다. 이런 새로운 놀이에 그는 흥분했지만 그녀는 웃지 않았다. 그는 흥분하고 그녀는 웃지 않는 것, 그게 바로 새로워진 것이란 말인가?

"알았어." 그가 말했다.

그런 계산, 채무 정산, 의식 부재에 대한 상환, 사랑을 결정적으로 지워 버리기, 사진 전시회에서 처음 만난 순간부터 아직도 변함없이 육체관계를 갖는 지금까지 탐닉했던 모든 시간, 그런 것들이 처음으로 구체화되기 시작했다.

몇 년 후 그가 팔레르모에 있는 한 허름한 호텔 방에서 그녀를 다시 만나게 되면 그녀에게 그래야만 했던 이유를 물어볼 것이다. 그리고 그녀는 그가 그 이유를 알고 있다는 것을 알기 때문에 그에게 아무 대답도 하지 않을 것이다. 지금 현재로선 그 호텔 방이 존재하고 있고 그들이 그 방에서 다시 만나는 한 서로 헤어져 보낼 세월이 아직 오지 않았기 때문에 그는 빨간 상자에서 수표책을 꺼내 수표 한 장을 끊어 서명해 주었다. 그녀는 수표를 받아 들었다. 그러나 그를 보고도 전혀 웃지 않은 채 일어나 방 한구석으로 가더니 핸드백 속의 지갑을 꺼내 조심스럽게 수표를 집어넣은 후 다시 제자리에 놓았다. 그리고 옷을 천천히 벗었다. 그녀는 여전히 웃지 않았고, 불안한 마음에 넋이 나간 채 천천히 옷을 벗었다. 그녀가 불안해하며 넋이 나간 것은 하나의 벌이긴 하지만 여전히 새로운 놀이일 수도 있었다. 그녀는 벌거벗은 채로 그를 쳐다보고 침대로 가 누웠다. 그리고 눈을 감은 채 "자, 시작해." 하고 말했다. 비록 눈으로 볼 수는 없지만 벌써부터 그들은 그것을 알고 있었다. 팔레르모의 호텔 방은 매우 조용히, 매우 조심스럽게 그것으로 흘러넘치고 있었다. 그것 때문에 그녀는 그를 버릴 것이고 또 버렸던 것이다. 그것이란 그의 우유부단함, 연약함이었다.

인니는 진짜 창녀 앞에서 느끼는 것과 똑같은 수치심을 느끼며 옷을 벗었다. 그녀는 오른손을 입술로 가져가 침으로 적셨다. "자, 어서 와." 그녀가 말했다. 그러나 그는 그녀가 원하는 것이 무엇인지를 생각했다. 그녀를 진짜 창녀처럼 대하라는 것인지 아니면 마치 화가 난 듯 난폭하게 그녀를 강간해 달라는 것인지.

"그렇게 못 하겠어."

"당신은 언제든지 할 수 있어." 하고 말하고는 팔로 그의 목을 감고 그의 머리를 베개 옆으로 밀었다. 그러자 둘은 마치 맹인이 성교하는 것처럼 서로를 볼 필요가 없게 되었다. 그녀가 마지막으로 오르가슴에 도달한 후 허무한 침묵이 찾아왔다. 그녀가 그의 몸 밑에서 빠져나와 양손으로 다리 사이를 가리고 방을 나갈 때까지 침묵은 계속되었다.

인니는 그대로 누워 있었다. 그는 두려움과 모욕감으로 한기를 느꼈다. 마치 여행에서 돌아와 깨진 유리 조각, 쓰레기, 폐기물 더미가 산같이 쌓여 있는 자기 집을 보는 느낌이었다. 인니는 이제 무엇을 해야 할지 생각했다. 그동안 지타는 다른 방에서 은행에 전화를 걸어 거액을 리라로 환전할 테니 은행 문을 닫지 말아 달라고 부탁했다. 그녀의 다리 사이를 가리고 있던 양손에 묻은 인니의 정액이 손가락을 타고 방바닥 위에 뚝뚝 흘러 떨어졌다. 인니는 그녀가 옷을 입고 방을 스쳐 지나가는 소리를 엿듣고는 그녀의 발걸음이 어디를 향하는지 살폈다. 그녀는 처음에는 맨발로 걸어다니다가 곧 신발을 신더니 문턱에 잠깐 멈춰 머뭇거렸고, 잠깐 그에게 다가왔다 다시 뒤돌아섰다. 인니는 어느새 현관문 앞에 선 그녀가 그가 들을 수 있도록 큰 소리로 "4시에 별자리 운세란 원고 마감인 거 잊지 마." 하고 말하는 소리를 들었다. 얼마 후 문 닫는 소리와 아직도 휘몰아치는 11월의 바람 소리만 들려왔다.

그는 책상에 앉아 별자리 운세란 원고를 마쳤다. 그러고는 위트레호트 거리, 케이저 운하 거리, 스피헐 거리, 헤이런 운하 거리, 코닝 광장을 지나 니위버세이츠 거리에 있는《파롤》

지 사무실로 가서 원고를 넘겼다. 그때 지타는 페이절 거리에 있는 은행에서 나와 이탈리아 남자와 약속한 중앙역의 커피숍 노르트-자위트-홀란스로 가고 있었다. 반면에 인니는 힘없이 아주 천천히 반대 방향인 집으로 걸어갔다. 인니는 스헐터마, 코닝스휘트, 호퍼, 피퍼, 한스 엔 흐리처, 카페 센트룸 등 여러 술집에 들렀다. 그는 그렇게 술이 취해 본 적이 없었다. 그가 집에 돌아왔을 때는 한밤중이었다. 그는 텅 빈 집에 대고 지타의 이름을 소리쳐 불러 댔다. 이웃집에서 입 닥치라는 전화가 걸려 왔다. 그제야 그는 다시는 돌아오지 않겠다는 말이 적힌 메모지를 발견했다. 손안에 쥔 지타의 메모지를 쳐다보는 동안 인니는 자신의 목소리를 들었다. "사자자리인 당신은 오늘 끔찍한 일이 일어날 것이다. 아내가 달아날 것이고, 당신은 자살을 시도할 것이다." 그는 무엇을 해야 할지 깨달았다. 그는 비틀거리면서 의자와 탁자에 몸을 부딪치며 방을 지나 화장실로 갔다. 화장실의 가장 높은 지점에, 다시 말해, 노출된 난방관과 수도관을 겹줄로 단단히 고정시켜 놓은 화장실의 가장 높은 곳에 목매달았다.

죽음의 하늘에 온통 잿빛 구름이 가득 떠 있다. 앙상한 나뭇가지들 위로 운하를 따라 잿빛 구름이 흘러간다. 그는 온통 토사물이 범벅이 된 침대에서 깨어나 떨리는 손으로 끊어진 밧줄 고리를 목에서 풀어 냈다. 온몸은 긁힌 상처투성이였고 시트는 피로 물들어 있었다. 누군가 자기를 높이 들어 올린 것 같은 기분이었다. 욕실로 가서 몸을 씻고 면도를 했다. 그리고 위장약 알카셀처르스 두 알을 먹고 지타에 대한 생각을 하지 않기로 마음먹고 밖으로 나왔다. 위트레흐트 거리 모퉁이에서《한덜스블라트》지를 샀다. 그리고 오스터르링 카페로 가 블랙커피 두 잔을 주문한 후 평상시처럼 먼저 주식 시세란을 펼쳤다. 활자가 다른 때보다 더 커 보였다. 그는 갑자기 나이 든 사람처럼 천천히 신문 기사를 읽어 내려갔다. '미국 대통령 사망과 관련하여 증권거래협회 집행부의 긴급 요청에 따라 오늘 주식 거래는 20시 45분을 기하여 폐장했다. 케네디 대통령이 중상을, 아마도 치명상을 입었다는 충격적인 보도가 나오자 주가가 급락했다. 개장 초에 3.31포인트 상승했던 다우존스의 평균 지수는 711.49포인트까지 내려갔다. 이는 전날 마감 시세와 비교하면 21.16포인트 하락한 수치이며 1962년 5월 28일의 공황 이래 가장 큰 폭락이다.'

그는 신문을 접고 1면에 실린 사진을 잠시 보았다. 젊어 보이는 대통령은 대형 자동차의 뒷좌석에 누워 있었다. 대통령 옆에는 오레스테이아[6]의 얼굴을 한 부인이 곧추선 채 이제 영원히 잊을 수 없는 피투성이가 된 투피스를 쳐다보고 있었다. 인니는 세 가지 일을 확신했다. 지타가 돌아오지 않을 것이라는 것, 자기는 죽지 않았다는 것, 내일이면 주식 거래가 팽이처럼 잘 돌아갈 것이라는 것. 그 숙명적인 사진이 세계의 모든 주간지에 수만 번 실린다면 그는 월요일에 스위스에 있는 중

---

6) 고대 그리스 비극의 창시자라 불리는 아이스킬로스의 대표적인 작품「오레스테이아」에 나오는 인물.

개인을 통해 구입한 금으로 1983년까지 천 배의 이익을 챙길 수 있을 것 같았다. 그 사진은 분명하게 보여 주었다. 혼돈의 시대가 다가오고 있음을.

2부
아르놀트 타츠

1953

저녁을 잡수시고 같은 모양으로 잔을 들어 다시 감사를 드리신 다음
제자들에게 주시며 말씀하셨나이다. 너희는 모두 이것을 받아 마셔라.
이는 새롭고 영원한 계약을 맺는 내 피의 잔이니 죄를 사하여 주려고 너희와
모든 이를 위하여 흘릴 피다. 너희는 나를 기억하여 이를 행하여라.

— 미사 경본 중에서

1

필립 타츠를 만나기 전까지 인니 빈트롭은 항상 아르놀트 타츠가 네덜란드에서 가장 외로운 사람이라고 생각했다. 아니, 그보다 더 불행할 수도 있었다. 당시 필립 타츠는 아버지가 있었지만 관계가 좋지 않았다. 아르놀트 타츠는 자기 아들에 대해 한 번도 얘기한 적이 없었다. 인니 생각에 그는 아들을 한 번도 얘기하지 않음으로써 아들을 비(非)존재라는 낯선 형태로 선고해 버렸다. 비존재란 결국 존재하지 않았던 결정적인 형태, 곧 죽음을 의미했다.

아버지와 아들은 완전히 결별했고, 한 번도 결별에 대해 서로 얘기해 본 적이 없었다. 서로의 완전한 부재를 선택한 이상, 그들이 간직한 현존재의 유일한 형태는 인니의 관점에서 볼 땐 자신의 기억 속에서만 가능하다고 보았다. 그들은 그런 형태를 자주 활용했다. 그들은 대부분 전혀 예기치 않은 시간과 장소에, 또는 꿈속이나 비몽사몽의 상태일 때 나타날 때가 많았다. 그리고 그들은 살아 있는 동안에 전혀 하지 않았던 행동들을 했다. 인니의 꿈속에서 그들은 밤마다 한 쌍의 어울리지 않는 콤비처럼 호텔 방으로 찾아와 모든 것을 파괴할 것 같은 비탄에 찬 목소리로 인니에게 겁을 주었다.

인니는 아르놀트 타츠와의 첫 만남을 항상 기억하고 있다. 그 기억은 테레제 고모와 떼려야 뗄 수 없었다. 테레제 고모는 다른 두 사람처럼 깊은 숙고 끝에 자살한 것은 아니었지만 역시 자살했다.

수천 명의 사람들이 자살을 시도하지만 자살자의 수는 몇 명 되지 않는다. 그 숫자라야 러시아워가 아닌 시간에 암스테르담 레러세 거리에서 16번 버스를 기다리고 있는 몇몇 사람들 수에 지나지 않는다. 통계 조사의 중심 지역은 인니가 살고 있는 인근 지역인 것 같았고 또 통계 수치도 틀리지 않았다. 인니는 그가 알고 있는 자살자의 숫자로 보아 알고 지냈던 사람들은 수천 명에 달할 것이라는 것을 깨닫게 되었다. — 그렇게 얘기할 수밖에 없는 것은 누군가 죽었다는 것은 이제 그와의 관계를 마무리하는 것이기 때문이다. 단, 남자든 여자든 그가 더 이상 당신 앞에 갑작스럽게 나타나지 않는다면 — 그가 스스로 목숨을 끊은 사람들을 다과회에 초대한다면 베르크호프에서 만든 파이 두 상자로도 모자랄 판이다.

인니는 사라진 사람들을 자살 방법에 따라 두 부류로 나누어 보았다. 미끄럼대를 이용한 사람들과 계단을 이용한 사람들로. 전자는 처음에는 힘이 들지만 그 후로는 저절로 죽게 되어 문제가 없고, 후자는 작업을 해야만 한다.

테레제 고모는 미끄럼대를 이용했다. 그것은 확실했다. 그녀는 히스테리와 권태가 겹쳤고, 이를 이기지 못해 습관적으로 술을 마시게 되면서 삶이라는 무도장의 출구에서 저절로 미끄러져 나갔다. 반면에 아르놀트 타츠와 필립 타츠 두 사람은 굳은 각오로 온갖 미로를 헤쳐 나와 끝없는 계단을 걸어 올라갔고, 결국 똑같은 지점에 도달했다.

2

인니 빈트롭은 세상에서 보냈던 과거 시간을 마치 비결정성 물질처럼 뒤에 질질 끌고 다니는 유형의 사람이었다. 그가 스스로 그런 유형의 사람이라는 생각을 매일 했던 것은 아니다. 하지만 과거의 젊은 시절을 짊어지고 가야 할 때면 주기적으로 반복하여 그 같은 생각에 빠져들곤 했다. 그는 시간을 평가하고 측정하고 배분할 줄 몰랐다. 그러나 여기서 시간이라는 개념에 요구되는 아주 끈적끈적한 당밀성을 부여하기 위해서는 영어에서처럼 시간이라는 단어 앞에 정관사를 생략하는 것이 더 좋을지 모른다. 이런 방법으로 과거는 인니의 손가락에 걸려 있을 뿐만 아니라, 미래 또한 본의와 상관없이 남게 될 것이다. 거기에는 그가 통과해야 하는 똑같은 비결정성 공간이 그를 기다리고 있었다. 그는 그곳을 빠져나가기 위해 어떤 길을 택해야 할지 몰랐다. 한 가지 분명한 것은 그가 살았던 시절은 끝났다는 것이다. 그러나 '누군가 자기에게 여권을 요구하지 않아도' 이제 마흔다섯 살이 되었고, 자신의 말대로 두려움을 향한 경계를 넘었는데도 그의 추억과 기억의 결핍을 포함하고 있는 형태 없는 것이 비밀스럽게, 뒤로, 또 우주에 대해 들었던 것처럼 끝없이 그를 따라 다녔다.

한국 전쟁이 한창이었던 50년대 초, 음침한 우윳빛 안개가 낀 어느 날이었다. 유감스럽게도 뚜렷한 기억은 나지 않지만 그날 인니가 묵고 있던 힐베르쉼[7]의 트롬편베르허르 거리의 민박집에 테레제 고모가(불어의 13을 뜻하는 트레즈와 테레제의 발음이 비슷하기 때문에 결코 잊지 않는다.) 나타났다. 나중에 안 일이지만 인니는 테레제 고모로부터 상당한 유산을 받도록 되어 있었다.

인니의 기억이 희미해진 것은 그의 기억 장치들이 제한적이었을 뿐만 아니라('나는 기억이 없어', '당신은 모든 것을 기억 밖으로 깨끗하게 밀어내고 있어', '넌 도대체 기억하는 것이라곤 아무것도 없단 말이야!') 나이를 먹어 가면서 과거의 지하 세계로 가는 데 필요한 손잡이와 발판이 사라지기 시작했기 때문이다. 테레제 고모의 관능적 육체가 때때로 그의 희미한 기억의 복도에서 방황하는 얼룩진 그림자로 바뀌던 기억이 그랬다. 또한 흰색 링컨 컨버터블 자동차를 몰고 가던 운전기사가 충돌 사고로 인니의 고모부와 함께 죽은 것도 그랬다. 더 심한 것은 인니가 처음 성인이 된 후 첫 몇 해를 살았던 민박집

---

7) 네덜란드 노르트홀란트 주에 있는 도시.

이 있던 자리에 여덟 채의 호화 빌라가 들어서는 바람에 그의 기억도 함께 사라졌다는 점이다. 그리고 기억 속에 있던 수국, 밤나무, 낙엽송, 석남속 관목, 재스민도 결코 다시 돌아오지 못하는 깊은 수렁으로 함께 빨려 들어갔다.

아무것도 진정 되돌아오지 못하는 것인가?

한때 퇴역한 식민지 주둔 관리들이 거주했던 대저택들은 폐허가 되어 이제는 완전히 영락한 시기에 대한 기억으로 가득한 상자들에 불과했다. 그런 저택들은 한때 원주민이 붙인 테랑-테낭 혹은 마두라라는 이름을 갖고 있었다. 당시 인니는 깡마른 몸에 신경질적이면서도 낭만적이었다. 특히 한여름 밤의 달콤한 내음을 맡으며 반둥[8] 근처 어딘가의 식민지 농장에 살고 있다는 상념에 빠질 수 있었다. 이런 엄청난 대저택에는 실제로 옛 네덜란드 식민지였던 인도네시아에서 온 인도네시아 부자들이 살았던 터라 더욱 강한 인상을 받았기 때문이다. 열대 음식의 냄새가 별장을 가득 채웠고 복도에 깐 돗자리 위로 질질 끌리는 슬리퍼 소리가 들렸다. 그리고 낯선 억양으로 말하는 높고 부드러운 목소리도 들려왔다. 무슨 말인지 알아들을 수 없었지만 그가 카우퍼루스, 다움, 데르마우트가 쓴 책에서 읽었던 것들과 관계있는 것들이었다.

인니는 당시의 사진들을 싫어했다. 다른 대상들과 같이 찍어서 그런 것이 아니라 — 하기야 모두 다 우스꽝스럽게 보이기는 마찬가지이지만 — 그가 취한 자세가 유난히 눈에 띄었

8) 인도네시아 자바바라트 주의 주도.

기 때문이다. 그는 사진 속에서 부자연스러운 포즈로 입상을 흉내 내고 있었다. 또 자신이 덜 드러나도록 사진의 일부를 차지하는 나무, 울타리 등의 대상에 기대어 중심을 잡으려 하고 있었다. 그런 사진에서 과연 무엇을 볼 수 있단 말인가? 군 입대를 거부당할 만큼 마른 사람, 그보다 더 심하게도 해변에서 옷을 벗을 용기조차 없는 사람, 무려 네 곳의 고등학교에서 쫓겨나고 후견인과의 싸움으로 할머니가 너그럽게 마련해 주었던 보조금이 끊긴 사람, 절망적인 사랑에 빠져 헤매는 사람, 방세를 내기 위해 어느 사무실에서 일하며 나날을 보내는 사람, 자립심이라고는 눈곱만큼도 없는 인간.

3

대략 상황은 이렇게 전개되었다. 복도에서 인도네시아 억양이 섞인 집주인의 목소리가 들려왔을 때 인니는 자기 방에 앉아 있었다.

"빈트롭 씨, 아주머니 한 분이 찾아오셨습니다."

잠시 후 그녀가 방 안에 들어왔다. 방은 두 사람이 들어와 있기에 너무 비좁았다. 그녀의 몸집은 거의 두 사람 분량이었다.

"나는 너의 고모 테레제란다." 그녀는 말했다

"넌 빈트롭 가문의 자손이야."

그녀는 인니를 밀치고 창가 쪽으로 가서 밖을 내다보았다. 그녀에게서 부드러운 사향 비슷한 향기가 풍겨 나왔다. 그녀의 다음 말은 전혀 논리적 연관성이 없었다. 그녀는 여전히 스타카토식의 억양 없는 어조로 말을 이어 나갔다. "책을 많이 읽는 모양이구나. 방이 왜 이리 작은 거니. 너에 대해 얘기 많이 들었단다. 이 방은 엉덩이도 돌릴 수 없네. 맙소사, 여기 있다가는 우울증에 걸리기 딱이겠구나. 내가 누군지 들어 본 적 있니? 우리 잠깐 드라이브나 하자꾸나. 너에게 책 쓰는 사람을 소개해 줄게." 그녀가 '쓴다'라는 단어를 너무 분명하게 발음한 것으로 보아 그녀는 글 쓰는 행위가 읽는 행위보다 한 수 위라고 생각했음이 분명했다.

그때는 토요일 오후 어느 봄날이었다. 나중에 생각난 것이지만 그녀는 인니에게 같이 가겠느냐고 먼저 물어보지도 않았다. 그녀는 그냥 걸어갔다. 더 정확히 말하자면 그녀는 몸을 흔들며 계단을 내려갔고 마치 적대감을 갖고 있는 듯 정원을 휙 지나 도망치듯 자동차에 올라타고는 "타츠 씨한테 가 줘, 얍." 하고 말했다.

자동차는 쏜살같이 달렸다. 또한 나중에 깨달은 일이지만 그녀는 해야 할 일을 그냥 갖고 있지 못하는 성격이었다. 가능한 빨리 해치우는 스타일이었다. 빈트롭은 고모의 그런 못 참는 성격은, 마치 체내의 피가 담긴 냄비가 레인지 위에서 계속 끓고 있는 듯, 핏기 없고 약간은 비대한 몸 어디에선가 일어나는 신비한 화학 작용에 의해 나타나는 것인지도 모른다는 순진한 생각을 했다. 그녀의 얼굴과 목에는 여러 색깔의 얼룩이 나타났다 사라지곤 했다. 긴 한숨을 자주 내쉬지 않았더라면 그녀는 틀림없이 터져 버리고 말았을 것이다.

빈트롭이란 성을 갖고 있는 사람이 도대체 뭐란 말인가? 하고 인니는 곰곰이 생각했다. 그녀가 빈트롭 가문의 자손에 대해 끊임없이 말했기 때문이다.

"빈트롭 가문의 자손은 모두 정신이상에다 나쁜 성격에, 실속도 없고 생활 규범도 없고 무질서한 생활을 했지. 또 이혼을 밥 먹듯 하거든. 그리고 부인들을 짐승같이 대했지. 그런데도 여자들은 그들을 변함없이 사랑한단 말이야. 전쟁 통에 그들은 잘못도 많이 저질렀어. 또 사업 수완이 좋아 돈도 많이 벌었지만 번 돈을 탕진하거나 날려 버리기도 하고, 돈 때문에 연을 끊기도 했지. 네 아버지를 만나 본 적 있니?"

그녀는 대답을 기다리지도 않았다.

"너도 영세를 받은 것 알고 있지? 내 오빠는 2차 대전 당시 레지스탕스였어. 원칙을 중시하는 우리 집안에서는 예외적인 사람이었지. 그는 돈을 전혀 몰랐어. 그가 아는 유일한 것은 여자들이었어. 너 아직도 성당에 나가고 있겠지?"

인니는 이 질문에 최소한의 대답밖에 할 수 없었다.

"안 다닙니다."

"얍, 잠깐 멈춰."

흰색 링컨 승용차가 급히 도로 갓길로 들어섰다. 하마터면 자전거를 타고 가던 사람을 들이받을 뻔했다. 그녀는 빈트롭을 빤히 쳐다보았다. 인니의 눈 색깔과 비슷한 그녀의 푸른 눈에 눈물이 글썽글썽하면서도 동요하지 않았다. 그녀는 손가락으로 성호를 그었다.

"빈트롭 가는 가톨릭 집안이야. 브라반트 지방의 가톨릭 집안이지. 이제는 네 아버지의 동생인 삼촌만이 유일하게 성당에 다니는데, 그가 돈을 몽땅 갖고 있어. 네 아버지, 그리고 삼촌 요스, 나우트, 피에르, 고모인 클레르 모두 죽었든가 아니면 살아 있어도 아주 가난해. 너도 네 할머니에게 물려받을 것 말고는 아무것도 없어. 그들 모두 차례로 성당을 떠났거든. 한 번 생각 좀 해 보아라."

그들은 채 일 분도 되기 전에 다시 시속 100킬로미터 이상으로 차를 달렸다.

나중에 밝혀졌지만 드라이브 행선지는 도른 시였다 그러나 도른 시로 가는 것만이 전부가 아니었다. 아마 지하 세계나 저승 세계의 지도가 있다면, 도른 시는 그 입구에 있을 것이었다. 왜냐하면 도른 시를 향한 주행은 인니 집안의 과거로 가는 주행이었고, 수많은 이름들과 죽은 자들에게로 가는 주행이었고, 세기말의 틸뷔르흐로 가는 주행이었으며, 모직물 사업, 대리점 그리고 공장으로 가는 주행이었기 때문이었다. 고모의 사투리는 심했다. 틸뷔르흐 사투리는 네덜란드 사투리 중에서 가장 듣기 싫은 것임에 틀림없었다. 인니는 그녀가 말한 것은 일단 들어 두었다가 나중에 곰곰이 생각해 보아야만 할 것 같았다.

"우리는 너의 어머니를 받아들일 수 없었다. 그 이유를 아니?"

"어머니께서 말씀해 주셨습니다." 그녀의 말투는 어머니가 흥분했을 때의 말씨를 생각나게 했다. 틸뷔르흐에서는 서민이나 부르주아 모두 사투리를 썼다.

"아직도 어머니를 만나고 있니?"

"아닙니다. 한 번도 본 적이 없습니다. 어머니는 유럽에 계시지 않아요."

인니의 아버지는 사업상 거래하던 프랑스인의 딸과 결혼

하고 삼 주 후에 인니의 어머니와 함께 도망을 갔다. 가족들이 못마땅하게 생각했던 것인지, 대죄를 지었는지, 해서는 안 될 결혼을 했는지 확인할 수는 없었다. 아무튼 그 후 가족들은 그의 아버지를 잊었다. 그건 이미 잃어버린 것을 잊는 망각의 형태로 남아 있다는 것이다. 마치 기차에 두고 내린 장갑을 나중에 더 이상 생각하지 않는 것처럼. 인니는 가족사를 모두 알고 있었으나 가족 이야기에 더는 의미를 부여하지 않았다. 훗날 사귄 여자 친구가 "나는 태어난 것이 아니라 만들어졌어."라고 말했던 것이 생각났다. 인니의 아버지는 1944년에 이미 돌아가셨다. 아버지의 죽음은 아버지를 두 번이나 가족들로부터 단절시켰다. 그는 가족들 중 아무도 잘 알지 못했다. 그는 아무 데에도 속해 있질 못했다. 인니는 그것이 아주 마음에 들었다. 그는 혼자였다. 그는 가족이 무엇인지 몰랐다.

"너의 할아버지 빈트롭과 나의 아버지는 이복형제였다. 나의 아버지는 너의 후견인이야."

"그러셨군요."

"나의 아버지, 그러니까 너의 작은할아버지는 너에게 돈이 들어가는 걸 두려워했어. 우리는 아버지의 그런 모습이 싫었지. 그는 너의 후견인 역할에서 손을 뗄 수도 있었어. 당신이 직접 후견인 위원회 위원이셨거든."

돈이든 하느님이든 누가 그것을 말할 수 있을까. 인니는 작은할아버지를 한 번 본 일이 있었다. 레이헌트[9] 초상화 밑에

9) 17세기 네덜란드의 도시 신흥 귀족 계급.

있는 팔걸이 안락의자에 앉아 있는 백발의 남자였다. 그는 양 새끼손가락에 다이아 반지를 끼고 있었다. 나이가 들어 추하게 보일 때는 그 정도의 치장은 괜찮았다. 손을 뻗으면 닿을 거리에 있는 초인종을 누르고 말했다. "트레이스커, 우리 손자에게 포트와인 한 잔 갖다 주게." 할아버지의 돈에 관한 이야기(명예와 양심을 걸고 자신이 그 돈을 잘 관리할 거라 했던 말)는 인니에게는 이해가 되지 않았다. 또 전혀 행복한 대홧거리도 아니었다. 인니는 가느다랗고 긴 손으로 손짓을 하며, 북부 지방 젊은이들 특유의 날카로운 음성으로 하느님이 존재하지 않는 이유를 설명했다.

"우리는 나중에서야 가톨릭교로 개종했지. 우리는 아주 독실한 가톨릭 신자지만 원래는 개신교를 믿는 군인 가족이었어. 틸뷔르흐에 온 최초의 빈트롭은 베스트란트 지방 출신의 기병대 중령이었지."

인니는 그것이 동화 같은 이야기이고 거짓말이라 생각했다. 꾸며 낸 과거의 인물들이라 생각했다. 사람들은 자신의 인생이 너무 빈약하기 때문에 동화 같은 이야기를 꾸며 낸다고 생각했다.

"그는 시의회 건물을 지을 때 빌럼 2세의 근위대와 함께 왔었지. 물론 그곳에 한 번도 들어가 본 적은 없었지만. 그는 가톨릭 신자인 한 아가씨와 결혼을 하게 되었어."

아가씨란 말을 듣자 인니의 마음에 동요가 일었다. 그러니까 그와 친척 관계에 있었던 아가씨들은 모두 다른 세기에 살았다. 그들은 얼굴도 모르는 아가씨들이다. 그리고 한 번도 본적이 없는 그 아가씨들도 인니와 똑같은 성으로 불리고 있었다.

"그 이후부터 빈트롭 가는 섬유업에 종사하고 있다. 면직물과 트위드를 취급하는 공장을 여러 군데 세웠고, 대리점들을 뒀지."

아직도 많은 빈트롭 가문의 망령이 있다. 그들은 인니를 낳았다. 그렇기 때문에 그들은 인니의 핏속을 헤매고 다니며, 어깨, 손, 눈, 얼굴 표정에 남아 있을 권리를 갖고 있다.

자동차는 풍경을 둘로 가르고는 다시 무관심한 듯 뒤로 내던져 버리고 질주했다. 그 모습에서 인니는 최근에 겪었던 자신의 인생이 함께 내팽개쳐지는 느낌을 받았다. 고모는 한동안 말이 없었다. 그는 그녀 손목의 푸른 동맥에 피가 몰리는 것을 보았다. 그리고 '내 피는' 하고 생각했다. 하지만 그의 동맥에선 아무것도 볼 수 없었다.

"아르놀트 타츠는 예전에 내 애인이었어." 하고 고모가 말했다. 그녀는 화장을 하기 시작했다. 그러나 화장하는 모습을 보는 일은 즐겁지 않았다. 그녀는 얼굴에 희고 부드러운 분을 칠하고는 뺨에 오렌지색 연지를 발랐다. 그러나 분칠이 서툴러 오렌지색 연지 사이로 자그마한 흰 줄이 남았다.

"전쟁이 끝난 후 처음으로 그를 다시 만났지."

인니는 고모의 애인이란 말을 듣고 그 남자가 어떤 사람인지 상상할 수 없었다. 아르놀트 타츠를 보았을 때 인니는 그 이유를 알게 되었다. 인니는 외모가 그렇게 생긴 사람을 상상해 본 적이 없었다. 그런 사람을 본 적이 없기 때문이었다.

숲 속에 반쯤 숨어 있는 흰색으로 단장한 나지막한 문간에서 한 남자가 시계를 쳐다보고 있었다. 그는 키가 작은 편이었다. 오른쪽 눈은 의안(義眼)이었고, 구두창이 두꺼운 경주용 구두를 신고 섀미 가죽으로 된 술이 달린 허름한 긴 인디언 재킷을 입고 있었다. 당시 다른 사람들은 양복을 입고 넥타이를 매고 다녔다. 그 남자의 얼굴은 햇볕에 그을린 듯한 갈색이었다. 그러나 이렇듯 건강을 과시하면서도 그 이면에는 무엇인가 어둡고 우울한 모습이 보였다. 눈이 있는가 하면 눈이 없었고, 건강한 피부가 있는가 하면 건강하지 못한 피부가 있었다. 경련이 일고 교만스러운 얼굴에서 터져 나오는 우렁찬 목소리는 실제 몸집보다 더 큰 몸집에 알맞은 소리였다.

"십 분이나 먼저 왔구먼, 테레제."

그때 엄청나게 큰 개 한 마리가 나타나더니 정원으로 쏜살같이 들어갔다.

"아토스! 이리 와!"

그 목소리는 일개 대대 전체를 가볍게 호령할 수 있을 정도로 컸다. 개가 멈춰 섰다. 곱슬곱슬한 암갈색 털을 흔들며 멈춰 서더니 고개를 숙이고 그 남자 뒤를 돌아 천천히 집 안으로 사라졌다. 남자도 몸을 반쯤 뒤로 돌아서 집 안으로 들어갔다. 그의 뒤로 흰색 대문이 조용히 닫히고 정확하게 자물쇠가 채워졌다.

"저 개, 저 개." 하고 고모는 한탄했다. "저 사람은 개 없인 못 살아."

그녀는 시계를 쳐다보았다. 집 안에서 피아노 소리가 들려왔다. 그러나 인니는 창문을 통해 아무것도 볼 수 없었다. 피아노 소리는 아름답지 않았다. 너무 날카롭고 딱딱하고 탁한 소리였다. 음악이란 물 흐르듯 매끄러워야 하는데 그 피아노 소리는 음이 고르지 않고 자주 끊기고 더듬거렸다. 차라리 연주하지 않는 것이 나을 정도였다. 피아노를 치는 사람은 과연 누굴까? 두 눈이 의안인 사람, 아니면 건강이 좋지 않아 보이는 잿빛 피부의 사람, 아니면 부드러운 갈색 피부의 키가 작은 사람, 아니면 또 다른 누구?

"우리 좀 걸을까." 하고 고모가 말했다. 그러나 인니는 고모가 걷는 것에 익숙하지 않다는 것을 곧 눈치챘다. 가로수길 건너편에 숲이 있었다. 그 숲에서 인동덩굴과 어린 전나무 향기가 풍겨 나왔다. 테레제 고모는 오솔길을 걷다가 발목을 삐끗했다. 그녀는 나무에 부딪쳐 휘청거리다가 부러진 나뭇가지에 걸려 넘어지면서 야생 딸기 덤불에 뒤엉켜 버렸다. 그날 오후 처음으로 인니는 공포감을 느꼈다. 이 모든 상황이 도대체 무슨 일이란 말인가? 그가 청한 것도 아니었다. 편안한 우주 공간인 자기 방에서 끌려 나왔고, 자기 가족이라 일컫지만 단 한 번도 생각조차 해 본 적이 없는 한 가족의 일원으로 꼼짝없이 몰렸으며, 실제로 이중성격이라 할 수도 있는 한 남자에게서 문전박대를 당했고, 대형 차를 몰고 가는 운전기사는 백 미터 앞서 절뚝거리며 걸어가는 여자 고용주를 비웃듯 따라가며 십 분마다 클랙슨을 울려 대고 있었다.

4

다 카포[10]. 그 남자는 다시 문간에 서 있었다. 모두가 십 분 늙은 셈이었다. 그것은 이미 지나간 일이니 별수 없지 않나 하고 인니는 생각했다. 똑같은 태도, 영원한 반복. 고모는 그 남자가 인니를 볼 수 있도록 비켜섰다. 그러나 그 남자는 인니를 쳐다보지도 않았다. 시계 보는 것도 멈췄다. 시간이 어떻게 되었는지 누구나 알고 있기 때문이었다. 그의 한쪽 눈에서 번득이는 회색 눈빛은 마치 서치라이트처럼 테레제 돈더르스 고모로 옮아갔다. 그녀가 입은 흰 옷에 전나무 잎과 어린 가지들이 잔뜩 묻어 있었다. 그러나 그 옷이 코코 샤넬 브랜드란 사실을 아는 사람은 거기에 서 있던 세 사람 중 운전기사

10) da capo. 악곡의 첫머리 부분으로 돌아가 연주할 것을 지시하는 도돌이표의 하나.

뿐이었다.

"안녕, 테레제. 좋아 보이는군!"

그제야 그 남자는 인니 쪽을 바라보았다. 아마도 한쪽 눈 때문인지도 몰랐지만 인니는 놓치지 않고 정확히 찍는 카메라에 찍힌 기분이었다. 마치 렌즈에 흡인된 그를 사진으로 인화하여 카메라가 생을 다할 때 함께 없어지는 기록 보관소에 영구히 보관하려는 듯.

"제 조카예요."

"그래. 내 이름은 아르놀트 타츠네." 그의 손이 집게처럼 인니의 손을 움켜쥐었다. "자네 이름은 뭔가?"

"인니입니다."

"인니……라." 그 남자는 바보 같은 그 이름을 잠시 공중에 한번 떠올리고는 입에서 지워 버렸다. 인니는 자기 이름의 유래를 설명했다.

"당신 집안사람들 모두 정신 나간 사람들이야." 하고 아르놀트 타츠가 말했다. "들어오게나."

집 안은 놀라울 정도로 잘 정돈되어 있었다. 정돈되지 않은 것은 개뿐이었다. 개는 늘 움직이기 때문이다. 인니는 방이 수학 계산처럼 정확하게 정리되어 있다고 생각했다. 모든 것이 균형 잡혀 조화를 이루고 있었다. 꽃다발이나 어린아이나 제멋대로 뛰어 다니는 개나 십 분 일찍 도착한 방문객이나, 모두 이 질서 있는 방에 예기치 못할 해를 끼칠 것만 같았다. 가구는 모두 윤기가 나는 흰색에 칼뱅주의적이며 증오스럽고 현대적이었다. 무책임한 햇빛은 리놀륨 바닥에 기하학적 그림자를 그렸다. 그날 오후 인니는 두 번째로 공포감을 느꼈다. 어떤 공포감인가? 마치 한순간 내 몸 안에 익숙하지 않은 다른 사람이 들어온 것 같은 고통을 느꼈다.

"앉아. 테레제. 만자닐라 와인 한잔 하겠어? 당신 조카는 뭘 마시려는지?"

그러고는 인니에게 "위스키 한잔 마시겠나?" 하고 물었다.

"마셔 본 적이 없습니다." 인니는 말했다.

"그럼 한 잔 따라 줄 테니 마셔 보고 맛이 어떤지 말해 보게나."

기억. 수수께끼 같은 행로들. 무엇 때문에 이 모든 상황이 단 오 분 만에 일어나지 않았는가? 첫째, 거기에 글자 그대로 위스키라는 물질과, 이후 더 이상 마시지 않을 위스키 잔이 있었다. 둘째, 그가 후에 인생을 살아가면서 위스키를 보거나 마시거나 맛을 음미할 때면 자주 떠오를 그 남자가 거기에 있었다. 그를 생각하면 그를 통해 고모를 생각할 것이고 그러면 자연히 자신을 생각할 것이다. 그래서 위스키는 그에게 마들렌[11]이 되었고, 저승 세계로 내려가기 위해 높이 들어 올려야 하는 들창의 손잡이 역할을 했다. 그리고 그들은 다시 저승 세계에 앉아 있었다. 그는 똑바로 앉아 무서운 애꾸눈으로 인니를 똑바로 쳐다보았다. 소다수를 따랐던 손은 주인 근처에 있는 편안한 자리로 다시 되돌아갔다. 고모는 머리를 뒤로 젖히고 멍

11) 마르셀 프루스트의 『잃어버린 시간을 찾아서』에 나오는 빵으로, 옛 기억을 환기시키는 역할을 한다.

한 시선을 이리저리 돌리며 눈을 떴다 감았다 하면서 딱딱한 의자에 걸터앉아 다리를 쭉 뻗고 있었다. 십자가의 길[12]이다. 인니는 자기 자신을 볼 수 없었다.

"그래, 맛이 어떤가?" 여기서 하나의 개념과 어떤 감정에 이끌리기 전에 그가 경험한 맛들을 정리 기록한 문서가 요구되었다.

"그을음 맛과 개암나무 열매 맛이 나는군요."

그 후 인니는 수천 잔의 위스키를 마셨다. 그중에는 맥아 위스키, 버번 위스키, 호밀 위스키, 최고급과 최하급 위스키, 아무것도 섞지 않은 위스키, 물 탄 위스키, 위스키 소다, 진저에일을 섞은 위스키가 있었다. 그리고 가끔은 처음 마셨을 때의 맛이 되돌아오곤 했다. 그을음 맛과 개암나무 열매 맛.

인생의 중요한 순간마다 아르놀트 타츠 같은 사람이 있어야 한다고 인니는 훗날 생각했다. 아르놀트 타츠는 처음 두려움에 직면했을 때, 처음 굴욕을 당했을 때, 처음 여자를 만났을 때 느꼈던 것과 냄새 맡은 것, 맛본 것, 그리고 생각한 것을 정확하게 기록하도록 요구한 사람이었다. 이후에 다른 여자, 다른 두려움, 다른 굴욕을 맞아 처음의 경험이 변색되지 않게 하기 위해 그 즉시 기록하도록 했다. 첫 번째 기록, 즉 그을음 맛과 개암나무 열매 맛이 이후의 모든 다른 경험에 있어 기초를 이룬다. 왜냐하면 이후의 경험은 첫 경험으로부터 어느 정도 벗어났는지, 이후의 경험이 첫 경험을 능가하는지 뒤

12) 예수가 십자가를 지고 골고다 언덕을 오른 고난의 길.

떨어지는지, 그을음 맛과 개암나무 맛이 있는지 없는지가 정해지기 때문이다. 다시 한 번 처음처럼 암스테르담을 보고, 수 년 동안 함께하는 애인과 다시 한 번 처음처럼 몸을 섞어 보고, 다시 한 번 처음처럼 여자의 젖가슴을 만지고, 애무할 때도 수년 동안 변치 않고 간직해 온 생각이 있음으로 해서 이후의 모든 감징과 행위는 결국 처음에 느낀 그 감정을 배반하거나 부정하거나 숨길 수는 없는 것이다. 아르놀트 타츠는 적어도 인니에게 한 번의 감각적 경험을 하게 해 주었다. 다른 모든 경험은 돌이킬 수 없이 뒤섞이고 변질되어 훗날의 기억층으로 사라졌다. 마치 처음 젖가슴을 만졌고, 처음 죽은 이의 눈을 감겨 주었던 그의 손이 늙고 변형되어 그의 기억과 자기 자신과 처음 만진 젖가슴의 느낌을 배반한 것과 같았다. 그의 손은 나이가 들어 노인에게 나타나는 검버섯이 피고, 심한 동맥 경화에다 불결하고 타락한 경험 많은 마흔여섯 살 사내의 손이 되었고, 죽음을 알리는 조기 징후로 예전의 젊고 더 가늘고 더 깨끗하고 신중했던 손이 알아볼 수 없을 정도로 변하게 되었다. 그래도 다른 사람의 손으로 한때 살아 있던 손과 비슷한 생명 없는 두 손을 그의 가슴 위에 포개어 줄 때까지 여전히 '내 손'이라 부를 것이다.

"요즘 뭘 하나?" 아르놀트 타츠가 물었다.

"사무실에 그냥 앉아 있습니다."

"왜?" 쓸데없는 질문의 연속이었다.

"돈을 벌려고요."

"왜 공부를 하지 않나?"

"졸업 시험을 보지 못했습니다. 학교에서 쫓겨났어요." 인니는 네 번이나 학교에서 쫓겨났다. 그러나 그 얘기를 할 시점이 아닌 것 같았다. 끊임없이 그를 향해 있던 아르놀트 타츠의 애꾸눈은 눈이 박힌 머리를 돌리지 않은 채 고모를 찾는 서치라이트처럼 방향을 바꾸었다. 그래서 인니는 방 안 구석구석을 둘러볼 수 있었다. 벽난로 위에는 똑같은 블랙 뷰티 상표 담배가 스무 갑이나 놓여 있었다. 그 옆에는 금메달 몇 개가 케이스 안에 들어 있었다. 금메달에는 남자 스키 선수들의 모습이 새겨져 있었다.

"무슨 메달인가요?" 인니가 물었다.

"우린 지금 자네에 관해 이야기하고 있네. 내가 전에 공증인이었다는 것을 잊지 말게나. 서류 처리 같은 일은 아직도 자신 있네. 자네는 뭐가 되고 싶나?"

"모르겠습니다."

인니는 좋은 대답이 아니었음을 깨달았다. 그런 대답은 누구나 무엇을 적당히 넘겨 버리려고 할 때나 하는 대답이었다.

그는 뭐가 될까 진지하게 생각해 본 적이 없었다. 사실 무엇이 되고 싶지도 않을뿐더러 아무것도 되지 않을 것이라는 절대적 확신을 갖고 있었다. 세상은 이미 대단한 사람들로 꽉 차 있고 그들 대부분은 그 대단함에 행복해하지 않는다는 것은 분명했다.

"그 사무실에서 계속 일할 건가?"

"아닙니다."

사무실! 별장 지역에 있는 다락방이었다. 아래층에는 스스로를 사장님인 양 착각하고, 직원 역할을 하기 위해 인니가 필요하다고 여기는 미친 사람이 있었다. 그 남자는 무엇인가를 샀고 인니는 무엇인가를 팔았다. 인니는 여기저기 편지를 썼다. 주소도 없는 허공에 뜬 편지들, 돈벌이 안 되는 장사였다. 그는 대부분 책을 읽거나 뒤뜰을 쳐다보거나 장거리 여행 생각을 했다. 그러나 언젠가 그 여행을 할 것임을 알고 있었기에 애타게 바라지는 않았다. 어느 날 저절로 끝나게 될 생명 같은 존재였다. 그리고 지금이 바로 그날일지 모르는 일이었다.

"자네 부모는 자네에게 돈 한 푼 안 주나?"

"저의 어머니는 돈이 없습니다. 그리고 저의…… 저의 의붓아버지는 돈을 주지 않습니다."

5

'그을음과 개암나무', '자넨 무엇이 되고 싶나?' 그날 오후 그의 인생이 시작되었다. 그는 결코 대단한 사람이 되어 본 적이 없었다. 그는 여러 가지 일을 했다. 여행도 해 보았고, 별자리 운세란 기고도, 또 그림을 팔아 보기도 했다. 후에, 여전히 위스키 잔을 손에 들고 회상의 영역으로 들어가면서, 어떤 결론에 도달했다. 그의 인생은 여러 가지 사건으로 이루어졌다. 그 사건들은 인생에 대한 갖가지 생각 속에서 전혀 결집되지 못했다. 그의 인생에 대한 생각 속에는 출세나 야망과 같은 중심적인 생각이 없었다. 그의 인생은 평범했다. 아버지 없는 아들이었고, 아들 없는 아버지로 여러 가지 일을 겪은 인생이었다. 잘 관찰해 보면 그의 인생은 기억들을 만들어 내는 일로 이루어져 있었다. 그렇기 때문에 기억력이 나쁘다는 것은 더욱 슬픈 일이었다. 나쁜 기억력으로 인해 점점 소통하는 데 시간이 오래 걸렸고 때로는 견디기 어려울 정도로 느린 속도 탓에 기억의 빈 공간이 생겨났기 때문이다. 인니는 언젠가 작가인 친구에게 그의 인생은 명상일 뿐이라고 말했다. 위스키 한 잔 때문인지 아니면 그날 오후 재정적 관점에서 빈트롭 가문의 일원이 되었는지 몰라도 그는 자신의 인생을 그날부터라고 세산했다. 그리고 이전의 모든 일을 하나의 출발점으로 간주했다. 즉 베일에 싸인 선사 시대, 누군가 진실을 원한다면 묻힌 것을 발굴하여 몇 개의 진실을 얻을 수 있는 유사 이전의 시대로 간주했다.

"테레제, 당신은 왜 저 젊은이에게 돈을 주지 않지? 당신 가족이 저 친구 아버지한테서 모든 걸 빼앗아 가지 않았나."

붉은 반점이 더 커졌다. 일시적 기분 같은 것으로 시작된 무엇이랄까, 권태 때문에 환기된 가족애에 대한 열병, 그리고 일면식도 없는 조카 방문. 무엇인가 특별하게 보였고 그녀의 아버지와 충돌했던 조카가 지금 거기에 앉아 있었다. 조카의 얼굴은 가족 앨범에 있는 다른 얼굴들과 비슷했지만 그 사람들과 다른 특징을 갖고 있었다. 그의 얼굴에는 자만에서 자유롭지 못한 모습과 우울한 기색이 있었다. 하지만 공명심이 없는 것은 분명해 보였고, 의심할 여지 없이 게으름뱅이 같았으며, 지성적이며 냉소적이고 늘 관조적인 듯이 보였다. 일시적 기분은 이제 물질로 지불되어야 했다. 빈트롭 가문이 최소한으로 상속했던 물질로, 말하자면 돈으로 지불되어야 했다.

"내가 지불할 수 있는지 알아봐야겠네요." 하고 그녀는 말했다. "당신도 사정이 어떤지 알잖아요."

그러나 그의 목소리는 법을 제정하는 듯한 윽박지르는 목소리였다. 그녀가 떠나자마자 그는 똑같은 말투로 "바보 같은 여자, 날 피곤하게 한단 말이야. 귀찮게 하는 게 정말 싫어."라고 말할 것이다.

안절부절못하며 손을 놀리던 고모는 아르놀트 타츠가 "내가 적절하게 조정할 방법을 생각해 보겠소. 인니 같은 처지의 사람들이 사무실에서 시간을 헛되이 보내지 않도록 말이야."라고 말하자 흠칫 놀라 얼어붙었다.

"그럼 다음 주말에 인니랑 같이 구아를 별장에 오는 거죠?"

"내가 그곳을 아주 싫어하고 또 거기에 있는 당신 남편과 만나는 것도 아주 불편하다는 거 당신도 잘 알 텐데. 하지만 가겠어. 아토스를 데리고. 어떤 일이 있어도 성당에는 가지 않는다는 조건으로. 당신이 자동차를 보내 준다면 토요일 11시까지 준비할게."

시선은 인니 쪽을 향했다.

"그리고 자네는 직장을 그만두게나. 내 생각에 그 일은 의미가 없는 것 같아. 자네는 일 년가량 그냥 책을 읽거나 여행을 하게나. 자네는 누구 밑에 예속되는 게 어울리지 않아."

예-속-되-는-것, 다섯 음절의 단어였다. 또한 다섯 개의 목소리로 포장되었고 다섯 음절마다 강세가 달랐다. 이 남자가 그날 오후 말한 것 중 그 어떤 말도 방에서 사라지지 않았다고 인니는 생각했다. 그가 한 말들은 물건처럼 가구 사이 어디엔가 쌓여 있었다. 더 이상 달아날 틈이 없었다.

"자, 테레제, 거의 5시야. 책 읽을 시간이라고. 당신 조카는 여기서 식사하고 싶으면 남아 있어도 좋아. 토요일에 봐. 운전 기사에게 시간 맞춰 오도록 말해 놓고."

그녀는 서둘러 방을 나갔다. 그는 정원에 난 길을 서둘러 걸어가는 그녀의 모습을 보았고 자동차가 급히 떠나는 소리를 들었다. 그는 그녀가 급하게 뺨에 키스하면서 남긴 촉촉한 자국을 닦아 냈다. 아르놀트 타츠는 다시 집 안으로 들어왔다. 집 안 어디에선가 시계가 5시를 알렸다. 그는 책을 한 권 집어 들고 인니에게 "6시 십오 분 전까지 책 읽을 테니 그동안 쉬도록 하게." 하고 말했다.

무거운 정적이 별장 위로 내려앉았다. 인니는 이 정적이 어떤 정적인지 정확히 알고 있었다. 예전에 트라피스트 수도원에서 그런 정적을 체험한 적이 한 번 있었기 때문이었다. 문의 노크 소리, 신발이 질질 끌리는 소리, 무거운 수도복 자락이 바스락거리며 복도 위를 스치는 소리, 마치 눈 덮인 곳에 발을 디디는 듯한 발소리. 그러고는 수도원 성당 안으로 들어가는 소리, 삼십 분간의 공동 묵상 시작을 알리는 나무망치를 두드리는 소리. 인니는 방문객석에 돌부처처럼 앉아서 차갑고 높은 성가대 벤치에 쥐죽은 듯 조용히 앉아 있는 흰색 수도복의 모습들을 내려다보았다. 늙은 수사나 젊은 수사 모두 각기 여러 모습으로 인니로서는 다다를 수 없는 묵상에 깊이 빠져 있었다. 한번은 그들 중 한 사람이 졸다가 나무토막처럼 천천히 앞으로 넘어지는 것을 보았다. 그러자 쇠망치로 나무판 위를 내리치는 소리가 들렸다. 멍한 상태였던 그 수사는 깜짝 놀라 정신을 다시 차리고 벌떡 일어났다. 그러고는 성가대 벤치 사이의 모자이크된 흑백 무늬 석조 바닥 위로 나와 수도원장 앞에서 몸을 절도 있게 두 번 굽혔다. 수도원장은 말없이 손짓으로 바닥 위에 엎드리는 벌을 내렸다. 흰색 수도복을 입은 키 큰 수사는 죽은 백조처럼 바닥에 몸을 엎드린 채 발에서 최대한 멀리 떨어지도록 손을 위로 뻗었고, 될 수 있는 한 가장 낮게 몸을 납작 엎드렸다. 수사들 아무도 얼굴을 들지 못했다. 나무판에 쇠망치 두드리는 소리, 수도원장이 끼고 있는 반지, 한두 번의 발소리, 옷자락 스치는 소리만이 정적을 깨뜨렸다.

지금 인니는 다시 수도원에 와 있었다. 아르놀트 타츠, 그가 수사인 동시에 수도원장인 한 사람만의 수도원에 인니는 와 있었다.

인니는 화장실에 가고 싶었다. 그러나 감히 움직일 수 없었다. 그가 거기에서 인형처럼 앉아만 있으면 이 남자는 그를 경멸할까? 인니는 천천히 그리고 아주 조용히 일어나 책을 읽고 있는 그 남자 앞을 지나 피아노 쪽으로 갔다. 그는 쳐다보지도 않았다. 책 표지에 실존주의, 휴머니즘…… 슈베르트…… 즉흥곡이라 쓰여 있는 것을 보았다. 그곳을 지나 복도 쪽으로 갔다. 화장실에는 《하흐서 포스트》지가 놓여 있었다. 인니는 그 신문을 방으로 들고 왔다. 바람 한 점 일으킬 수 없을 정도로 아주 조심스럽게 지면을 넘기면서 일생 동안 읽게 될지 모를 일화를 읽었다. 페르시아 반란 이후 서방 세계에서 해결하기 어려운 갈등 지역 리스트 중 이집트가 가장 윗자리에 있었다. 《프라우다》지는 긴 사설에서 아이젠하워 대통령이 소집한 버뮤다 회담을 강력한 어조로 반박했다. 버뮤다 회담은 윈스턴

처칠 경이 원하는 크렘린과 대화를 할 것인지, 아니면 아이젠하워 대통령이 제시한 대로 크렘린과 단호하게 맞서야 할 것인가를 협의하기 위한 소집된 회의였다. 프랑스 대통령 뱅상 오리올은 폴 레노 총리에게 새 내각을 구성하도록 지시를 내렸다. 역사.

얼마나 많은 이름이 그의 기억 속에 자리 잡아야 하며, 스스로 멸망해 가다가 새로워지는 얼마나 많은 계층이 그에게 결국 차별이 없어질 때까지 그의 기억 속을 뚫고 흘러야 할까. 그들은 당시의 운명의 탈을 쓰고 있었고 그들 스스로 운명을 정한다고 생각했다. 그러나 그들은 스스로 권력의 맹목적인 탈을 쓴 사람에 지나지 않았다. 사람들은 그들을 지나치게 주의할 필요는 없었다. 그것이 전부였다. 하지만 사람들이 통치 행위라고 부르는 것, 운명의 집행자가 되고자 하는 무모한 욕망, 모든 괴물 중에서 가장 신기하고 덧없는 모습, 즉 국가, 이것들이 그에게는 나중에, 아주 나중에서야 경멸적으로 보였다.

정확히 6시 십오 분 전에 개가 머리를 들었다. 그러자 아르놀트 타츠는 책을 옆으로 내려놓았다.

"아토스! 산책 가자!"

그들은 집 밖으로 나와 아치형 그림자가 드리워진 숲 속으로 들어갔다. 얼마 안 가서 타츠는 옛 애인에게 많은 번거로움과 불편을 끼쳤던 길을 빠져나와 좁은 옆길로 들어섰다. 그러나 타츠는 비틀거리거나 넘어지는 일이 없었다. 인니는 등산복을 입고 앞서 가는 그를 따라가기가 힘들었다. 그러나 개는 산책 길을 정확하게 알고 있는 듯했다. 타츠의 모습이 시야에서 사라졌다. 앞에서 낙엽을 빠르게 밟고 지나가는 소리로만 대충 위치를 가늠할 수 있었다. 등산용 섀미 가죽 재킷과 맨체스터 바지에 가죽 신발을 신고 웨이브 진 백발을 한 작은 체구의 그 남자가 "사르트르" 하고 말했다. "사르트르는 신이 존재하지 않는다는 사실에 기초해서 우리 인간의 행위에 대한 최종적인 결론은 인간 스스로 책임을 져야 한다고 역설했지. 자네는 신을 믿는가?"

"안 믿습니다." 하고 인니가 소리쳤다. 이 남자는 다음번에 고모를 방문할 때 성당에 가지 않겠다고 말하지 않았던가.

"언제부터 믿지 않는가?" 하고 전나무 군락과 나무딸기 덤불이 물었다.

인니는 정확히 그때가 언제인지 알고 있었지만 그것을 말해야 좋을지 어떨지 몰랐다. 인니는 포도주와 피, 진짜 피와 포도주를 접한 적이 있었다. 그리고 신을 믿지 않게 된 이유를 설명했다. 마치 고장 난 엔진에서 빠져나가는 기름처럼 그가 예전에 갖고 있었던 약한 믿음이 그냥 빠져 나갔다고 말하는 것이 가장 적합할지도 몰랐다. 결국 그는 열두 살 때까지 가톨릭 교육을 받으면서 느낀 것이라고는 아무것도 없었다. 그의 비천한 신앙의 씨앗은 야생적으로 성장했기 때문에 다른 사람들이 평생 거두어야 했다. 그 씨앗이 올바르게 뿌리내리기에는 너무 늦게 토양에 뿌려졌던 셈이다. 인니는 영세를 받았다. 그러나 그의 부모는 성당 예식을 할 수 없었다. 그의 아버지가 이미 한 번 이혼했기 때문이다. 그의 어머니가 훗날 독실한 가톨릭 신자와 결혼하고 나서야 인니에게도 종교와 직접적으로 접촉할 계기가 생겼다. 그러나 인니가 매력을 느꼈던 것은 가톨릭의 극적이고 외형적인 면이었다. 이를테면 미사 중의 창(唱), 분향(焚香), 다양한 색상의 제의(祭衣)들이 그의 마음에 들었다. 그것들이 너무 마음에 들어 신앙심이 없으면서도 수도원에 들어가고 싶었다. 그가 가톨릭 신앙에 마음이 간 또 다른 요인은 다른 사람들도 가톨릭을 믿는다는 사실이었다. 인니는 기숙사에 있을 때 매일 새벽 6시에 약간의 치매기가 있는 로무알두스 신부가 집전하는 새벽 미사에 복사를 섰다. 신부는 강의하기에 너무 나이가 많았고 단지 감독 임무만을 맡았다. 라틴어로 "이는 내 피의 잔이니." 하고 속삭이면 갑자기 붉은 포도주가 피로 변한다는 '신앙의 신비'는 제대 위에서 집전하는 사제에겐 틀림없는 사실이었다. 그것은 이미 이천 년 전에 죽었던 사람의 피였다. 금색 제의를 입은 나이 든 사제는 제대 가장자리를 붙들고 "너희는 나를 기억하여 이를 행하라." 하고 말한 후 그 피를 다 마실 것이다. 인니는 나이 든 신부의 떨리는 반점투성이 손에서 건네받은 금으로 만든 성작(聖爵) 밑바닥에 약간의 성수를 부어 남은 몇 방울의 — 신의 피, 인간의 피 — 마지막 흔적까지 모두 지워 버릴 것이다. 인니는 그런 의식이 말로 표현할 수 없을 정도로 신비하다고 생각했다. 그러나 너무 신비한 탓에 사람들은 여전히 가톨릭을 믿을 필요성을 못 느낀 모양이다. 어둡고 추운 새벽에 인니와 함께 미사를 드리는 나이 든 신부, 황금색으로 수놓은 제의를 걸치고 작은 제대 앞을 두꺼비처럼 왔다 갔다 하는 노(老) 신부, 노 신부가 반쯤 쇠락한 두뇌 탓에 라틴어로 드리는 미사 전례 순서를 자주 틀리는 바람에 복사를 서는 인니가 소년의 분명한 음성으로 정확한 신학적 전례 순서대로 이어 가도록 도와줘야 했지만, 노 신부가 믿는 신앙의 신비라면 결국 다 진실일 수밖에 없었다. 그러나 인니에게 매력적이었던 것은 그것만이 아니었다. 봉헌과 봉헌송 역시 매력적이라 생각했다. 그들은 아주 신기하게도 단 둘이서 — 한 사람은 16세, 다른 한 사람은 80세 중반을 넘어선 고령의 노인 — 신비스럽고 고전적인 의식(儀式)에 몰두했다. 그 의식은 인니와 노 신부에게 더 이상 비참한 신고딕식 성당 뒤뜰 안에 갇혀 있지 않게 했다. 그 의식은 먼 옛날로, 고대 그리스로, 호메로스 시대로 깊숙이 되돌아가는 느낌을 주었다. 그들은 매일 독서를 통해, 혹은 유대인들이 불타는 사막 위에 머무르며 무서운 음성을 내는 신에게 산 동물을 제물로 바쳤던 의식을 통해 신비를 캐려 했다. 그 신은 불타는 듯한 가시나무 덤불에서 나타나 롯의 아내를 소금 기둥으로 만들어 버린 복수의 신이었다. 신의 존재를 믿는 사람들을 위해 신은 그들 주변에 공허와 공포와 벌로 가득 찬 우주를 갖고 있다고 인니는 생각했다. 인니와 로무알두스 신부가 거기에서 행하던 것은 미노타우로스[13]와 신들에게 바치는 제물, 신탁, 운명과 관계있었다. 그것은 두 남자에게는 아주 작은 투우(鬪牛) 행위 그대로였다. 그 투우에 황소는 없었지만 상처에서 피가 나왔고, 그 피를 다 마셔

13) 그리스 신화에 나오는 인간의 몸에 얼굴과 꼬리는 황소의 모습인 괴물.

비운 후 나지막이 속삭이는 라틴어에 따라 진행되는 신비스러운 의식이었다. 한 번, 그리고 그때 영원히 마술은 깨져 버리고 말았다. 조금 있으면 태양의 궤도가 수도원 성당 너머로 지나갈 그곳을 향해 성작이 높이 들어 올려졌을 때, 갑자기 노신부는 몸을 떨기 시작했다. 그리고 곧이어 들었던 비명을 인니는 결코 잊을 수 없었다. 노 신부가 양손으로 높이 치켜들었던 성작을 떨어뜨리자 미사 제의와 경련이 일어난 손으로 끌어 잡아당긴 제대보 위로 포도주와 피가 넘쳐 흘렀다. 제대 위의 초, 성체, 포도주가 함께 휩쓸려 떨어졌다. 상처입은 커다란 짐승이 울부짖는 것 같은 비명이 석조 벽면에 메아리쳤다. 노 신부는 미사 제의를 찢어 버리고 싶은 듯 손가락으로 움켜쥐고는 계속 소리치면서 친친히 넘이지기 시작했다. 성작에 부딪힌 그의 머리에 피가 솟았다. 그는 이미 죽었는데도 계속 피를 흘렸다. 황금빛 제의는 붉은 액체로 뒤범벅됐다. 포도주는 피와, 피는 포도주와 뒤섞여 뭐가 뭔지 분간할 수 없었다.

사라진 개, 숲 속의 적막함, 올드 샤터핸드[14]의 소리 없는 발걸음 그리고 인니가 사는 도시의 소음도 여전히 어떤 대답을 기다리고 있었다.

"모르겠습니다. 전에 무얼 믿어 본 적이 없었던 것 같습니다." 하고 인니는 앞쪽을 향해 소리쳤다. 까치들의 깍깍거리는 소리가 뒤따랐다. 그리고 갑자기 숲 속은 온통 교부(敎父),

14) 독일 작가 카를 마이(1842~1912)의 서부 소설 시리즈에 나오는 백인 주인공.

종교재판관, 순교자, 신앙의 증거자, 불가지론자, 철학자, 이교도, 박해자, 호언장담하는 자로 가득 찼다. 신학적 논쟁이 사방에서 터져 나왔다. 피리새 두 마리가 트리엔트 공의회[15]에 대해 발언했다. 뻐꾸기 한 마리는 토마스 아퀴나스의 신학 대전[16]을 강조했고, 딱따구리 한 마리는 31개조의 명제[17]를 확인해 주었다. 참새들은 조르다노 브루노[18]를 다시 한 번 화형에 처했다. 스피노자 왜가리, 칼뱅 까마귀, 스페인 신비주의자들의 알아들을 수 없는 중얼거림, 숲 속과 풀밭에서 새들이 짹짹 꽥꽥 지저귀며 딸꾹질하면서 피비린내 나는 이천 년의 종교의 역사를 읊어 댔다. 벽에 새겨진 어두운 지하 납골당에 갇힌 최초의 물고기 문양들을 시작으로 나가사키의 주민처럼 사도 바오로를 섬광으로 그을려 버린 정신에 이르기까지, 엠마오[19]로 향하던 제자들의 놀람에서부터 어부 베드로 좌에 앉은 교황의 무오류라는 절대적 지위까지 읊어 댔다. 그때부터 수천 톤의 똑같은 인간의 피가 대량으로 흘려졌고, 수백만 번 되풀이하여 똑같은 인간의 육신이 희생되었다. 이런

---

15) 1545년 오스트리아의 트리엔트에서 교황 바오로 3세 주관으로 개최된 로마 가톨릭 공의회로, 신학적, 교회적 재정비를 통해 근대 가톨릭교회의 기반을 확립했다.

16) 중세 스콜라 학자 토마스 아퀴나스가 기독교의 진리를 제시할 목적으로 편찬한 책으로, 여러 학설을 체계적으로 집대성했다.

17) 논리학에서 정언 명제의 수.

18) 르네상스 시대 이탈리아의 철학자이자 가톨릭 사제. 가톨릭 교리에 회의를 품어 1592년 로마에서 화형당했다.

19) 예루살렘 서북쪽에 있던 마을. 예수가 죽자 그의 제자들은 실망하여 엠마오로 떠나다 부활한 예수를 만나고 놀라 다시 예루살렘으로 돌아갔다.

일이 일어나지 않은 날이 한 번도 없었다. 북극에서, 미얀마에서, 도쿄 혹은 나미비아(오, 지타!)에서, 세계 도처에서 이런 일들이 일어나지 않는 때가 한 번도 없었다. 그리고 이 두 무신론자가, 한 사람은 사르트르로 꽉 차 있고, 다른 한 사람은 무(無)로 가득 찬 채, 여기 보리수 밑을 산책하고 있는 순간까지도 일어나고 있었다.

그들은 숲 속의 한 공터에 다다랐다. 갈색과 보라색이 섞인 벨라도나 꽃잎 속을 벌들이 윙윙거리며 드나들고 있었다. 모든 것이 바스락 소리를 내며 흔들거렸다.

"아토스! 이리 와!"

어디서 나왔는지 모르게 개가 나타나더니 옥외 설교자처럼 공터 중앙에 서 있는 주인 발밑에 엎드렸다. 석양의 햇빛이 그가 입고 있는 섀미 가죽 옷 양어깨를 무겁게 눌렀다. 아르놀트 타츠의 목소리가 마치 물이나 불 같은 원소처럼 숲 전체를 가득 채웠다.

"나는 언제부터 신을 믿지 않게 되었는지 정확히 알고 있네. 난 유능한 스키 선수였지. 전쟁 전에는 네덜란드 스키 챔피언도 여러 번 했어. 그게 별거 아닐지 몰라도 그 방면에서 내가 최고였지. 물론 챔피언 시합은 네덜란드가 아니라 산악지대에서 열렸지. 산을 구경해 본 적이 있나?"

인니는 머리를 가로저었다.

"그렇다면 자네는 아직도 세상을 덜 산 셈이네. 산은 지상에 존재하는 신의 위엄이지. 적어도 나는 그렇게 믿네. 고산지대에 홀로 선 스키 선수는 다른 사람들과는 달라. 그에게는 높이 올라가 있다는 것과 혼자라는 것. 자기 자신과 자연, 그 두 가지만 존재할 뿐이지. 그는 나머지 세상과 한 짝이고. 이해하겠나?"

인니는 머리를 끄덕거렸다.

"나는 결코 인간을 존경한 적 없네. 사람들은 대부분 겁쟁이, 체제 순응자, 정신 착란자, 수전노이지. 게다가 그들은 철면피야. 반면 자연은 순수해. 동물들도 그렇고. 나는 인간들을 모두 합친 것보다 이 개를 더 사랑한다네. 동물들은 신뢰할 수 있어. 그럼, 충분히 신뢰할 수 있지. 전쟁이 끝났을 때 비로소 우리는 우리에게 무슨 일이 일어났는지를 보고 들을 수가 있었지. 배신, 기아, 살인, 파멸, 모두가 인간의 작품이야. 그때부터 나는 인간을 경멸하게 되었다네. 인간 개개인을 경멸한 게 아니라 살인하고 거짓말하고 스스로 죽음으로 뛰어드는 그런 짓거리를 경멸했던 거야. 동물들은 직선적이고 슬로건이 없어. 다른 사람을 위해 죽는 일은 없지. 뿐만 아니라 자기에게 속한 것 그 이상을 위해 죽는 일도 없어. 현대의 취약한 인간 사회에서 계층이란 혐오스러운 개념이지. 그러나 우리 사회가 발전하기 전까지는 사회 계층은 탁월한 효력을 발휘했어. 좋은 시절이었지. 나도 충분히 즐겼어. 난 공증인 일을 그만둔 뒤 내가 가진 모든 것을 불살라 버리고 아내와도 갈라섰네. 정말로 홀가분하고 즐거웠어. 그러고는 캐나다로 떠났다네. 캐나다에서 로키 산맥의 화재 감시원이 되었지. 몇 개월 동안 산정상에 앉아 아래에서 사방으로 한없이 뻗은 삼림 지대를 감시했지. 연기를 발견할 경우 즉시 보고해야 했네. 나는 비행기로 음식을 공급받았어. 일주일에 한 번씩 내가 거처하는 통나무집 옆 마당에 식량, 신문, 우편물을 던져 주었지. 산 정상의 통나무집에 혼자서 친구인 개와 라디오와 함께 육 개월간 머물러 있었어. 라디오는 요란하고 저속한 음악을 듣기 위해서가 아니라 야간에 다른 화재 경비 초소와 연락을 취하기 위한 무선 선신 기구로 사용했지. 하루에 손가락 두 개 정도의 위스키가 허용되었다네." 그는 손가락 두 개를 수평으로 포개어 인니를 향해 높이 들어 올렸다. "그 이상은 절대로 안 되었어. 한 번이라도 더 많이 마셨더라면 미쳤을 거야. 그렇게 되면 소리치는 미치광이를 산 아래로 끌어내야 했을 테지. 나는 모든 것을 메모해 두었네."

인니는 산에 올라가 본 적이 없었다. 그렇다고 해서 여기 그 앞에 서 있는 이 사람에 대해 상상하는 데 방해가 되지는 않았다. 흰색으로 뒤덮인 빙하 세계에 있는 그를 상상하는 건 어렵지 않았다. 작은 통나무집 벽에 스위스 그림엽서 네 장이 붙어 있었다. 그곳에 지금 이 사람이 입은 것과 똑같은 섀미 재킷을 입은 사람이 있다. 그의 발밑에는 개 한 마리가 자고 있다. 위스키 마실 시간이 다가왔다. 폭풍이 오두막 주위를 휘몰아치자 그림엽서들이 화가 난 듯 흔들렸다. 무전기에서 멀리 등진 세계의 요란한 소음과 한숨 소리가 들렸다. 그 남자는 일어나 찬장으로 가서 위스키 병과 잔을 끄집어냈다.(그전에 시계를 보았다.) 그러고 나서 포갠 두 손가락을 잔 옆에 갖다 댔다. 아니 잔 위로 1밀리미터 더 높이 갖다 댔다. 바닥의 두께도 감안해야 하기 때문이었다. 위스키를 따랐다. 콸콸! 잠시 후 비로소

한 모금 마셨다. 그을음과 개암나무 맛.

"어느 날 나는 생각했네. 자연 풍경을 말이야. 말하자면 자연 풍경은 객관적인 위용을 통해 신의 관념을 떠오르게 하지. 또 신의 존재의 부정을 암시한다고 생각했지. 신은 인간의 형상을 본떠서 똑같이 만들어졌다고 하지. 시간이 흐르면 누구나 진상을 알겠지만. 아무것도 발견하지 못하는 사람은 제외로 하고 말일세. 하지만 나는 인간을 경멸하네. 나 자신을 포함해서!" 어조가 높아지면서 말이 뚝 끊겼다. 잘려 버린 말은 독립성을 갖고 따로 떨어져 의미를 품은 채 그들 사이의 열린 공간에 떠 있었다. "정말로 나는 나 자신이 너무 싫어. 아직도 개와 산을 좋아하긴 하지만 개의 모습이라든가 산의 모습에서 신을 상상할 수는 없네. 그래서 스키를 타고 슬로프를, 아니 계곡을 내려가는 스키 선수처럼 나의 인생에서 신은 사라졌다네. 자네 상상할 수 있겠나? 멀리서 보면 그런 인간의 모습은 검은 반점뿐이야. 하얗게 쌓인 눈 위에 붓글씨로 자기 자신을 써 내려가는 것처럼. 길고 우아한 움직임, 판독하기 어려운 신비로운 글자, 있다가도 갑자기 없어지는 것. 스키 선수는 시야에서 사라지고, 자기 몸으로 썼다가는 아무것도 남기지 않지. 나는 처음으로 세상에서 혼자였다네. 그러나 나는 세상을 그리워하지 않아. 신이 하나의 대답처럼 들리지. 그러나 그런 대답을 너무 자주 사용하는 것은 아주 해로운 것이야. 신은 질문처럼 들리는 이름을 갖고 있어야 했어. 나는 세상에 홀로 있게 해 달라고 부탁하지 않았네. 아무도 그런 부탁을 하지는 않지. 자네는 이런 일들에 대해 생각해 본 적 있나?"

인니는 그의 말이 질문이 아니라 명령이라는 것을 벌써 알고 있었다. 인니의 신상명세서가 밝혀졌고 평가도 되었다. 또한 인니와 이 남자 사이의 관계도 설정되었다. 그런데 무엇을 얘기하란 말인가? 이상하게도 인니는 무관심해졌다. 따사로운 햇살, 반쯤 가려진 색색깔의 꽃들, 그 위로 가볍게 흔들거리는 보리수, 동시에 일어나는 그 모든 것들, 감각적 인식을 일으키는 모든 조직, 기지개를 켜고 햇빛이 드는 쪽으로 움직일까 망설이고 있는 개, 그날 오후에서야 시작되었지만 아주 오래된 것처럼 느껴지는 이 모든 새로운 인생, 끊임없이 자기 자신에 대해 말하는 망치 두드리는 듯한 목소리, 얻어 마신 위스키, 그 모든 일이 인니에게 멍한 느낌을 주었다. 많은 일이 일어났다. 일어난 일 중에 그가 없어도 괜찮은 일도 있었다. 그는 꽉 채워진 그릇이었다. 그가 지금 말을 한다면 그 그릇에서 모든 새롭고 귀중한 감정들이 흘러 나갈 것이다. 인니는 그 남자가 말한 것을 모두 들었다. 그러나 무엇에 관한 얘기였던가? 그가 말한 '자네는 이런 일들에 대해 생각해 본 적 있나?'에서 '생각'이란 무엇인가? 그는 신이 스키 선수처럼 슬로프를 타고 내려가는 모습을 본 적이 없다. 신은 미사 제의에 묻은 포도주 자국이고 차가운 청회색 제대 계단 위에 흘린 노 신부의 피라고 생각했다. 그러나 인니는 그것을 말하지 않았다.

"아니요, 전혀." 하고 인니가 말했다.

"왜 해 보지 않았나?"

"관심이 없어서요."

"아, 그래."

인니는 그가 보다 더 우주론적 스타일의 대답을 기대했음을 알았다. 그러나 인니는 그런 대답을 전혀 주질 못했다.

"자네, 실존주의에 대해 아는 게 있나?"

물론 수도원 학교에서 보낸 마지막 해에 사흘간 그 주제를 갖고 저녁에 토론한 적이 있었다. 사르트르, 선택, 쥘리에트 그레코[20], 촛불이 켜진 지하실, 검은색 풀오버, 파리에 갔다 올 때 네덜란드에서는 구할 수 없던 골루아즈 담배[21]를 가져온 청소년들, 차가운 카망베르 치즈와 바게트, 빵이라면 프랑스 바게트가 최고라고 말하는 아이들. 바게트는 껍질이 아주 두꺼웠다. 절망과 구토에 대해 토론하기도 했다. 인간은 지상에 내던져진 것이다. 이런 생각을 할 때면 항상 인니는 이카루스를 생각해야만 했다. 그리고 다른 위대한 추락자들, 익시온, 파에톤, 탄탈루스[22], 신과 영웅의 세계에서 낙하산 없이 뛰어내린 그 모든 낙하병들, 인니는 아무것도 상상할 수 없는 낯선 추상 개념보다 이런 반신과 영웅에 대해 더 관심을 가졌다. 그냥 내던져진 의미 없는 세상, 자체적으로 의미를 부여하지 않고서는 아무런 의미가 없는 존재. 이런 해석은 여전히 교회의 해석같이 들렸고, 의심스럽고 퀴퀴한 순교 냄새도 났다. 존재란 다른 무엇과도 비교가 안 되는 강하고 쓴 골루아즈 담배 냄새와 맛을 통해 가장 잘 표현된다고 인니는 생각했다. 위험한 냄새, 쓴 맛이 혀끝에 작은 가시처럼 걸려 있는 담배, 볼품없

20) 프랑스 출신 영화배우이자 샹송 가수.
21) 프랑스의 대표적인 담배.
22) 모두 그리스 신화에 등장하는 인물.

어 보이는 당구 초크 같은 푸른색 담뱃갑. 사람들은 담배를 피워 불안감을 떨쳐 버릴 수 있었다. 그러나 인니는 그 말을 그에게 결코 할 수 없었다.

"많이 알지는 못해요."

이 스키 챔피언은 철학으로 무엇을 하자는 것인가? 신문과 잡지에 정기적으로 사진이 실리는 이 사팔뜨기 학자에게 그는 무엇을 원하는 것인가? 생각, 생각이란 도대체 무엇인가? 그는 책을 많이 읽었다. 책을 많이 읽은 것뿐만 아니었다. 그가 본 것들, 영화, 그림은 그의 감정 속에서 변형되곤 했다. 즉시 단어로 표현될 수 없는 감정, 감각, 인상, 관찰에서 우러나오는 수많은 무형의 것, 그것이 그의 사유 방식이었다. 사람들은 그 무형의 것을 단어로 감쌌지만 표현되지 않는 것이 언제나 더 많았다. 훗날 정확한 답을 원하거나 정확한 답을 줄 수 있는 것처럼 행동하는 사람들과 관계하는 한 이에 대한 불안감은 일어나게 마련이다. 모든 것에 내재되어 있는 수수께끼 같은 것이 재미있었다. 사람들은 매사에 너무 많은 질서를 부여하려고 해서는 안 된다. 그런데도 질서를 부여했다면 필연적으로 무엇인가를 잃었을 것이다. 신비한 것들은 그 신비한 것들에 대해 세밀하게, 조직적으로 생각하면 생각할수록 더 신비로워진다는 것을 그는 아직 깨닫지 못했다. 그는 혼란스러운 감정 속에서 편안함을 느꼈다. 그리고 그 감정을 카드에 분류하여 옮겨 놓기 위해서는 성인이 되어야 했다. 그러나 성인이 되면 사람들은 갑자기 다 살았다는 생각과 실제로 죽음에 한 발짝 다가섰다는 생각이 앞설 것이다.

"내 생각은 유신론적 실존주의가 아니라 무신론적 실존주의야."

스키나 타시지! 멀리 사라진 신의 뒤꽁무니를 따라 슬로프를 질주하듯 내려가기나 하시지! 아니면 정상에 가 앉아 계시기나 하던지! 어디에 불이 났는지 살펴보기나 하시던지! 꺼져버리세요! 그만두세요!

"너무 앞서가는지는 몰라도 그것의 윤리적이고 인도주의적인 시각이 영 마음에 들지 않아. 그것은 인간을 가엾게 만들지. 어둠 속을 더듬거리다가 출구를 찾는 일종의 어릿광대로 만든단 말이야. 난 그게 마음에 안 들어. 그건 잔인하지는 않거든. 내 말 알아들었나?"

인니는 고개를 끄덕였다. 그는 그 말을 알아들었다. 나무에 높이 걸쳐 춤추는 햇살처럼 잡을 수 없는 성무(星霧)들, 도대체 얼마나 많은 초록색이 있을까?

"사르트르가 인간은 이 세상에 내던져졌고, 혼자이며, 신이란 존재하지 않으며, 우리의 존재와 행위에 대해 모두 책임을 져야 한다고 말한다면, 나는 예라고 하겠네."

이 긍정의 말이 온 숲에 울려 퍼졌다. 개는 귀를 쫑긋 세웠다. 이 남자는 함께 이야기할 사람이 아무도 없다고 인니는 생각했다.

"그러나 사르트르가 나에게 이 세상뿐만 아니라 다른 사람에 대해서도 책임질 것을 요구한다면, 나는 아니라고 대답하겠어. 아니, 왜 내가 책임을 져야 해. '인간이 자기 자신을 선택할 자유가 있다면, 그는 모든 인간을 선택할 자유도 있으리라.' 어째서? 나는 아무것도 청한 적이 없어. 내 주변에 빈둥대는 속물들과는 난 상대하지 않지. 나는 내 시대를 끝까지 살아갈 뿐이야. 다른 방법은 없거든, 그렇고말고."

그는 마치 지체 없이 그것을 시작하려는 듯 재빠르게 뒤로 돌아서서 숲 속으로 사라졌다. 개는 주인보다 이미 앞서 달려갔다.

6

그는 지금도 생각에 빠져 있는가? 그것은 분명히 전염성 효력이 있었다. 누구든 스스로 무엇을 행하지 않더라도, 그의 인생은 그의 삶 속에 등장한 인간과 사물 들에 의해 결정된다. 이어서 그것들의 존재는 일련의 지루한 사건을 야기시키며, 우리는 이 사건들을 뒤에 질질 끌고 다녀야 한다. 죽은 아버지들, 외국에 사는 어머니들, 기숙학교들, 후견인들, 게다가 고모와 스키 챔피언. 인니는 확실히 만족하며 살다 보니 이제는 아무것도 할 필요가 없다는 생각이 들었다. 그런데 어째서, 그의 인생이 비록 그 자신이 아무것도 한 것이 없고 지금까지 모든 것이 그에게 그냥 일어났을 뿐이라는 느낌이 압도적인데도, 그렇게 길게 느껴지는 것일까? 그는 이미 수천 년을 살았던 것 같았다. 만약 그가 동물학을 연구했다면, 수백만 년은 됐을지 모른다. 그런 과거에서 아무것도 기억할 수 없다고 해서 놀랄 일은 아니다. 그리고 동시에 모든 것을 그대로 기억한다는 것 또한 이상할 수 있다. 더 이상한 것은 기억의 동가성(同價性)이다. 아버지의 사망 소식이 여러 종류의 사건과 겹쳐져 동일선상에 놓여 있었다. 이를테면 영화 「탈라사 탈라사」, 예수 그리스도의 십자가에 못 박히심, 독일 국회의사당 방화 사건과 같은 사건들이 동일선상에 놓였다. 결국 자기 자신의 문제였다. 그 사건들은 직접 체험하지는 못했을지라도 자신의 인생에 얽혀 있기 때문이다. 결국 최종적으로는 자신을 위해 그런 일들을 기억해 둔 자기 몸이란 것이다. 우리 뇌 속에서 진기한 화학적 변화 과정들이 고생대를 의식하도록 해 준다. 그 의식을 통해 그것은 어떤 방법으로든 우리 경험의 일부가 된다. 그 결과 우리 자신도 상상할 수 없이 멀리 떨어져 있는 시간과 연결되어 우리는 똑같이 신비스러운 메커니즘을 통해 죽을 때까지 그 시간 속에 속해 있을 것이다. 그렇기 때문에 우리의 인생은 끝없이 확장되었다. 그것은 부정할 수 없었다. 인니는 갑자기 나이를 많이 먹은 느낌이 들었다.

지금까지 그렇게 말을 많이 하던 이 남자가 침묵하자 분위기가 답답해졌다. 그는 자기 무게를 달아 보고는 너무 가볍다고 생각한 것일까?

숲 속은 나무가 더 드문드문해지고 밝아졌으며 나무줄기도 적어졌다. 인니는 줄지어 선 마지막 몇 그루의 메마른 나무들 사이로 높이 빛나는 후광을 보았다. 그들은 곧 그 밑을 지나갈 것이다. 그리고 관목이 무성한 평지가 환상에 젖은 듯 몽롱한 열기 속에 잠겨 만물이 공허와 적막에 휩싸여 있었다.

인니는 잠깐 멈추고 싶었다. 아니, 오히려 누워서, 혼자 있을 때 늘 하던 대로 날카롭고 까칠까칠한 식물에 얼굴을 대고 땅바닥에 몸을 비벼 대고 싶었다. 천천히 무릎과 가슴과 턱 그리고 단단한 뼈가 있는 신체 부위로 땅을 파서, 베개 위에 누운 고양이가 아니라, 진흙으로 반쯤 뒤범벅된 난파선처럼 눕고 싶은 기분을 느꼈기 때문이었다. 그러나 아르놀트 타츠와 산책하는 자리는 그런 종류의 애정 관계에 대해 논할 자리가 아니었다. 인니는 천천히 걷는다면 자기 이름이 개 이름처럼 갑자기 들판을 넘어 멀리 메아리 칠 것임을 확신했다.

아니면 아르놀트 타츠는 벌써 그가 곁에 있다는 것을 잊은 것일까? 그는 주변을 돌아보지도 않았다. 그리고 똑같은 길을 습관화된 똑같은 율동과 기계적인 동작으로 눈 감고도 걸어갈 수 있을 것 같았다. 그는 긴장한 채 행군 중인 키 작은 군인 같았다. 그들이 다시 집에 도착했을 때 시계가 7시를 쳤다.

7

그날 비로소 인니는 아르놀트 타츠의 생활에서 가장 중요한 것은 시간이라는 것을 알게 되었다. 아르놀트 타츠는 하루의 비어 있는 위험스러운 평면을 여러 개의 시점으로 정확하게 재서 구분해 놓았다. 각 시점의 시작과 끝에 설정된 경계 표시는 한 치의 실수도 없었다. 인니가 나이가 좀 더 들었다면, 아르놀트 타츠가 자기 곁에 붙어 다니는 불안감을 통제하기 위해 시간을 십 분, 삼십 분, 십오 분 단위로, 우리가 일생 동안 걸어가야 할 시간을 임의로 쪼개어 정해 놓았다는 것을 분명히 알았을 것이다. 그것은 마치 끝없는 사막에서 누군가 어떤 특정한 모래알에 약속한 것과 같은 것이었다. 그 모래알에서만 식사를 할 수 있고 책을 읽을 수 있는 것이다. 약속한 모래알 하나하나가 그로 하여금 상보적 행위를 요구했다. 10밀리미터만 더 가도 가차 없는 운명이 지배했다. 그는 십 분

일찍 혹은 늦게 오는 사람은 환영하지 않는 사람이었다. 그의 광적인 초침은 어김없이 첫 페이지를 넘기게 했고, 피아노 첫 음표를 연주하게 했고, 지금처럼 시계가 7시의 마지막 종소리를 울리면 불 위에 쇠고기와 야채 스튜가 담긴 냄비를 올려놓게 했다.

"일주일에 한 번 내가 요리를 하지." 아르놀트 타츠가 말했다. "대개는 스튜 요리와 수프라네. 나는 먹을 만큼만 음식을 만들어. 내가 일곱 번 먹을 양과 손님이 먹을 한 번의 양을 준비해. 손님이 오지 않으면 그건 아토스 몫이고."

인니는 개의 몫을 먹게 되었다. 인니는 개를 좋아하지 않았다. 특히 개와 주인이 숨 막히는 공생 관계로 함께 살 때는 더더욱 그랬다. 시계가 7시 15분을 치자 그들은 식탁으로 갔다.

"다음 주 자네 고모 테레제한테 가면, 정말로 정신병원에 들어간 기분일 걸세." 타츠가 말했다. "빈트롭 가 사람들은 대부분 정신이 좀 이상해. 특히 배우자를 선택할 때는 정말로 제정신이 아니지. 그들은 아주 정상적인 사람을 찾지만 얼마 안 가 그를 미친 사람으로 만들어 버리거든. 혹은 오랫동안 머리가 정상이 아니기 때문인지 몰라도 더 이상 일할 필요가 없는 사람을 택하기도 한단 말이야. 내가 자네 고모와 관계를 끊은 후 자네 고모는 얼간이가 분명한 남자와 결혼했어. 물론 돈 많은 백치였지. 그 때문에 자네도 알다시피 자네 고모는 많이 불행해졌어. 자네 고모는 1급 신경증 환자라네. 내가 그녀에게서 빠져나오길 잘했지. 자네 고모는 예전엔 대단한 미인이었고 매력적이었어. 하지만 나를 정말 공포에 몰아넣을 정도로 소유욕이 강했지. 자네 친척들은 한 사람도 빠짐없이 모두 나에게 겁을 주었어. 그들은 두 가지 병을 앓고 있었던 거야. 하나는 한계를 모르는 병, 다른 하나는 고생을 회피하는 병이지. 내가 말하려는 것은 자네 친척들은 무엇이든 조금이라도 불편하다고 생각되는 것은 모두 거부하거나 피해 버린다는 거야. 그들은 감수성은 있을지 몰라도 성실함을 몰라. 어려운 일에 직면하면 도망치기 일쑤니까. 자네 고모는 자네를 여기 내 집 문턱에 그냥 내려놓고 가는 것이 아주 재미있다고 생각하는 모양이야. 하지만 전직 공증인인 나에게 그런 행동은 하지 않았으면 좋았을 텐데 말이야. 우리는 한번 이런 잘못된 것을 말끔하게 정리할 것이네. 내가 왜 그런 일을 하려는지는 신만이 알지. 아마도 분한 생각이 들어서인지도 몰라. 그러나 난 자네가 어떤 확실한 재능을 갖고 있다는 인상을 받았네. 그 재능이 어떤 종류의 재능인지는 몰라도 말이야."

그는 먹는 것도 걷는 것처럼 기계적인 동작으로 먹었다. 스스로 융숭한 대접을 받는 사람처럼. 만약 어떤 이유로든 그가 갑자기 옆으로 몸을 돌린다면 포크를 든 한쪽 팔이 자동적으로 움직여 인니의 뺨에 상처를 낼지도 모를 일이라고 인니는 생각했다. 7시 30분, 설거지, 커피 끓일 물 올려놓기. 7시 45분 커피. "네 번째 담배야. 다섯 번째 담배는 자기 전에 피우지."

블랙 뷰티의 진한 냄새가 방 안을 스쳐 갔다.

"자네, 아버지가 없다는 것을 어떻게 생각하나?" 아르놀트 타츠가 물었다.

이 남자는 대답할 수 없는 것들만 골라서 물었다. 그래서 인니는 대답하지 않았다. 아버지가 없다는 것은 다른 무엇이 없다는 것과 하등 차이가 없었다. 그것은 말할 가치조차 없었다.

"아버지를 보고 싶은 적이 없었나?"

"예."

"아버지를 알고 있나?"

"열 살 때까지 알고 지냈습니다."

"지금 아버지에 대해 알고 있는 것은 무엇인가?"

인니는 아버지에 대해 곰곰이 생각해 보았다. 그러나 아버지에 대해 의식적으로 생각해 본 것이 처음이기 때문에 생각이 잘 나지 않았다. 아버지는 떠날 때 "안녕" 하고 말했다. 그리고 언젠가 한번은 인니 앞에서 어머니를 때렸다. 인니는 자기가 없을 때 종종 더 때렸을 거라 생각했다. 어느 날 밤 인니가 공습경보에 깜짝 놀라 겁에 질려 아래층으로 뛰어 내려갔을 때 아버지가 소파 위에 베이비시터와 함께 있는 것을 보았다. 나중에 사건을 재구성해 본 바로 그때 아버지는 좀 이상한 자세를 취하고 있었고, 인니에게 방으로 들어가라고 했었다. 후에 아버지는 그 여자와 결혼했고 인니의 어머니는 감추어진 음모에 속았다며 집을 나갔다. 어른들은 이런 음모로 자기들 입맛대로 세상을 살아갔다. 인니는 아버지와 그 여자가 함께 사는 집에 남아 있었으나 기근이 든 그해 겨울에 지금의 헬더란트 지역 어디엔가 살고 있던 어머니에게로 보내졌다. 그해 겨울이 끝나 갈 무렵 버사위던하우트 폭격 때 아버지는 돌아가셨다. 아버지가 폭격으로 목숨을 잃었다는 소식에 인니는 크게 기뻐했다. 당시 아버지는 정식으로 전쟁에 참전해 있었다.

인니는 아버지의 무덤에 가 본 적이 한 번도 없었다. 그가 아버지 무덤에 처음으로 관심을 가졌을 때 그곳에 무덤은 없었다. 누구의 말로는 제거되었다고 했다. 제거되었다는 말은 말끔히 치워졌다는 아주 특이한 변형어였다. 인니는 아버지는 그렇게 제거된 것으로 기억하고 있다. 인니는 누렇게 변색된 전쟁 당시 사진에서 대머리에 날카로운 인상의 한 남자를 보았다. 후기 중세 시대의 우울해 보이는 서기 같아 보였다. 그러나 어머니는 아버지가 술집 탁자 위에서 집시 음악에 맞춰 춤을 추곤 했다고 말했다. 그것이 인니의 아버지에 대한 기억들이었다. 그리고 한 가지 결론은 아버지는 진짜 죽은 사람이라는 것이었다.

"저는 아버지에 대해 아는 게 별로 없습니다."

이번에는 타츠가 다시 교수처럼 말을 이었다.

"사르트르는 '아버지가 없으면 초자아를 무겁게 끌고 다닐 필요가 없다.'라고 했지. 자네 인생에는 등에 업고 다닐 아버지도 없거니와 강제로 무엇을 해야 할 것도, 거부해야 할 것도, 미워해야 할 것도, 따라야 할 행동 기준도 없네."

인니는 그의 말이 무슨 말인지 하나도 알아듣지 못하겠다는 생각이 들었다. 그 말이 인니가 이 세상에 혼자라는 것을 의미한다면 그건 맞는 말이었다. 인니 자신도 그렇게 생각했고 그 말이 마음에 꼭 들었다. 지금 앞에 있는 이 사람과 마찬가지로 다른 사람들도 거리를 두어야 했다. 그리고 그들도 인니에 대해 너무 많이 이야기하지 않아야 했다. 다만 그들이 그들 자신에 대해서 혹은 인니가 알지 못하는 그들의 가족에 대해 이야기하는 한은 괜찮았다. 인니는 두 번이나 기숙학교에서 쫓겨났다. '다른 아이들과 어울릴 수 없기 때문'이라든가, '같이 행동하지 않았다'든가, '다른 아이들에게 해로운 영향을 끼친다'라는 이유였다. 다른 아이들이 인니를 미워했다는 표현이 더 나은 표현일지도 몰랐다. 그들은 인니의 침대 속에 적개심을 드러낸 호칭 기도문을 넣어 놓기도 했다.('시어 빠진 레몬이여, 우리를 위해 빌어 주소서.') 그러나 인니는 그런 일에 별로 개의치 않았다. 문제는 바로 다른 아이들이었다. 학부모 방문의 날이면 다른 아이들은 친척들과 갈색 신사복 정장을 차려입은 아버지들과 꽃무늬 원피스를 입은 어머니들에 둘러싸인다. 인니는 그들과 아무 상관이 없었다. 적어도 인생살이에서 방황하고 있는 이 남자, 아르놀트 타츠도 마찬가지였다. 인니는 사람들이 자기 생활에 끼어들어 접근하는 것을 허락하지 않았다. 그것은 마치 릴 테이프를 돌려 영화를 상영하는 것 같았다. 그는 관람석에 앉아 배우들의 연기를 주의 깊게 지켜본다. 특히 배우가 이 남자처럼 재미있게 연기한다면 더더욱 그렇다. 그러나 영화에 빠져 들어간다는 것은 용인할 수 없었다. 배우에게 마음이 끌린다고 해도 그는 단지 관객으로 남아 있을 뿐이었다. 아무 말 하지 않아도 이야기는 저절로 진행되어 갔다.

그리고 이야깃거리가 되는 사건들은 저절로 생겨났다.

조용한 방에서 아르놀트 타츠가 쓴 복음서에 따라 인니의 가족 이야기가 레시터티브[23]로 전개되었다. 이러한 파괴적인 보고서에 아리아의 경쾌함이 들어설 자리는 없었다. 대신 저주와 비탄으로 가득한 그 심연에서 개가 한숨짓는 듯한 소리를 가끔씩 냈다. 그 소리는 익명의 작곡가가 훌륭하게 작품 속에 삽입한 소리 같았다. 빈트롭 가의 몰상식과 정신 착란, 외도, 혹은 기괴함에 대한 이야기가 끝날 때마다 감각 기능이 아주 발달된 개가 깊숙한 아랫배에서 짧은 간격으로 정확히 내뿜는 한숨 소리는 훨씬 효과적이었기 때문이었다. 그 한숨 소리는 분명히 이야기와 관계가 있었다.

리허설을 하는 것이 아닐까? 하고 인니는 생각했다. 하지만 개가 그렇게 오래 살지는 않는다. 일주일에 한 사람이 먹을 분량의 스튜를 만든다는 것을 감안한다면 방문객 역시 그렇게 많지 않았을 것이다. 유일하게 가능성 있는 대답은 이런 보고, 설교, 레시터티브가 혼자 있을 때도 행해졌다는 것이다. 이때 개의 한숨은 일종의 추임새로 콘티누오[24], 구두법, 강세 역할을 했다. 공기, 공기 — 이 천재적인 동물은 우리를 에워싼 보이지 않는 공기와 우리가 일부 들이쉬는 공기로 감정과 주장을 도와주는 법을 배웠고, 숙명과 혐오감을 발견하는 법을 배웠고, 발견한 숙명과 혐오감이 나머지 상관없는 공기 속으로 벗어나 시계추의 기계적인 규칙성을 파괴하는 먹잇감이 되지 않고 애꾸눈 주인과 함께 예술적으로 얽혀, 그것들을 바로 직

---

23) 17세기 초 카치니가 쓴 성악 양식으로, 규칙적인 리듬이나 반복적인 가사가 특징이다.

24) 바로크 시대 유럽 음악계에서 성행한 즉흥적으로 곁들이는 저음 파트.

전 한 이야기의 메아리와 독창자가 한번 도달한 긴장감을 붙들도록 강요하는 좀더 약한 혹은 강한 한숨 소리로 채워 넣는 법을 배웠다.

8

그런 긴장은 — 인니가 배워야겠지만 — 부정적인 힘을 갖고 있었다. 인니는 첫날 저녁에는 모든 것을 잘 이해하지 못했다. 하지만 그날 저녁 이미 아르놀트 타츠와 우정이 싹트기 시작했다. 인니의 특징 중 하나는 — 당시 인니는 그것을 몰랐는데, 스스로 생각해 봐도 그가 오래 살아 보지 못했기 때문이었다 — 일단 관심을 갖게 된 사람은 절대로 놓치지 않는다는 점이었다. 그가 관심을 가진 대상들은 다른 세계에 살고 있는 '이상한 사람'으로 불리는 사람들이었다. 그리고 사람들이 이해할 수 없는 인니의 냉소적 혹은 세속적 표현과 비슷한 인물들이었다. "거기에 인니의 하수구에서 빠져나온 친구, 정신병자, 수집품, 황천에서 온 사람이 또 있군.", "어제 네가 스키폴에서 누구와 함께 있는 거 봤어.", "너는 도대체 그런 사람과 어떻게 저녁을 함께 보낼 수 있는 거야?", "너 그 아가씨와 아직도 만나?"

그러나 이 모든 것은 후에 있었던 일이었다.

지금은 아르놀트 타츠가 그 대상이었다. 아르놀트 타츠는 세상과의 관계에 실패했다. 때문에 높고 날카로운 어조로 마치 세상의 통치자라도 된 듯 세상을 부정했다. 이 부정의 메신저가 다섯 번째 복음사가가 되었다면 그는 갈매기를 상징으로 삼았을 것이다. 불길한 징조를 나타내는 듯 음울한 하늘을 배경으로 툭 솟아난 바위 위에 앉아 있는 고독한 잿빛 새. 인니는 자연환경을 다룬 영화에서 갈매기를 본 적이 있었다.갈매기 근처에 몰래 다가가 망원 렌즈로 찍은 영화였다. 갈매기는 갑자기 주둥이를 벌리고 분노하듯 혹은 경고하듯 비명을 지르면서 한두 번 힘찬 날갯짓을 하고는 공중으로 날아가 버렸다. 보이지 않게 조용히 물결치는 기류에 마치 돛을 단 듯 계속 홀로 날아갔다. 그러고는 다시 무엇인가 잘려져 나가 망가진 것처럼 가끔씩 비명을 질러 댔다.

시계추가 시간을 알렸다. 남자와 개가 일어섰다.

"버스 정류장까지 데려다 주겠네." 아르놀트 타츠가 말했다.

그는 현관 복도에 있는 우산 보관함에서 잘 다듬은 나무에 번질번질한 기름종이를 팽팽히 둘러쳐 만든 우산같이 생긴 것을 가져왔다.

"이것은 파용[25]이네." 하고 그가 말했다. 그들이 밖으로 나오자마자 비가 억수같이 쏟아졌다. 팽팽히 펴진 우산 위로 빗

---

25) 인도네시아에서 쓰는 커다란 파라솔.

방울이 세차게 소리 내며 떨어졌다. 빗방울이 세상의 모든 것을 때렸다. 그들이 정원에 난 길을 지나는 동안 인니는 집 쪽을 돌아다보았다. 집 안에 머물고 있을 때보다 이 남자가 처한 광적인 고독감이 더 크게 느껴졌다. 그에겐 온갖 형태의 고통이 있었다. 그리고 나중에 재구성해 본 바로는, 인니도 수없이 고통을 겪어야 했지만, 지금 그 나이에 적나라한 고통의 상태가 그날처럼 그렇게 뚜렷이 나타나는 것이 정말 신기했다. 고통은 사건이 아니라 스스로 찾아든 피할 수 없는 형벌이었다. 피할 수 없다는 것은 다른 사람이 관여되지 않았기 때문이며, 호주머니에 세계 기록 훈장을 넣고 다니는 육상 선수처럼 경쾌하고 민첩하게 인니와 나란히 걸었던 이 남자가 스스로 고통을 느끼고 있는 것 같았기 때문이었다. 당시에 확실하게 정의를 내릴 수는 없었지만 인니는 이곳이 죽음의 악취와 연관되어 있음을 감지했으며, 사람들이 한번 단순한 부주의나 사고로 길을 잃게 되면 다시 되돌아갈 수 없는 곳임을 알았다.

9

버스가 정확히 제시간에 정류장에서 출발하여 마음이 가벼웠다.

아르놀트 타츠는 개와 함께 어둠 속으로, 빗속으로, 숲 속으로 사라졌다. 버스, 기차, 힐베르쉽 가로수길을 따라 걷는 긴 행렬, 별장들이 정원 속의 어두운 무덤처럼 서 있었다. 비가 온 후 더욱 후텁지근해진 공기, 짙은 꽃향기, 그러나 달콤한 분위기 속에서의 이별의 맛. 무엇에 대한 이별인지는 정확히 알 수 없었지만 이별해야 한다는 것은 확실했다.

그날 밤 인니는 아르놀트 타츠에 대한 꿈을 꾸지 않았다. 잠을 잘 수 없었기 때문이었다. 그럼에도 인니는 환영에 빠진 듯했다. 그 환영 속에서 타츠는 다른 어떤 곳에서보다 꿈속에서 역할을 더 많이 했다. 그의 주인은 실제로 어제 저녁때처럼 그의 맞은편에 앉아 있었다. 그는 의심할 바 없이 몇 시간 전에 자기를 버스 정류장에 바래다 주었던 그 남자였다. 한쪽 눈밖에 없는 이중인격의 남자, 운명적인 악기처럼 인니의 인생에 발현한 남자였다. 인니는 발현이라는 단어에 파티마와 루르드[26]에서 기적이 일어난 이래 가톨릭교에만 속해 있던 구체적인 의미를 결코 고집할 수 없었다. 아르놀트 타츠는 다른 무엇보다 발현이란 말이 더 적합했다. 더 나아가 아르놀트 타츠가 앉아 있는 모습은 동정녀라는 말을 뺀 마리아의 모습이 변형된 것 같았다. 물론 마리아의 변형을 암시하는 다른 점들도 있었다. 이를테면 침대 머리맡의 전등에서 전류화된 성스러운 후광이 흘러나왔다. 그러나 엄밀히 보아 일치하지 않는 유일한 것이란 그의 얼굴에 성스러움을 전달하려는 표정이 없다는 것이었다. 그 표정은 많은 부조화를 감안할 때 차라리 스스로 성스러워 보임을 거부하는 것이었다. 이 남자의 모습은 마치 두 부분으로 나뉜 성인 같았다. 이미 세속에서 많은 고난을 겪어 천상의 빛 속에 들어갔으나 여전히 어두운 또 다른 세계를 암시하는 흔적들을 보여 주는 얼굴 모습을 한 성인이었다. 그 흔적들은 악마의 현혹적 환시와 관련이 있지 않나 하는 의구심을 떨쳐 버릴 수가 없었다. 게다가 종창, 혹, 사마귀, 무엇인지 확실히 몰라도, 혹 같은 게 난 피부가 두드러지게 눈에 띄었다. 그리고 천상의 등불 같은 불빛이 콧등에서부터 입까지 내려온, 깊고 좁고 일그러진 양쪽 주름살을 비춰 주름살이 더욱 깊게 팬 것처럼 보였다. 그날 밤 인니는 비몽사몽간에 그

26) 두 곳 모두 성모 발현지로 유명한 유럽의 도시.

의 눈보다도 오히려 양쪽 주름살을 더 잘 기억했다. 왜냐하면 방향 감각이 없는 눈먼 한쪽 눈도 함께 움직였고 기하학적으로 움푹 들어간 뺨의 절반이 보이지 않는 고뇌로 채워져 있었기 때문이다. 꼭두각시에 달린 두 개의 가느다란 줄처럼 양 입가를 조작하여 양쪽 주름살을 마음대로 올렸다 내렸다 할 수 있었다. 인니는 타츠에 관한 이야기로 만년에 접어들 때까지 즐거워할 수 있었다. 물론 그런 이야기에 충격받아 생을 마감하게 된 타츠에 대해 전혀 양심의 가책을 느끼지 않는 것은 아니었다.

"나는 로키 산맥으로 다시 돌아갈 수가 없네." 아르놀트 타츠가 말했다. "너무 늙었거든. 산은 더 이상 나를 원치 않아. 그래서 나는 매년 멀리 떨어진 스위스의 알프스 산맥 계곡으로 여행을 떠난다네. 아마 자넨 그곳을 상상하지 못할 거야. 거기가 어딘지 자네에게 얘기해 주고 싶지도 않고, 앞으로도 절대로 얘기해 주지 않겠네. 나는 그곳에서 주인이 여름에만 거처하는 외딴 농가를 빌려 쓰지. 사람들은, 심지어 그곳에 사는 사람들까지도 유약하고 허영에 들떠 있단 말이야. 아무도 혼자 있지를 못해. 그리고 아무도 혼자 있길 원하지 않아. 그들은 겨울과 고독을 단호하게 배척하지. 첫눈이 내리자마자 계곡은 완전히 발길이 끊어지고 스키 타는 사람들만 올라갈 수 있어."

"그럼 식량은요?" 인니가 물었다.

"이 주마다 한 번씩 내려가서 가져오지. 많이는 필요 없어. 조금만 먹어도 목숨을 부지할 수 있거든. 아무도 그걸 모르지만. 어쨌든 나는 배낭에 조금만 넣고 등에 멘 채 갈 수밖에 없어. 여섯 시간이나 스키를 타고 가야 하니까."

인니는 고개를 끄덕였다. 여섯 시간이나! "제가 어떻게 그걸 믿으라는 겁니까?" 인니가 물었다.

아르놀트 타츠는 한쪽 눈을 깜빡거리며 한동안 익살스러운 표정을 보여 주었다.

"이렇게." 하고 그는 말했다. "자, 내 옆에 서 보게."(이것이 인니의 유명한 스키 타기 흉내가 된다.) "저 위로 가자고. 자, 지금 올라가지. 동풍이 매섭게 불고 있어. 쉽지가 않아. 배낭을 지고 있다는 걸 잊지 말게. 배낭은 무거워. 배낭에 14일분 식량이 들어 있네. 또 개가 먹을 것도 있고. 아직 네 시간은 더 가야 해. 자, 나를 보게나."

눈은 여전히 감겨져 있었다.

"자네 아직도 눈을 뜨고 있잖나. 난 한쪽 눈으로만 보고 있어. 눈이 먼 쪽은 지금 닫혀 있는 거야. 오른쪽 눈을 한번 감아 보게. 그러면 전망이 일그러지고 정상 시야의 30퍼센트가 사라지지. 한번 쳐다보게나. 그런 상태로 스키를 타는 것은 위험하지. 자, 한번 해 보게나."

움푹 들어간 뺨의 오른쪽 절반이 잘려져 나간 것 같았다.

"너무 빨리 질주하면 무엇인가에 부딪칠 수 있어. 돌이라든가, 나뭇가지라든가, 보이지 않는 장애물 같은 것 말이야."

"그다음은요?"

아르놀트 타츠는 다시 앉았다. 인니의 다시 뜬 빛나는 눈은 실제로 세상을 불구로 만들어 버린 하나의 구멍이었고, 인니의 왼쪽 눈은 눈 속에 빠지거나 얼음에 부딪쳐 치명적으로 추락하는 것을 막기 위해 두 배의 힘을 써야 했다는 것을 상상하는 데 힘이 들었다. "그다음에 넘어져 다리가 부러질 수도 있지. 이론이지만 충분히 일어날 수 있는 일이야."

동풍이 움푹 들어간 뺨을 스쳐 지나갔다. 정오의 햇빛이 타츠의 한쪽 눈의 수정체에 반사되어 눈부시게 빛났다. 어디에도 집은 없었다. 어디에도 사람은 없었다. 세상은 어떤 간섭도 받지 않은 채 늘 있던 그대로였다. 끝없이 펼쳐진 하얀 설원 위에 마치 캠프파이어를 하기 위해 열십자 모양으로 놓아둔 어린 가지들처럼 스키 두 개가 서로 뒤엉킨 채 놓여 있었다. 다리 바깥쪽과 안쪽이 뒤틀려 버린 인형 같은 모습이다.

"그럴 때엔 어떻게 하죠?"

'당연히 얼어 죽겠지.' 하고 인니는 생각했다. 인니는 지금 생각했던 자신의 대답을 의심하지 않았다.

"그럴 땐 알피니스트에게 조난 신호를 보내." 아르놀트 타츠는 느닷없이 "도와줘요!" 하고 외쳤다. 그리고 애원하듯 손을 위로 쳐들었다. 조난당한 숙명적인 계곡처럼 방 안에 소름 끼치는 적막감이 지배했다. 아르놀트 타츠는 조용히 입을 열고 셋까지 센 다음 다시 외쳤다. 하나, 둘, 셋, "도와줘요!" 소리를 치느라 그의 얼굴이 벌겋게 달아올랐다. 힘차게 비명을 지르는 바람에 눈알이 튀어나올 것 같았다.

인니는 그의 앞에서 도움을 청하는 일그러진 얼굴을 쳐다보았다. 마치 카니발 때 쓰는 마스크를 보는 것 같았다. 인니는 그런 무방비 상태에 처한 얼굴을 본 적이 없었다. 그는 수

치와 연민을 느꼈다. 수치심이란 친하게 지내는 사람들에게서 느낄 법한 수치심이었고, 연민이란 벌써 수년 동안 다리가 부러진 채 얼어붙은 황량한 계곡 속에 누워 아무에게도 도움을 청할 수 없는 사람에게서 느낄 법한 연민이었다.

"도와줘요, 하는 말을 항상 세 번 외치네. 중간중간 셋까지 세고서 말이야. 힘이 소진될 때까지. 메아리는 산맥을 타고 아주 멀리 울려 퍼지지."

"듣는 사람이 아무도 없으면 어떡하죠?"

"그럴 때 소리는 존재하지 않는 거야. 나만 소리를 들을 수 있다고 봐야 해. 그러나 그 소리는 나를 위한 소리가 아니지. 소리가 예정된 타인에게 전달되지 않을 때엔 존재하지 않는 거지. 그 후 곧 나의 존재도 없어진다는 뜻이기도 하지. 몸은 굳어 버리고, 정신은 혼미해지고, 외칠 기력도 없어지고, 그래서 결국 죽게 되는 거라네."

개가 이런 말을 알아듣지 못하는 것은 당연했다. 그러나 다가올 불운을 예지한 듯 개의 아랫배에서 부글부글 끓어오르는 소리가 들렸다. 감수 능력을 잃지 않았음을 말하는 듯했다. 개가 일어나서 조용히 킹킹거리며 무엇인가를 털어 버리고 싶은 듯 몸을 흔들어 냈다.

"사람들이 나를 찾아 나설 땐 아토스는 이미 죽어 있을 거야." 하고 아르놀트 타츠가 말했다. "그것이 나를 제일 괴롭게 한다네. 나 자신의 죽음이야 계산된 모험이지만, 아토스를 보호하기 위해서는 어떤 예방 수단이 있어야 할 텐데, 그게 없단 말이야."

죽음이 불과 몇 년 후에 닥쳐올지도 모를 일이지만, 누군가가 인니에게 죽음에 대해 모든 것을 자세하고 정확하게 얘기해 주기는 이번이 처음이었다.

10

고모 테레제 소유의 대형 별장 내부 장식을 묘사하는 데 적절한 단어는 부(富)가 아닌 사치였다. 화려한 네덜란드식 서랍장, 체스터필드 소파, 네덜란드 화가의 그림들, 상아로 만든 관능적인 르네상스 십자가상, 세브르와 리모주 산 도자기 세트, 페르시아산 양탄자, 하인과 하녀, 모든 것이 따뜻한 옷감처럼 그의 마음을 감싸고 있었다.

"사람들이 과거의 잡동사니 속에서 어떻게 살 수 있는지 나에겐 수수께끼야." 그들이 잠깐 단둘이 있을 때 아르놀트 타츠가 내뱉은 말이었다. "그런 잡동사니에 달라붙어 있는 온갖 명성은 이미 다른 사람들이 찬미한 바 있지. 이제 골동품은 딱 질색이야. 오래전에 죽어 없어진 수많은 사람들이 눈으로 본 것들이지. 단, 골동품 전문가라면 참을 수 있겠지만 말이야." 인니는 이 말에 아무런 대꾸도 하지 않았다. 그의 말은 경멸적이었지만 다 옳다고 할 수는 없었다. 인니는 골동품이 편안함을 준다고 생각했다. 편안함과 동시에 힘을 표현하고, 그로 말미암아 외부 세계와의 분리를 의미한다고 생각했다.

고모 테레제가 방으로 들어왔을 때 타츠는 "테레제, 오늘 정오에 부르주아 한 사람이 태어났어." 하고 말했다. "당신은 그의 요람 곁에 서 있는 거야. 당신이 새로이 맞아들인 조카의 만족감에 푹 젖은 얼굴을 보라고. 당신 조카가 자신이 태어난 환경을 다시 알아보는 모양이야. 얼마나 당연한 감사의 마음으로 그가 빈트롭 가의 일원이 되는가를 보라고."

아르놀트 타츠의 등장은 감명을 주기에 충분했다. 인니는 이런 표현을 할 때까지도 과장된 표현이라 생각했다. 그러나 그날 오후에 그 표현이 과장이 아님을 발견하였다. 자신의 예를 들지 않더라도 사람들 사이에 거리감이 존재할 수 있다. 그리고 그 거리감이 그들의 차이점을 무섭게 보여 준다. 그 차이점을 깨달은 사람은 거의 다 우울증에 걸려 죽는다는 것을 인니는 발견했다. 누구나 그런 일을 알고 있지만 그것을 이미 알고 있는 것은 아니었다. 직립 자세로 걸어 다니며 분명하게 의사소통하기 위해 같은 언어를 사용하는 인간들 사이에도 넘을 수 없는 벽이 있다. 어떤 바보가, 인니도 볼 수 있듯이, 이 커피 테이블을 차렸다. 음식을 담을 세 개의 작은 접시는 — '고모부'는 아직 모습을 드러내지 않았다 — 고기로 만든 풍요로운 음식들을 담아 먹기엔 너무 작았다. 짐승의 몸뚱이로 요리하는 방법은 얼마나 다양한가! 삶기도 하고, 굽기도 하고, 젤리처럼 엉기게도 하고, 소금에 절이기도 하고, 납작하게 눌러 만들기도 하고, 갈기도 하고, 잘게 썰기도 한 죽은 짐승의 요리가 푸른 무늬가 새겨진 마이센 산 도자기에 놓여 있었다. 기숙사 학생들 모두가 달려들어 먹어도 다 먹을 수 없을 정도의 양이었다. 이 집에 있으니 더욱 작아 보이는 타츠는 자신에게 지정된 의자 뒤에 서서 도살장을 바라보고 있었다. 여과된 햇빛이 희고, 노랗고, 단단하고, 부드럽고, 푸른 줄이 들어간 여러 가지 치즈를 덮고 있었다.

"이건 브라반트식 커피 테이블이에요." 하고 고모가 말했다. 그녀는 기대에 찬 채 타츠 쪽으로 고개를 돌렸다. 그녀는 타츠를 위해 이 음식을 차렸다. 타츠는 아무 말이 없었다. 한쪽 눈으로 무자비하고 가차없이 식탁 위를 훑어보았다. 그리고 판정을 내렸다. 채찍을 내려치는 한마디였다. "테레제, 햄은 없나?"

인니의 고모는 채찍에 맞은 듯 비틀거렸다. 붉은 반점이 그녀의 얼굴을 공격했다. 그녀는 비틀거리며 방을 빠져나갔다. 복도에서 숨 막히는 듯한 외침 소리가 오랫동안 들려왔다. 그 소리는 위층으로 옮겨 가더니 문이 꽝 닫히자 그 뒤로 사라졌다.

"이건 브라반트식 커피 테이블이지." 하고 타츠는 만족해하며 자리에 앉았다. "역겨운 후기 부르고뉴풍의 허세. 부유한 섬유업자들, 이 친구들은 자기들이 아직도 부르고뉴 궁정의 후계자인 줄 착각하고 있단 말이야. 이곳은 네덜란드의 바이에른이지, 젊은이. 여기는 칼뱅교도에게는 어울리지 않아."

"당신도 가톨릭 신자인 줄 알았는데요." 인니가 말했다.

"라인 강, 마스 강, 스켈더 강 위쪽 지역에 사는 북부 네덜란드인들은 칼뱅교도들이지. 우리는 너무 많은 것도, 너무 오래된 것도, 너무 비싼 것도 좋아하지 않네. 여기 사람들 집에 가면 식탁에 3시까지 앉아 있어야 한다네."

조용히 문을 두드리는 소리가 났다. 하녀 하나가 햄이 가득 담긴 접시를 들고 들어와 타츠가 앉아 있는 식탁 위에 내려놓았다.

"선생님, 이만하면 충분한가요?"

그녀는 키가 크고 젖가슴도 풍만했다. 약간 코미디언 같은 얼굴에 푸른 눈은 웃음을 가까스로 참고 있는 듯했다. 인니는 첫눈에 그녀에게 반했다. 훗날(모든 것의 지배자 같아 보였던 끔찍스럽고 억제가 불가능했던 훗날, 모든 경험이 재판 서류처럼 분류, 정리되어 놓일 훗날) 인니는 갑작스럽고 무의미했던 하녀와의 연애에 대해 다음과 같이 정의를 내릴지도 모른다. '육체적인 것은 그 연애와 거의 관계가 없다. 그렇기 때문에 오히려 육체적인 것이 가장 빠르게 드러난다. 누군가 정상이라는 것은 본능적이고 직감적인, 확실한 지각이 있다는 것이다.'

'정상이라고?'

'그렇다. 그 여자는 자기 자신에 대해 확실히 알고 있다. 나는 자기 자신을 알지 못하는 사람한테는 마음이 끌리지 않는다. 그리고 또 다른 토대가 있는데 — 그건 결국 구조적인 문제였다 — 그녀가 너에게 호감을 갖고 있는지를 알아야 한다는 것이다.'

'너에 대한 호감?'

'그렇다. 장소와 시간이 맞는다면 만남에도 논리가 있다.'

논리. 그 단어에 연인들 각자 달아나려고 할지 모른다. 그러나 이 시점에서 문제는 바로 그것이었다. 누군가와 잠을 잔다는 것은 완전히 논리적일 수밖에 없었다. 우리는 무슨 일이 일어날 수밖에 없기 때문에 일어난다는 것을 알고 있다. 단지 상대방도 그것을 이해할 수 있어야 했다. 그것은 유혹이었다. 사건 과정의 확실성이 유혹에 큰 힘이 되었다. 유혹과 반대로 상대의 유혹을 받는 입장이 되었을 때 더 분명해지는 것은 잠을 잘 필요가 없다는 기묘한 모순이다. 문제는 그것이 꼭 맞는 말이냐였다. 그러나 지금 이 식탁 주변을 그녀가 반듯이 서서 걸어갈 때 인니가 계속 느꼈던 것은 욕망, 흥분, 이상야릇하고 절망적인 감정이었다. 그녀는 매력적이고 부드러운 'g' 발음으로 말했다.[27] 그녀는 조소 띤 푸른 눈으로 자존심 강한 애꾸눈 늙은이와 마치 여자의 모습을 마음껏 본 적이 없었던 것처럼 이상한 눈빛으로 쳐다보는 깡마른 젊은이를 때때로 내려다보았다. 유혹에는 먼저 이 모든 것이 전제되어야 했다. 그러고 나서야 존경심에 찬 사랑이거나 고상한 사랑과 같은 '조절'이 뒤따랐다. 누군가 한번 그에게 남겨 놓았던 사상을 따라가기 위한 하나의 항로를, 어떤 희생을 치르더라도 검증되어야 할 그 항로를 좇기 위한 임무를 띠고 다시 한 번 세상 끝으로

27) 네덜란드 남부 지역에서는 유성 마찰음인 g를 후두음같이 무성 마찰음으로 부드럽게 발음한다.

날아간다면 친구들은 그에게 미쳤다고 할 것이다. 그랬는가 그렇지 못했는가? 자기가 누군가를 선택만 한다면 실현될 수 있는 그런 삶의 가능성을 그는 갖고 있었는가? 그것이 문제였다. 그것을 찾는 일이 사랑의 행위였다. 하지만 그는 누구한테도 그것을 설명할 수 없었다.

'그러나 그 말이 맞는 말이 아니라면?'

아니, 아주 확실했다. 여자들 외에는 아무도 그걸 이해하지 못했다. 여자를 알고 나면 그 말은 맞는 말이다.

11

인니의 고모는 다시 돌아오지 않았다. 아르놀트 타츠의 비정한 시계는 여기에서도 세게 쳤다. 그는 3시와 4시 사이에 의자에 앉은 채 잠깐 눈을 붙였다. 설사 그곳이 북극의 노바야젬랴 군도라 해도 그랬을 것이다. 인니는 목적 없이 집 안을 돌아다녔다. 그리고 오래 망설이다 부엌문을 열었다. 하녀가 커다란 식탁에 앉아 은 식기를 닦고 있었다.

"안녕하세요." 하고 인니가 말했다.

그녀는 아무 말이 없이 미소만 지었다. 적어도 비웃음이 아니길 바랐다. "당신 이름이 뭐예요?" 그녀가 물었다.

"인니."

그녀는 웃음을 참지 못했다. 그녀의 젖가슴이 출렁거렸다. 욕정이 그를 엄습했다. 인니는 그녀 옆으로 다가가 머리에 손을 얹었다.

“호호.” 그녀가 다시 웃었다. 그러고는 그대로 가만히 앉아 있다가 갑자기 방금 깨끗하게 닦아 놓은 국자의 볼록한 쪽을 인니의 얼굴 앞에 갖다 댔다. 그 속에 비친 그의 얼굴에는 그가 싫어하는 모든 것이 겹쳐지고 일그러져 뚜렷하게 나타났다.

“제 이름은 페트라예요.” 하고 그녀가 말했다. 나중에 생각한 일이지만 그는 이 반석 위에, 이 불룩한 젖가슴 위에 인니의 교회를 세웠다. 여자들은 그 당시 인니의 신앙이었고 중심이었으며, 만물의 핵심이자 세계가 돌아가는 커다란 수레바퀴였음은 의심할 여지가 없었기 때문이다.

“별자리가 뭐죠?”

“사자자리요.” 그녀가 뭐라 대꾸하기 전에 인니는 재빨리 덧붙였다. “숫자는 1, 금속은 금, 별은 태양이죠. 왕이나 은행가가 된다는 운수를 타고났고요.”

“오.” 하고 그녀가 말했다. 그녀는 인니의 손을 잡아 식탁 위의 은 식기 사이에 올려놓았다. “제가 호르 숲을 구경시켜 드릴게요.”

그들은 토요일 오후 마을의 붐비는 상가를 지나갔다. 많은 사람들이 그녀를 알아보고 인사했다. 그리고 호기심에 찬 눈초리로 인니를 쳐다보았다.

“우리 어디 가는 거죠?”

“숲으로요. 당신 고모께 말하면 안 돼요.”

숲 속은 고요하고 선선했다. 두 사람은 동시에 손을 내밀어 손을 잡고 키 큰 나무 밑을 계속 걸어갔다. 그렇게 소박한 기분을 다시는 느껴 보지 못할 것 같았다. 잎사귀들, 나무들, 어스름한 수풀 사이로 스며드는 우아하고 신비스러운 햇살, 모든 것이 함께 어우러졌다. 그들은 누웠다. 인니는 그녀의 젖가슴과 머리카락에 키스를 했고 그녀는 그를 끌어당겨 목덜미를 어루만졌다. 그녀는 그의 귓가에 입을 대고 자신이 살아온 이야기를 했다. 그녀의 부모는 아직 살아 있고, 가정과 공부를 했으며, 형제자매 여덟 명이 있다고 했다. 그녀는 공장에서 일하는 것보다 인니의 고모 집에서 일하는 것이 더 좋다고 했다. 그녀의 약혼자는 지원병으로 한국에 가 있는데, 이 주 후에 돌아오면 결혼할 예정이라고 했다. 그녀는 무한한 애정의 화신이 된 처녀처럼 인니 쪽으로 몸을 돌렸다. 인니는 그녀가 무엇을 하는지 볼 수 없었다. 그의 배를 더듬는 그녀의 차가운 손을 느꼈다. 그리고 그녀의 차가운 입술이 뒤따랐고, 그녀는 중간중간 따뜻한 혀로 핥아 주었다. 인니는 그녀를 보기 위해 고개를 들었다. 그녀는 그의 위에서 몸을 반쯤 굽히고 있었다. 그녀의 오른손은 — 한 시간 전에 햄이 가득 담긴 그릇을 아르놀트 타츠 앞에 놓았던 바로 그 손 — 이끼와 바싹 말라 바스락거리는 너도밤나무 잎 사이를 움켜쥐고 있었다. 인니는 처음으로 사랑과 욕정과 흥분이 뒤섞임을 느꼈다. 이때부터 인니는 그렇게 뒤섞인 감정을 계속 쫓아야만 했다. 그녀의 머리가 천천히 움직였다. 그는 사정했다. 몽롱한 느낌에 아무런 생각도 들지 않았다. 오로지 검은 머리카락과 이끼 속에 파묻힌 힘 빠진 손만 볼 수 있었다. 그때 그녀의 입안에서 정액이 흘러나왔다. 인니는 그녀를 힘껏 껴안았다. 나중에 그녀는 너무 아프게 껴안았다고 얘기해 주었다.

두 사람은 잠시 그대로 누워 있었다. 얼마 후 그녀는 머리를 들었다. 그리고 손을 축으로 하여 조금씩 몸을 인니 쪽으로 돌렸다. 그녀의 눈에는 여전히 조소의 눈빛이 엿보였지만 승리감과 애정이 뒤섞여 있었다. 그녀는 미소를 지었다. 그녀가 입을 약간 벌리자 연분홍빛 혓바닥 위에 고인 그의 흰 정액이 보였다. 그녀는 영화배우를 흉내 내듯 위를 쳐다보고는 정액을 삼켜 버렸다. 그러고 나서 몸을 완전히 돌려 인니 위에 올라타고 인니의 입술에 마구 키스를 했다. 그러더니 "자, 그만 돌아가요." 하고 말했다.

집으로 돌아가는 도중 그들은 서로 아무 말도 하지 않았다. 마을의 집들이 보이기 시작하자 그녀는 인니에게 좀 있다가 뒤처져 들어오라고 부탁했다. 인니는 벽에 기댄 채 한 번도 뒤돌아보지 않고 천천히 몸을 흔들며 멀어져 가는 그녀의 모습을 바라보았다. 그가 집에 도착했을 때 그녀는 어디에도 보이지 않았다.

12

저녁 식사는 정오 때의 커피 테이블보다 더 큰 재앙이었다. 그때까지 이름만 들었던 고모부가 화신이 되어 술에 잔뜩 취한 채 푸짐하게 차린 식탁에 앉아 있었다. 타츠는 접시 옆에 놓인 수많은 크리스탈 와인잔이 마음에 들지 않은 듯 쳐다보았다. 인니의 고모는 제정신이 아닌 것 같았다. 저녁을 무사히 넘길지 의심스러워 보였다. 고모부는 식탁에 앉아 있는 제4의 인물을 몬시뇰[28]이라 불렀다. 그는 어깨 위에 진홍색 망토를 걸쳤고 진홍색 단추가 달린 수단을 입고 있었으며 챙 없는 진홍색 주교용 모자를 쓰고 있었다. "몬시뇰 테뤼버 신부님은 교황의 추밀 고문이셔." 라고 고모가 말했다. 그러나 인니는 그 말이 무슨 말인지 알지 못했다. 그 남자는 흐릿한 눈에 얼

---

28) 주교품을 받지 않은 가톨릭 고위 성직자에 대한 경칭.

굴이 길고 창백해 보였다. 그는 로마에 있는 신학 대학의 교수였다. 그가 귀에 거슬리는 목소리로 천천히 식사 전 기도를 했다. 기도하는 도중에 성호를 긋지 않는 타츠를 마치 파충류를 보듯 힐끗 쳐다보는 그를 인니는 보았다.

전채 요리는 초록색 소스를 친 찬 송아지 혓바닥 요리였다. 인니의 고모는 조그만 종을 울렸다. 인니는 가슴이 두근거렸다. 하녀가 들어왔다. 그녀의 발걸음은 춤추는 듯 사뿐사뿐했다. 인니는 테뤼버 신부가 한 바퀴 돌며 걷는 그녀를 따라가며 쳐다보는 것을 보았다. 그녀가 몸을 굽혀 와인을 따를 때 두 사람 모두 풍만한 그녀의 젖가슴이 시작되는 부분을 쳐다보았다. 그들의 시선이 마주치자 신부는 눈을 내리깔았다. 인니는 그녀가 자기에게 눈길을 돌려 조롱 섞인 푸른 눈으로 웃어 주었으면 했다. 그러면 그 웃음은 그날 오후에 두 사람 사이에 있었던 일을 확인시켜 주는 게 될 것이고, 신부가 게슴츠레한 눈으로 탐욕스럽게 쳐다보는 젖가슴을, 지금은 감춰져 있지만, 다른 사람 말고 자기만 만져 보았다는 사실을 확증해 주는 것이기 때문이었다. 그러나 그 같은 일은 일어나지 않았다. 그녀는 인니에게 마지막으로 술을 따라 주었다. 전과 같이 작고 단단한 손으로 뫼르소 와인 병을 감싸 잡고 있었다. 와인이 황금빛으로 물들며 잔 속으로 쏟아졌다.

"다시 찾은 우리 젊고 사랑스러운 조카를 위해 건배." 하고 고모부가 말했다.

그들은 잔을 높이 치켜들고 인니를 위해 마셨다. 갑자기 인니와 관계를 맺은 기이한 환영의 무리들이 나타났다.

"타츠 씨, 가톨릭교와 발을 끊으셨다고요?" 하고 추밀 고문 신부가 말했다.

아르놀트 타츠는 그를 쳐다보고는 마침내 "그 문제에 대해서는 논하지 않는 것이 좋겠습니다. 제가 그 문제에 대해 얘기하면 신부님 귀에 아주 거슬릴 것 같습니다."

"내 귀는 인간의 귀일 뿐이지요. 타츠 씨가 모독할 수 있는 귀는 하느님의 귀입니다."

타츠는 아무 말도 하지 않았다. 인니는 하느님의 귀가 어떤 것인지 상상해 보았다. 아마도 하느님 자체가 귀일지도 모르고, 공간을 떠다니는 대리석으로 만든 거대한 귀인지도 몰랐다. 그러나 하느님은 존재하지 않는다. 물론 교황은 존재한다. 그건 확실하다. 여기 새처럼 이상하게 생긴 자기 교황의 추밀 고문이라니. 추밀 고문이란 게 무언가? 그 사람 자체가 비밀스럽다면 추밀 고문이란 것이 무엇인지 아무도 알지 못할 것이다. 그럼 그는 추밀원의 시종일지도 모른다. 바티칸의 추밀원은 백로(白鷺)같이 생긴 교황 비오 12세가 거처했던 곳이었고 이 남자가 출입할 수 있는 곳, 흰 왜가리와 얼룩 까마귀가 드나드는 곳이다. 그렇다면 그들은 무엇을 상의하는 것일까? 그들은 이탈리아어로 비밀스럽게 속삭인다. 무엇에 관해 속삭이는 것일까? 그는 교황의 고해 신부인지도 모른다. 교황도 죄를 범할 수 있을까? 인니는 시큼한 냄새가 나는 고해소에 앉아 수없이 고해성사를 보았던 것을 기억했다. 속삭이듯 주고받는 말, 음탕함과 회개와 용서와 같은 낱말과 함께 떠돌았던 역겨운 남자 냄새, 역겨울 정도로 낯익은 고해소의 나무 의자에 앉아 고백하던 자신의 목소리, '혼자 혹은 다른 사람들과 함께', '제6계명', '보속(補贖)' 과 같은 말들을 기억했다.

"나의 호기심을 용서해 주기 바라오, 타츠 씨."

인니는 스키 챔피언의 한쪽 눈이 찡그려지는 것을 보았다.

"괜찮습니다." 하고 그가 말했다 "하느님을 믿었다 해도 당신의 교회를 떠났을 것입니다. 고통과 죽음에 기초한 것은 결코 선(善)이 될 수는 없습니다."

"속죄를 위해 하느님의 아들이 희생하신 것을 말하는 겁니까?"

"공산주의자들이 우리를 포위하고 있습니다." 고모부가 말했다. "만약 공산주의자들이 오면, 제일 먼저 공산주의를 믿어야 할 겁니다."

아르놀트 타츠는 생각에 잠겼다. "몬" 하고 잠시 쉬었다가 "몬시뇰." 하고 그가 말했다. '몬' 하고 잠시 쉬었다가 다시 이어 감으로써 몬시뇰이라는 직위가 가진 강한 힘이 그의 몸 둘레에 후광처럼 걸려 있었다. "하느님은 존재하지 않습니다. 따라서 아들도 없습니다. 모든 종교는 늘상 반복되는 동일한 질문에 대한 잘못된 대답입니다. 항상 제일 먼저 하는 질문은 '우리는 왜 세상에 태어났는가?'이지요."

"우리는 하느님을 섬기기 위해 태어났고 하느님을 섬김으로써 천국에 가는 것입니다." 하고 신부가 말했다. 그때 마침 누군가 초인종을 눌렀다. 젖가슴이 큰 하녀가 다시 방에 나타나서 수프 옆에 있는 작은 잔에 와인을 따랐다.

"신부님이 신학 교수시라는 것은 잘 압니다." 하고 타츠가 말을 이었다. “그러므로 이 대화는 유치한 대화가 되겠지요. 신부님은 목구멍까지 도그마와 스콜라 철학으로 꽉 차 있습니다. 신부님은 하느님의 존재를 증명할 수 있고 하느님의 존재에 반론의 여지가 없다고 하십니다. 신부님은 모든 체계를 공포의 십자가 상징 위에 수립하였습니다. 당신의 종교는 아마도 예전에 실제로 일어났던 가학 피학성 집회로 여전히 살아남았죠. 로마제국의 군사 조직을 통해 이교적 우상 숭배와 좋은 의도가 뒤섞인 기묘한 광신성이 전 세계에 알려지는 기회를 얻었습니다. 그리고 서구의 팽창욕과 식민 정책을 널리 확장시키는 데 일조했고요. 신부님이 어머니 교회라 부르는 가톨릭교회는 자주 살인자가 되었으며, 때론 형리였고 언제나 폭군이었습니다.”

“당신에겐 더 좋은 답이 있나요?”

“아무런 답이 없습니다.”

“신비주의자에 대해 어떻게 생각하시는지요?”

“신비주의는 어떤 종교와도 관계가 없습니다. 공식적인 교회는 신비주의자를 거의 불신합니다. 신비주의는 인간에게 있어 자신을 잃어버리게 하는 기이한 기회를 제공합니다. 종교가 없어지더라도 신비주의는 계속 존재할 것입니다. 신비주의는 정신의 권한이지 체계의 권한이 아닙니다. 혹시 가끔 무(無)는 신비주의적 개념이 아니라고 생각하셨는지요?”

“그럼 당신은 무를 믿습니까?”

타츠는 신음 소리를 냈다. “사람들은 무를 믿을 수 없습니다. 어떤 체계도 만물의 비실재에 가치를 둘 수는 없지요.”

"만물의 비실재." 신부는 이 짧은 문장을 음미해 보았다. 그는 갑자기 손을 들어 보였다. "이것은 실재이지요. 그렇지 않나요?"

"그렇게 볼 수 있지요."

"그러니까 그건 비실재에 속하지 않는 것이지요. 그리고 이 접시가 세상이라면 — 한번 그렇게 가정해 봅시다 — 그럼 이건 비실재에 속하지 않는 것이겠지요."

타츠가 말했다. "언젠가 당신과 저, 당신의 손과 그 접시, 이 와인 병, 나머지 세상은 없어질 것입니다. 그러면 우리의 죽음까지도 없어질 것이며 모든 인간의 죽음, 죽음과 함께 모든 인간의 기억도 없어질 것입니다. 그러면 우리는 존재한 적이 없는 것이라는 뜻입니다."

"그런 생각으로 살아갈 수도 있겠지요."

"문제는 그게 아닙니다." 그날 처음으로 인니는 타츠가 웃는 것을 보았다. 그의 얼굴에서 우울한 기색이 사라졌다. "저는 그런 생각으로 잘 살아갈 수 있습니다. 항상 그런 건 아니지만 대체로 그렇다는 겁니다. 광석, 식물, 별, 모든 것이 그런 생각으로 살아갑니다. 저는…… 으흠…… 존재하는 만물의 일원입니다. 당신도 물론이지요."

"무슨 말씀이신지?"

"저를 포함해서 우리 모두가 우주의 일원이라는 것입니다. 인간적인 잣대가 아무런 의미가 없다는 것과 사실상 더 큰 것도 더 작은 것도 없다는 생각에서 출발한다면 우리 모두는 사람이든 사물이든 똑같은 운명에 처해 있다고 봅니다. 시작이 있으면 끝이 있는 법입니다. 우리는 그 사이에 존재하는 것입니다. 우주는 제라늄 식물과 별다를 게 없습니다. 우주는 당신보다 더 오래 존재할 것이지만 그 차이점은 미세하기 때문에 사실상 당신과 우주를 구별할 수 없습니다."

"그리고 죽음은요?"

"저는 그것이 무얼 뜻하는지 잘 모르겠습니다."

그 순간 저녁 식사는 이상한 방향으로 돌아섰다. 인니의 고모는 울음을 터뜨렸다. 타츠가 방금 말한 것이 계기가 되었는지는 불분명했지만 그 여파가 없는 것은 아니었다. 고모가 정적을 깨뜨리며 격하게 우는 가운데 아르놀트 타츠의 호통치는 소리가 들렸다.

"테레제, 우는 체하는 짓거리 그만둬!"

그때부터 흐느낌은 일종의 비탄으로 변해 갔다. 그 비탄 속에서 "나를 사랑한 적이 결코 없었단 말이야." 하는 소리를 어렵게 구별해 낼 수 있었다. 인니는 마치 그 자리에 있지 않고 한없이 높은 천장 어디엔가 매달려 있는 느낌이었다. 페트라가 방 안으로 들어와 인니의 고모를 연약한 아이처럼 팔로 감싸고 데리고 나가는 것을 인니는 보았다. 동시에 고모부도 자리에서 일어나 거대한 몸집을 비틀거리며 타츠 쪽으로 다가갔다. 백발 도시 귀족의 목덜미에 벽돌색 피가 몰렸다. 몬시뇰 테뤼버 신부 역시 의자에서 일어나 고모부와 타츠 사이에 놓인 통로를 향해 움직였다. 고모부는 타츠를 쳤지만 주먹이 빗나가 성직자의 창백한 얼굴을 정통으로 맞힐 뻔했다. 너무 일찍 펀치를 날린 탓에 고모부가 균형을 잃었다. 잠시 지그재그로 비틀거리며 걸어가다가 중국제 도자기로 가득 찬 찬장에 부딪쳐 넘어졌다. 깨진 유리 파편과 도자기가 튀어 공중에 날리는 동안 그는 천천히 땅바닥에 쓰러졌다.

"잘하셨습니다." 하고 타츠가 프랑스어로 말했다. 그는 능숙한 어퍼컷을 용케 피한 테뤼버 신부와 함께 고모부를 양탄자가 깔린 바닥에서 들어 올려 안락의자에 앉혔다.

식탁이 치워졌다. 이제 그들 세 사람이 다시 앉았다. 어릿광대의 얼굴에, 그러나 제어할 수 없는 유쾌한 기분에 젖은 페트라가 말없이 식탁을 치웠다. 그리고 잠시 후에 큰 치즈 쟁반과 반짝반짝 빛나는 짙은 색 유리병을 들고 다시 들어왔다.

신부가 말했다. "타츠 씨, 이 덧없는 세상에서 무슨 이야기를 하겠습니까. 내 조카가 주는 유명한 포트와인이나 한잔 합시다." 그들은 술잔을 들고 서로를 향해 건배한 후 마셨다. 깊고 짙은 맛이 비밀에 싸인 듯 입안으로 스며들어 오는 느낌이 매혹적이었다.

"그리고 또 생각해 봅시다." 하고 테뤼버 신부가 다시 말했다. "이 와인의 포도가 포도원에서 햇빛을 받고 있을 때 체임벌린[29]은 아직 뮌헨에 오지 않았다는 것을요."

아무도 입을 열지 않았다. 신부는 눈을 감았다. 그리고 들리지 않는 목소리에 귀를 기울였다. 그가 다시 입을 열었을 때 그의 목소리는 다른 목소리였다. 그는 더 이상 타츠나 인니에

---

29) 네빌 체임벌린(1869~1940). 영국의 수상. 히틀러의 나치 독일이 오스트리아를 무력으로 점령하자 이를 저지하기 위해 1938년 9월29일 독일 뮌헨을 방문했다.

게 하는 연설이 아니라 초록색 융단 벽지 뒤 어딘가에 숨어 있을 군중에게 연설하는 목소리였다.

"성(聖) 키프리아누스[30] 는 당신이 아닌 나에게 가르치시길 — 2세기에 있던 일이지만 — 교회 밖에서는 구원이 없다고 하셨습니다. 구약 시대에 노아의 홍수 때 목숨을 건지게 해준 한 척의 방주가 있었던 것처럼 신약 시대에도 단 한 척의 방주밖에 없었습니다. 그것은 가톨릭교회입니다. 그리고 우리 주님께서 말씀하시길 교회의 말씀을 듣지 않는 사람은 이교도이거나 세리라 하셨습니다. 우리 교회는 거룩합니다. 왜냐하면 교회에는 거룩한 창조가가 있고, 거룩한 가르침이 있고, 거룩한 성사가 있고, 언제나 거룩한 교우들이 있기 때문입니다."

그는 치즈 쟁반에서 프랑스산 브리 치즈 한 조각을 칼로 잘라 입에 넣었다. 잠시 인니는 웅변술이 능한 그의 혓바닥 위에서 크림 같은 희고 노란 덩어리가 이리저리 움직이는 것을 보았다. 인니는 한 잔 더 마시려고 잔에 술을 따랐다. 타츠는 아주 즐거운 기분으로 램프 불빛 안으로 잔을 치켜들고 일찍이 없었던 부드러운 어조로 말했다. "몬시뇰, 먼저 저를 겨냥했던 주먹을 잘 막아 주셔서 진심으로 감사드립니다. 신부님은 제가 다른 쪽 뺨을 내밀기도 전에 나의 한쪽 뺨의 방패가 되어 주셨습니다. 신부님 머리는 단단하고 사고력에도 아무런 문제가 없으신 것 같습니다. 왜냐하면 신부님은 옛날부터 달려

---

30) 카르타고의 주교를 지낸 성인.

왔던 정확히 동일한 교의의 궤도 위를 달리고 있기 때문입니다. 그러나 당신은 제가 그 궤도에서 벗어나 있는 것을 이해하지 못하십니다. 저는 그 궤도 위를 달리는 당신의 기차가 저를 지나쳐 가는 것을 수천 번 보았습니다. 제가 보기에 녹내장에 걸린 것 같은 당신의 눈에는 제가 죄 없이 길 잃은 양으로 비치겠지요."

"죄가 없다는 것은 아닙니다." 하고 신부는 말했다. "죄가 없다는 것은 아닙니다. 진리가 무엇인지 알 능력이 없는 사람만이 죄가 없습니다."

"만약 제가 방황하고 있다면, 저는 진실로 방황하고 있는 것입니다." 라고 타츠가 유쾌하게 말했다. "믿음이 은총이라면 저는 아직 그 은총을 받아 보지 못했습니다."

"하느님은 우리가 자유 의지로 하느님을 선택하시길 원하시기 때문에 무신앙의 죄도 용서하십니다. 우리는 보이는 세상을 통해서, 양심의 소리를 통해서, 신적 계시를 통해서 하느님의 존재를 알 수 있습니다. 그 존재를 알 수 있을 때, 존재의 한 일원으로 남아 있을 수 있습니다. 하하하, 그러나 하느님의 계시는 교회가 가르칩니다. 그리고 당신도 교회의 일원이고요."

"일원이었지요."

신부는 웃으며 포트와인을 한 모금 들이켰다. 그러나 사레가 들려 와인을 비단 양탄자 위로 내뱉었다. 그는 심하게 기침하면서 말을 이었다.

"일원이었다고요! 일원이었다고요! 우리는 당신을 결코 그냥 내버려 두지 않을 거요. 당신은 세례를 받았습니다. 당신은 우리 교우들 중 한 사람입니다. 이 세계에 수백만, 수천만 가톨릭 신자들이 살고 있다고 한다면 당신은 그들 중 한 사람입니다. 세례란 영구적인 표징입니다! 당신은 그리스도 몸의 한 지체입니다. 일단 교회의 일원이 되면 어떤 말을 하든 일원이 된 것을 취소할 수 없습니다."

타츠가 말했다. "놀라운 것은, 어떤 사람이 우리를 둘로 쪼개려 애쓴다면, 제 말은 우리 둘을 세로로 절단해서 우리의 반쪽 부분을 각각 다른 사람의 반쪽 부분에 갖다 댄다면, 우리를 보는 데 별 차이를 느끼지 못할 것 같다는 것입니다."

"증명하는 것으로는 좀 힘이 들겠습니다."

"제 말씀은 한 번쯤 상상해 보자는 겁니다. 당신은 일생 동안 이미 모든 것에 대해 상상해 보셨겠지요. 결의론(決疑論)[31]에서도 결국 가장 이상스러운 유희가 펼쳐졌습니다. 그러나 우리의 절단된 두 개의 두개골을 누군가 아름다운 쟁반 위에 — 여기 이 사치스러운, 우리에겐 좀 과분할지 모를 18세기 은쟁반 같은 것에 — 놓는다고 상상해 보면, 당신의 하느님에 내재하고 있는 세 개의 위격(位格) 중 하나인 성자가, 교회의 표현대로 또 다른 위격인 성령이 동정녀인 '마리아 위에 내려와' 잉태하여 태어났다는 것과 이천 년 후인 지금 당신께서 독특한 보라색 흉의가 달린, 품위가 없진 않지만 특이한 복장을 입고 돌아다니는 결과를 가져왔다는 것을 확신한다는

31) 매사에 규칙을 정하는 완벽주의.

것은 전혀 특이한 생각이 아님을 알 것입니다. 그리고 당신의 회색 두개골이 양각 무늬의 은쟁반 위에 나란히 놓인 저의 두개골에 메시지를 보낸다는 것을 확신하는 것도요. 한번 상상해 보세요. 그렇게 볼 때 저는, 당신의 동료 한 사람이 원시림에 사는 식인종 무리가 처음 태어난 아이에게 하듯이 서약문을 읊으면서 저의 머리에 물을 약간 뿌렸기 때문에 제가 원하는 대로 생각할 수 없게 만든 것이 틀림없다고 봅니다."

"신앙의 신비지요." 테뤼버 신부가 라틴어로 말했다.

"신비라니, 개나 주라지요." 하고 타츠가 식탁에서 일어났다. "저는 세례를 받지 않은 개를 데리고 나가겠습니다."

13

고모부는 코를 골고 있었다. 인니는 점점 취하는 것을 느꼈다. 신부는 매끈하게 연마된 포트와인 술잔을 창백한 손가락 사이에 끼고 빙빙 돌리며 한숨을 내쉬었다.

“불쌍한 영혼.” 하고 그는 말했다. 그의 얼굴에 우울한 기색이 나타났다. 그는 인니를 쳐다보았다. 그의 눈동자는 이제 완전히 술 취한 사람 같았고 노인들의 알 수 없는 근심으로 음울해졌다.

“불쌍한 영혼, 이 말을 사람들이 흔히 사용하는 것으로 이해해서는 안 되지요, 우리는.” 하고 마치 가톨릭 신자 모두가 자기 주위에 서 있는 듯 주위를 가리켰다. “우리는 연옥에 있는 영혼을 ‘불쌍한’ 영혼이라 부릅니다. 왜냐하면 그들은 많은 고통을 겪어야 하며 하느님과 떨어져 살아야 하는데, 고통을 덜기 위해 할 수 있는 일이라곤 아무것도 없기 때문이지요.

그래요, 연옥, 연옥……. 그 고통을 과연 극복할 수 있을까요? 교회 신자들, 그러니까 여기 앉아 있는 신자인 우리들 모두 구원받을 수 없습니다." 그리고 그는 빈 의자를 가리켰다. "사랑을 끝까지 견지하지 못하는 사람은 구원을 받지 못하지요. 그건 물론 타츠 씨에게도 적용됩니다. 하느님과의 결별은 대죄(大罪)입니다. 대죄를 지은 벌은 지옥이지요." 그는 눈을 감았다. 마치 창문을 가린 얇은 커튼 뒤로 어떤 무서운 것을 본 듯했다. 그가 눈을 다시 떴을 때 그의 눈빛은 한층 음울해졌다.

"지옥의 존재를 믿습니까?"

"아니요." 인니가 대답했다.

테뤼버 신부가 말했다. "지옥은 하나의 신비입니다. 난 가서 잠을 자야겠어요."

진보라색 형체가 방문 쪽을 향한 보이지 않는 작은 궤도 위를 걷듯이 걸어 나갔다. 이제 두 사람이 남았다고 인니는 생각했다. 고모부는 코를 골고 있었다. 그러나 얼굴엔 억지로 자는 듯한 모습이 역력했다. 의자에 앉아 있는 다른 한 사람은 잠자기를 거부했다. 그럴 수밖에 없었다.

인니는 페트라가 들어오는 소리를 듣지 못하고 앉아 있다가 그녀가 머리를 쓰다듬자 깜짝 놀랐다.

"어머, 왜 이렇게 얼굴이 창백하세요, 가엾어라." 하고 그녀가 말했다. 그녀의 말에 인니는 왠지 눈물이 났다. 인니는 사람들이 자기에게 친절하게 대하는 것에 익숙지 않았다.

"어머, 어머." 하고 그녀는 말했다. "자, 어서 저 분을 끌어다 방으로 모셔요."

그녀는 인니를 잠깐 꽉 껴안아 줬다. 그녀의 젖가슴이 가슴에 와 닿는 것을 느꼈다. 그는 마치 물에 막 빠진 사람처럼 그녀에게 꽉 매달렸다.

"딱한 아이 같군요. 눈물이나 좀 닦아 내야겠어요."

고모부는 정신을 잃은 채 곯아떨어져 깨어날 것 같지 않았다. 그러나 고모부 내면에 잠자던 다른 잠꾸러기가 마지못해 일어났다. 그러고는 몸을 질질 끌고 방을 나가서 계단을 올라가 인니의 고모가 누워 있는 방으로 들어갔다. 그녀는 정장(正裝)하여 안치된 시체처럼 누워 있었다. 그녀의 눈은 감기기 어려운 것처럼 보였다.

"수면제 때문이에요." 페트라가 나지막이 말했다.

그들은 고모부의 옷을 벗겨 고모 시체 옆에 있는 장미색의 화려한 관 속에 뉘였다.

"몸이 아파요." 하고 인니가 말했다.

그녀는 인니의 손을 잡고 그녀의 방으로 데리고 갔다. 그녀는 창문을 활짝 열고 인니를 침대에 눕히더니 방을 나갔다. 아래층에서 시계 치는 소리가 들렸다. 설명할 수 없는 시간을 알리는 독특한 고음이었다. 내일 타츠는 그것이 배 모양의 시계에서 유리잔을 치는 소리였다고 설명할 것이다. 그러나 지금은 모든 것이 바뀐 것 같아 보였다. 설명할 수는 없지만 종이 울리자 분명 방이 배처럼 이리저리 움직였기 때문이었다. 인니 자신이 동요의 중심에 서 있었다. 그는 조용한 물체가 되어 빙빙 도는 커다란 소용돌이 속에서 위로 들어 올려졌다가 마치 채찍질로 창밖으로 내쳐지는 것 같았다. 온몸을 토해 내는 기분이었다. 그것도 모자랐다. 남아 있던 공허한 감정도 모두 밖으로 튀어 나가고 싶어 했다. 구토는 결사적으로 위로 치밀어 올라와 목덜미를 잡아 당겼다. 그의 눈에서 눈물이 흘렀다. 밑에 있는 정원의 어두운 구멍을 보았다. 빙빙 돌던 회전 운동은 이제 수그러들었으나 그는 사력을 다해 창틀을 움켜쥐고 있었다. 그의 생명 전체가 밖으로 나갈 태세였다. 수년 동안 다리와 뇌에 잠복해 있던 신비스러운 실체들이 갑자기 울부짖으면서 육체에서 해방되려 했다. 기억과 굴욕만 가득 들어찬 엄청난 잡동사니들, 참을 수 없는 외로움, 모든 것이 한꺼번에 저 정원의 어두운 웅덩이 속으로 들어가야만 했다. 모든 것이 사라지고 눈에 보이지 않도록 없어져야만 했다. 모든 것이 쉬어 부패한 독성 덩어리처럼 집 밖으로 자신과 함께 영원히 분해되어 없어지는 곳으로 내다 버려져야 했다. 인니는 이제 더 이상 존재하고 싶지 않았다. 생전 처음으로 그런 생각을 했다는 것만으로도 그 생각은 실현 가능한 일이었다. 인니는 뒤쪽에서 문 열리는 소리를 들었다. 들어온 사람이 페트라라는 것을 알았다. 그녀가 맨발이라고 생각했다. 발, 구원의 사자(使者)인 발이 그녀를 인니의 뒤에 바짝 다가서도록 이끌었다. 그녀가 입은 옷은 얇아 보였다. 마치 그가 방금 생각했던 것을 안다는 듯 그녀는 뒤에서 팔로 인니의 가슴을 감싸고 조용히 이리저리 흔들었다. 신발을 신지 않았어도 그녀는 인니보다 키가 약간 컸다. 가끔씩 그의 몸에서 경련이 일어났다. "쉬, 쉬." 하고 그녀가 조용히 말했다.

잠시 후에 그녀는 인니를 세면대에 데리고 가서 눈물을 닦고 코를 풀고 양치질을 하고 물을 마시게 했다. 그러고 나서 인니의 옷을 벗기고 침대에 눕혔다. 그다음 불을 끄고 인니 옆에 누웠다.

불이 켜져 있을 때도 밤은 그렇게 어두웠다. 밤이 점점 밝아지면서 방 안의 어둠을 몰아내기 시작했다. 빛과 어둠, 그 어느 것도 그 싸움에서 승리할 수 없었다. 고요한 여명에서 싸움은 끝났다. 그들은 나란히 마주 보고 누워 서로를 드러내 보이기 시작했다. 그들은 애무하고 키스했다. 인니는 그녀의 얼굴이 점점 변하는 것을 보았다. 마치 그녀의 얼굴이 사라지고 대신 다른 사람의 얼굴이 떠오르는 것 같았다. 보다 사납고, 더 낯선 얼굴, 둘이 서로 꼭 껴안고 있는데도 그녀는 아주 가까이 있는 동시에 어딘가 다른 곳에 있는 것 같았다. 인니는 그런 현상이 일어날 수 있다는 것을 처음 경험했다. 그는 손으로 그녀를 찾았다. 갑자기 그녀는 팔과 무릎을 웅크리고 신음 소리를 냈다. 그녀는 아주 격정적이었다. 그녀는 그렇게 격정적으로 솟구쳐 나오는 힘으로 인니로서는 결코 할 수 없었던 일들을 거리낌 없이 했다. 그녀는 자신의 이름, 이 집, 이 방, 인니까지도 잊었다. 그녀가 허리를 부여잡고 엉덩이를 들썩이며 위아래로 움직여 인니를 자기 몸속으로 끌어당겼다. 그녀는 우울감, 허무감, 쾌감에 땀을 흘리며 신음 소리를 내면서 마치 격투라도 하듯이 커다란 침대 위에서 뒹굴었다. 그녀는 마치 엄청난 고통을 느끼는 듯 보였고, 자기 육체에서 벗어나고 싶은 듯했다. 또한 자기에게 매달려 있는 인니를 밀쳐 내고 싶어 하는 것 같았다.

격정적인 일을 치른 후 그녀는 조용히 누워 눈을 크게 뜨고 천장을 바라보았다. 인니는 그녀를 계속 바라보았다. 그녀의 얼굴이 서서히 평상시의 윤곽과 표정으로 돌아왔다. 그리고 또 다른 신비스러운 얼굴이 창백해진 채 밖으로 나가 어두운 밤 속으로 사라져 가는 것을 보았다. 처음 새들이 지저귀던 원래의 그곳으로.

"아, 당신." 하고 그녀가 말했다. 그러더니 자세를 바로했다. 갑자기 방 안에 큰 변화가 일어났다. 문이 닫혔고, 서로 이름을 주고받게 되었고, 그녀의 눈엔 다시 조소의 눈빛이 흘렀다. 그녀는 웃으며 "그러니까 하루에 두 번 대죄를 저질렀네요." 하고 말했다.

그리고 얼마 후에 두 사람은 벽에 기대어 앉아 담배 한 대씩을 피웠다.(그녀가 애호하는 상표는 골든 픽션.) 그녀는 다리 사이로 손을 집어넣더니 웃으며 말했다. "커다랬던 성기가 다시 작아졌네요." 그리고 약간 놀라면서 "그런데 포경이 아니던데, 어떻게 된 거죠?" 라고 물었다.

"수술받았어요." 하고 그가 말했다.

"사랑하는 우리 주님처럼."

"네."

그녀는 크게 웃어 댔다.

"어렸을 때 받았어요?"

"아니, 작년에요."

잠깐 커다란 정적이 흘렀다.

"수술은 왜 했어요?"

“섹스할 때 늘 아팠거든요. 너무 꽉 조이는 것 같아서.”

“아, 저런.” 그녀는 몸을 앞으로 구부리고 쳐다보았다. 그는 그녀의 머리를 쓰다듬었다.

“하지만 당신 유대인은 아니잖아요?”

“맞아요, 그것과는 상관없어요.”

그녀는 일어서서 무엇인가 곰곰이 생각하더니 말했다.

“당신의 그 슬프고 악마 같은 눈, 그건 유대인의 눈인걸요.”

14

할례(割禮). 같은 하숙집에 살던 친구가 인니를 외과의사에게 데리고 갔다. 포경수술을 하기 위해서였다. 어느 맑은 겨울날 오후, 붙임성 있고 독일어 억양이 심한 키 작은 유대인 의사와 아주 게르만족다운 간호사가 나타났다. 야간에 투입되는 수술 팀인 것 같다고 인니는 생각했다. 키 작은 의사가 인니에게 옷을 벗게 하고 성기를 쳐다보며 말했다. “별거 아닌 수술입니다. 간호사, 주사 한 대 놔 줘요.”

그는 곧바로 수술대 위에 누웠다. 수술대에 오르면 누구나 세상이 달라져 보인다. 갑자기 몸집이 큰 간호사의 다리가 보이지 않았다. 간호사는 마치 보트에 앉아 있는 것 같았다. 그녀가 옆으로 지나가면서 “환자 분, 국소 마취만 할 겁니다.” 하고 말했다. 국소 마취라고! 인니는 어떤 일이 일어나는지 고개를 들어 보고 싶었다.

"가만히 누워 계세요!"

창밖의 앙상한 겨울 나뭇가지들, 흰 눈이 덮여 반짝거리는 나목들. 벽에 걸린 렘브란트의「튈프 박사의 해부학 강의」그림 속 환자는 이미 죽어 있었다. 튈프 박사와 환자 둘 다 죽어 없다. 그러나 지금 이 튈프는 아직 죽지 않았다. 의사는 구석에서 가위같이 생긴 커다랗고 구부러진 것으로 무슨 일인가를 하고 있었다.

"나는 당신 나라의 시인 슐라우어호프[32]와 친구 사이였어요." 하고 그는 독일어로 말했다. 그는 두 번째 f를 발음하지 않고 호오프(Hoof)로 발음했다. "그 친구, 아주 특이한 사람이었죠." 이어 독일어로 "그러나 불행했어요. 너무 불행했죠. 늘 여자 문제, 불화에 연루되었거든요. 몸도 아팠고요. 아주 아팠죠." 하고 말했다.

간호사가 그에게 놓을 주사기를 갖고 불쑥 나타났다. 주사기는 소를 바닥에 쓰러뜨릴 수 있을 만큼 컸다.

"아이고, 쥐구멍이라도 있으면 좋을 텐데." 하고 간호사가 기분 좋은 듯 말하고는 오그라들며 달아나는 그의 성기를 움켜잡았다. 인니는 독일어로 '달아나다 총에 맞았지.' 하고 생각했다. 그때 바늘이 급강하하는 것을 보았다. 동시에 가엾은 희생 제물의 한가운데가 찔리면서 따끔한 아픔을 느꼈다. 그것이 마치 독일인 간호사의 커다란 손바닥에 놓인 죽은 쥐새끼처럼 느껴졌다.

---

32) 네덜란드의 시인 슬라위에르호프(Slauerhoff)를 독일식으로 발음한 것.

"불쌍한 슐라우어호프." 하고 그는 독일어로 말했다. "벌써 수십 년 전에 죽었지."

그들은 인니에게 잠깐 누워서 쉬라고 했다. 눈물 때문에 흐려진 눈으로 한쪽 다리로 춤을 추는 무희들을 그린 복제화가 보였다. '이제 더 이상 섹스를 할 수 없겠구나.' 하고 인니는 생각했다. '절대로 못 하겠지.'

인니의 반짝이는 검은 눈 위에 금제 손목시계를 찬 가느다랗고 털이 많은 손목이 나타났다.

"자, 됐어, 시작합시다."

이제 가위, 붕대, 작은 용기 차례겠지? 껍질에 싸인 생쥐 같은 성기가 엄지손가락과 집게손가락 사이에 잡혀 발기하더니 밑에서 빤히 인니를 올려다보았다. 그때까지 인니는 수술이 어떻게 되어 가는지 알 수가 없었다. 가위 끝은 반쯤 앞으로 굽어 있었고, 니켈로 된 구부러진 돌출 부분이 가차 없이 그의 피부 속으로 들어갔다. 그는 무엇인가 질긴 가죽을 자르는 듯 쩝쩝 소리를 내며 잘라 내는 느낌을 받았다. 통증이 느껴지진 않았지만 딱히 무어라 설명할 수 없는 묘한 느낌이 들었다. 아주 약하게 쩝쩝 소리를 내며 잘라 내는 소리가 들렸다.

"아까 말한 대로 별거 아닌 수술입니다. 간호사, 이제 그 자리를 꿰매요."

바늘과 실, 누군가 양말을 깁듯이 그를 꿰맸다. 그녀는 생쥐를 영원히 봉합해 버렸다. 쥐로 만든 순대였다. '더 이상 섹스를 못 하게 됐어!'

인니는 더 이상 쳐다보지 않았다. 무감각한 살점 어딘가에

실을 넣었다 당겼다 넣었다 당겼다를 반복하다가 매듭을 짓는 한 번의 동작, 그리고 그 이상 아무것도 없었다.

"간호사!" 의사는 화가 난 기색이었다. "간호사! 내가 수백 번 얘기하지 않았나. 그렇게 꿰매는 것이 아니라 이렇게 꿰매라고 말이야! 이게 뭐야, 보기 흉하잖아!"

"다시 꿰맬까요, 박사님?"

"아니, 놔둬요. 어차피 실습 강의는 아니니까!"

아래에서는 내용을 알 수 없는 말들이 오고 갔다. 그러나 인니는 정신을 잃고 고통의 세계에 머물렀다. 무엇인가를 빼앗긴 기분이었다. 단어 하나하나 모두 따로 들렸다. "비스무스 연고.", "됐어, 됐어요." 그러나 인니는 그 말들에 신경 쓰고 싶지 않았다. 오직 낯선 슬픔만을 느꼈다. 슬픔과 굴욕을.

"자, 됐습니다. 일어나세요."

인니는 천천히 수술대에서 미끄러져 내려왔다.

"조심하세요!"

갑자기 모든 것이 다시 뒤집어졌고 수술실의 반쪽인 바닥도 되돌려 받았다 그리고 그는 다리 사이에 연고가 발린 채 붕대를 감고 서 있었다. 가제 안에 비스무스 연고를 바른 곳이 후끈거리며 불에 타고 있었다.

'신경이라곤 도대체 없는 양반이군.'

당신은 아마 그렇게 생각하겠지. 기분 나쁜 놈, 칼잽이 같으니라고. 난 당신과 이런 크림힐트[33] 앞에서 신음하느니 차라

33) 중세 독일의 영웅 서사시 『니벨룽겐의 노래』에 나오는 여성.

리 혀를 깨물겠다.

의사는 팔자 걸음으로 방 안을 걸었다. 늙은 주정뱅이 같으니. 의사의 팔자 걸음은 온몸이 노쇠했다는 뜻이다.

'아랍인들은 이 의사처럼 환자를 가차 없이 다루지 않는데.'

그들은 인니에게 바지를 입히려고 몸을 들어 올렸다. 인니는 아파서 현기증이 났다. 하지만 사육 중인 뱀과 두꺼비로 가득 찬 동굴 같은 친구의 방에서 성기에 두른 붕대가 때와 기름에 찌들어 더러워지는데도 회복을 기다릴 수밖에 없었다. 그제야 그녀는 인니의 이야기를 열심히 들으면서 인니의 성기를 쳐다보았다.

"깨끗해 보이는데요." 하고 그녀가 말했다.

그녀는 천천히 몸을 굽혀 인니의 성기를 입안에 넣었다. 그녀가 허벅지 안쪽을 만질 때마다 그녀의 젖가슴이 와 닿는 것을 느꼈다. 그녀가 고개를 위로 쳐들 때마다 이마의 선과 대칭으로 비스듬이 그린 양 눈썹이 보였다. 그녀는 눈을 감고 성기를 핥았다. 그 모습에서 순수함과 솔직함이 엿보였다. 인니는 조용히 앉아 두 손으로 시트를 꽉 붙잡고 있었다. 사정하는 순간 마치 공중으로 날아가지 않을까 두려웠다. 절정에 이르러 사정했을 때 모든 것이 빠져나간 느낌이었다. 그녀는 아름다운 어깨를 그의 무릎 위에 대고 몸을 앞으로 굽힌 채 그대로 앉아 있었다. 얼마쯤 지나 그녀는 몸을 일으키고 입을 다물었다. 그녀는 푸른 눈으로 눈웃음을 지었다. 그리고 다시 그날 오후처럼 혀를 조금 내민 다음 혀 위에 있던 탁한 흰 빛깔의 액체를 삼키고는 조롱하듯 말했다. “세 번째죠?”

그들은 그대로 앉아 있었다. 인니는 손을 그녀의 밑으로 집어넣었다. 부드럽고 축축하고 황홀한 그곳. 그들은 몸을 흔들며 흥분했고 부드러운 목소리로 중얼거리며 몸을 떨었고, 키스를 주고받으며 속삭이며 서로를 간절히 바랐다. 날이 밝아 훤해지자 그녀는 인니를 눕혀 놓고 쓰다듬어 주고는 방을 나갔다. 심한 중독 현상이 시작되었다. 그녀의 약혼자는 한국에서 돌아올 것이고, 인니는 더 이상 그녀와 키스나 애무도 하지 못할 것이다. 그들은 서로의 인생에서 사라질 것이고, 따로따로 죽을 것이다. 서로 다른 장소에서 지독히 어두운 무(無)가 그들을 갉아먹어 치워 버릴 것이다. 그러나 그들은 서로를 결코(결코?) 잊지 않을 것이다. 그의 삶은 여자들을 축으로 하여 돌아갈 것이다. 그는 잠시 스쳐 가는 사람들, 여자 친구들, 창녀들, 낯선 여인들 속에서 삶을 다시 찾을 것이다. 여자는 세계의 지배자였다. 이유는 간단하다. 여자가 그를 지배했기 때문이다. 그는 누군가를 ‘소유’했다던가 ‘정복’했다던가 하는 느낌은 결코 느끼지 않을 것이다. 또는 진실을 은폐하기 위해, 즉 그가 여자에게 절대적으로 헌신한다는 오해를 피하기 위해 어떤 어리석은 전문 용어를 고안해 낸다든가 하는 생각은 하지 않을 것이다. 만약 세계가 하나의 수수께끼라면 여자는 수수께끼를 작동시키는 동력이다. 그들, 오직 여자만이 이 수수께끼의 출입이 허용된다. 세상에서 무엇인가를 이해할 수 있다면 그건 여자를 통해서만 가능하다. 남자와의 우정은 아주 멀리 갈 수 있지만 거기에는 사물의 이성적 측면이 남아 있다. 그러나 남녀 간의 우정에는 여자가 갖고 있는 특별한 무엇이 존재한다. 여자는 말보다 더 정직하고 솔직하다. 여자는 매개체이다. 여자는 인니에게 스스로 여자라고 느끼게 해 주었고, 인니는 그렇게 하지 않고서는 살아남을 수 없을 것 같은 느낌이었다. 그가 신체적으로 여자이고 싶었던 것이 아니라 여자와 함께 있으면 남자인 자신의 몸에서 묘한 양성의 감정을 느꼈기 때문이다. 신화에서 새의 모습을 한 인간이 있는 것처럼 그는 여성화된 남자였다. 그는 남자들이 여자를 대하는 태도가 못마땅했다. 그도 똑같은 행동을 하지만 동기는 달랐다. 그는 그가 무엇을 찾는지 알고 있었다. 섹스는 절대로 문제의 핵심이 아니었다. 섹스는 다만 황홀케 하는 매개체일 뿐이다. 여자들, 모든 여자는 신비의 빛 안으로, 신비의 빛 근처로 가기 위한 수단이다. 여자는 신비의 지배자이고 남자들은 그렇지 못했다. 그가 나중에야 비로소 말할 수 있는 문제지만, 남자를 통해서 세계가 어떻다는 것을 배우며, 여자를 통해서 세계가 무엇인지를 배운다. 그리고 침실에서 오르가슴을 느낄 수천 번의 밤 중에서 오늘 밤이 가장 잊을 수 없는 밤이었다.

15

노크 소리와 함께 그녀의 목소리가 들려 인니는 잠에서 깨어났다.

"고모님께서 미사에 함께 가겠느냐고 물어보라셨어요."

그녀의 향기가 코를 찔렀다. 집 안과 복도에 발걸음 소리가 들렸다. 응접실에는 시종 몇 명, 고모부, 고모, 신부가 기다리고 있었다. 아침 햇살이 신부의 보라색 견대의 물결무늬에 반사되어 반짝거렸다.

성당에서 그는 미사 전례를 지켜보았다. 페르골레시[34]의 음악, 그레고리안 성가, 녹색 제의를 입고 유연하게 춤을 추는 수도자, 강론("그것은 우리로선 파악할 수 없는 신비입니다. 주님은 인간이며 하느님이십니다. 주님께서 신비롭게 사람이 되심으로써

34) 이탈리아의 작곡가(1710~1736).

우리는 신성에 동참하며 매일매일, 항상, 매 시간 무한한 기쁨에 넘쳐 있어야 할 것입니다. 그러나 우리는 너무 작고 보잘것없는 존재입니다…….”), 성찬 전례, 종소리, 촛불을 지켜보았다. 그리고 그가 영원히 떠나 버린 세계에서 일어난 여러 가지 사건을 그림으로 표현한 스테인드글라스를 뚫어지게 쳐다보았다. 그녀도 성당 안에 있을까?

인니 앞 나무 의자에 구리로 만든 명패가 붙어 있었다. 명패엔 고모부의 이름과 그의 이름이 연결된 ‘돈더르스-빈트롭가’라고 새겨져 있었다. 페트라는 물론 거기에 앉아 있을 수 없었다. 그녀가 영성체를 하러 성당 뒤쪽에서 앞으로 걸어 나왔을 때야 인니는 그녀를 볼 수 있었다. 인니는 그의 네 번째 대죄라고 생각하며 그녀를 뒤따랐다. 그녀가 영성체 석에서 성체를 모신 후 몸을 돌릴 때 혓바닥 위에 있는 성체의 미광을 보았다. 그녀의 눈과 그의 눈이 서로 마주쳤다. 그녀의 눈가에 나타난 조소가 무엇인가 다른 것으로 약하게 가려져 있었다. 그것이 무엇인지 인니는 결코 알 수 없을 것이다. 인니는 그녀를 사랑했다. 그녀는 모든 것을 고백할 것이다. 아니, 고백하지 않을 수도 있다. 몇 주 후면 그녀는 한국에서 돌아온 약혼자인 군인과 결혼할 것이다. 그는 그녀를 더 이상 볼 수 없을지도 모른다. 그도 성체를 모시기 위해 무릎을 꿇었다. 신부의 손이 다가오는 것을 보았다.(송아지살.) 신부의 손을 물어뜯고 싶은 충동이 강하게 일었다. 그러나 꾹 참고 혀를 내밀었다. 가볍고 바싹 마른 물체가 부드럽고 촉촉한 혓바닥 위에 한동안 달라붙어 있었다. 그리고 그것을 삼켰다. 하느님이 인니의 내장으로 가는 길을 찾기 시작했다. 하느님은 내장에서 — 이제 전혀 피할 도리가 없어 보였다 — 씨앗으로 변할 것이다. 단지 씨앗으로.

타츠는 집에서 기다리고 있었다. 그는 벌써 아침 식사를 끝내고 인니가 차 안에서 먹게끔 샌드위치를 싸 놓았다. 작별할 때 고모는 타츠와 합의한 것이 있는데 그것을 조만간 알려 주겠다고 말했다. 그리고 그가 영성체를 하러 나가서 기뻤다고 말하고는 시선을 다른 쪽으로 돌렸다. 인니는 페트라를 다시 한 번 쳐다보았다. 그러나 그녀에게 다가갔을 때 그녀는 한 발짝 물러서며 눈에 띄지 않게 고개를 흔들며 거절했다.

"모든 게 잘되길 바라요." 그녀는 그렇게 말하고는 몸을 돌려 부엌 쪽으로 걸어갔다. 그는 그녀의 푸른 눈의 환영을 마음속에 간직했다.

16

고모는 인니 앞으로 이자를 꺼내 쓸 수 있도록 일정 액수를 예치해 두었다. 이자가 많지는 않지만 그 또래의 사람들이 생활하는 데는 충분한 액수라고 타츠는 말했다. 훗날에도 걱정할 필요가 없다고 했으나 그에 대한 자세한 설명은 없었다.

인니는 이후 항상 같은 의식에 따라 생활하는 아르놀트 타츠를 수년간 정기적으로 찾아갔다. 그는 변함없이 산책, 독서, 쇠고기 스튜 요리를 하며 심한 조울증과 불면증으로 악화되어 가는 치명적인 외로움 속에서 지냈다. 그의 인간 경멸은 격렬한 증오로 바뀌었다. 그가 그만의 '고독한 계곡'(그는 그곳이 어딘지 밝히고 싶어 하지 않았다.)에서 보낸 겨울은 점점 길어져만 갔다. 1960년에 인니는 처음이자 마지막으로 그에게서 편지 한 통을 받았다.

'잘 있었나. 내가 데리고 있던 개 아토스는 죽었다네. 뇌종

양이라 내가 직접 총을 쏘아 죽였지. 아토스는 자기가 왜 총을 맞아 죽어야 하는지 이해하지 못했을 거라 생각하네. 총성은 견딜 수 없을 정도로 오랫동안 메아리쳤지. 이곳의 산과 산 사이는 온통 비어 있네. 난 아토스를 눈 속에 묻었네. 잘 지내게. 지타에게 안부 전해 주게나. 아르놀트 타츠.'

인니가 편지를 받은 지 한 달 후, 아니, 조금 더 후에 고무는 타츠가 죽었다고 알려 왔다. 여느 때처럼 식량을 가지러 마을에 와야 하는데 나타나지 않자 구조대가 즉각 수색 작업에 나섰다. 타츠는 머물던 산막에서 얼마 떨어지지 않은 곳에서 빈 배낭과 함께 얼어 죽은 채 발견되었다. 인니는 타츠가 알프스 등산객들에게 조난 신호를 보냈을지 생각해 보았다. 그러나 그건 아무도 알아내지 못할 일이었다. 얼어 죽은 남자는 화장되었다. 이제 아르놀트 타츠는 더 이상 이 세상에 없었다.

3부
필립 타츠

1973

다도(茶道)란…… 차(茶)가 우주와의 관계에 대한
우리의 감정을 규정짓는 한 도덕적 기하학이다.
— 오카쿠라 가쿠조, 『다서(茶書)』

태어나지 않는 것이 최상의 상태라는 것은 이론의 여지가 없다.
불행히도 그것은 어느 누구의 뜻대로 되지 않는다.
— 에밀 시오랑, 『태어남의 단점에 대하여』

1

세상이 무의미하다는 것을 증명이라도 하듯이 꽤 무의미한 현상이 여러 번 반복되는 날들이 있다. 그런 날을 맞게 되면 그냥 신경 쓰지 않고 되는대로 놔두는 것이 최선이라고 인니 빈트롭은 생각했다. 그러지 않고서는 인생을 달리 견디어 낼 수가 없기 때문이다.

새로운 불구자들을 계속해서 만나는 날들도 있었고, 장님들을 만난 날도 있었고, 왼쪽 신발이 세 짝 넘게 길가에 내버려져 있는 것을 본 날도 있었다. 이 모든 것이 무슨 의미가 있는 것처럼 보였지만 사실은 아무런 의미도 전달하지 못했다. 그것들은 막연한 불쾌감만을 남겨 주었다. 마치 이 세상과 관련된 어두운 계획이 존재하고 있고, 어설픈 방법으로만 그 존재를 추측하게 되는 것처럼.

인니가 필립 타츠를 만나게 되어 있던 날, 그때까지 그는 그런 사람이 존재했는지도 알지 못했다. 그날 인니는 비둘기 세 마리를 만났다. 죽은 비둘기, 살아 있는 비둘기, 의식 불명의 비둘기였다. 이 비둘기들은 절대로 한 마리일 수도 없고, 같은 비둘기일 수도 없었다. 왜냐하면 인니가 죽은 비둘기를 제일 먼저 보았기 때문이다. 그리고 나중에 생각해 보니 이 세 비둘기는 어떤 성수태고지[35]를 하려 했던 것 같았다. 그와 아르놀트 타츠의 아들 필립 타츠와의 만남이 더욱 묘하게 발전되어 갔기 때문이었다.

때는 1973년이었다. 인니는 70년대에 마흔 살이 되었다는 게 마음에 들지 않았다. 한 세기의 후반부에 산다는 것이 전혀 좋을 리가 없다고 생각했기 때문이다. 20세기는 아주 잘못된 세기였다. 슬픈 일과 터무니없는 일들이 타닌처럼 한 해 한 해 쌓여 새로운 밀레니엄에 도달할 것이다. 여기엔 모순도 있었다. 백 년, 이 경우에는 다시 한 번 완전히 채워진 천 년에 도달하기 위해서 한 해씩 덧셈이 되어야 하지만 오히려 뺄셈을 하는 느낌이었다. 마치 점점 먼지투성이가 되어 가는 높은 숫자들이 맑고 빛나며 완벽하게 형성된 많은 0의 숫자들의 혁명을 통해 무효로 선언되고 역사의 쓰레기 더미 속으로 비워 버릴 때까지 어느 누구도, 시간 그 자체도 기다릴 수 없는 것처럼. 미신적인 기대감에 찬 이 시대에 무엇인가에 확신을 가졌던 유일한 사람들은 교황과 다양한 신앙을 입증하려 했던 수

35) 비둘기를 본 일을 천사 가브리엘이 성모 마리아에게 그리스도의 수태를 알린 일에 비유한 것.

많은 테러리스트들이었다. 흰색 옷차림의 이탈리아인 교황은 벌써 교황이라는 이름으로 6대에 이르렀다. 아이히만[36]과 닮은 교황은 번민과 고통에 찬 모습으로 미사를 집전했다. 그리고 다양한 신앙 체험을 하는 테러리스트들은 마녀사냥식 화형식에서 벗어나려고 했으나 헛수고였다. 마흔 살이 된 인니에게는 더 이상 영향을 끼칠 수 없었다.

"마흔이란 나이는 모든 일에 삼세번을 걸어 보아야 하는 나이든가, 아니면 고약한 노인이 되는 법을 배워야 할 나이지." 하고 인니가 말했다. 인니는 후자를 택하기로 결심했다.

지타가 떠나간 후 인니는 한 여배우와 오랫동안 관계를 맺어 왔지만 결국 그녀는 자기 보존을 위해 인니를 헌 의자처럼 문밖으로 내쫓아 버렸다.

"가장 유감스러운 것은 그녀가 내 곁에 자주 없었다는 거야." 하고 그는 작가인 친구에게 말했다. "그런 사람들은 결코 집에만 있질 못해. 그리고 그런 환경에 중독되어 있지." 인니는 지금 혼자 살고 있다. 앞으로도 그렇게 살아갈 계획이었다. 그렇게 혼자 사는 세월이 지나갔고, 그것마저도 사진에서나 볼 수 있었다. 그는 물건을 사고팔았고, 마약 중독에는 빠지지 않았다. 담배도 하루에 이집트산 담배 한 갑이 채 못 되게 피웠으며 술은 친구들이 마시는 정도로만 마셨다.

햇빛 비치는 6월 아침이었다. 헤이런 거리에서 프린선 거리로 넘어가는 다리 위를 걷고 있을 때 비둘기 한 마리가 그에게

---

36) 아돌프 아이히만(1906~1962). 2차 대전 중 독일 홀로코스트 전범.

똑바로 날아왔다. 비둘기는 마치 그의 가슴을 뚫고 들어가려는 듯했으나 심장을 꿰뚫지 못하고 대신 프린선 운하 쪽에서 마주 오던 자동차에 부딪치고 말았다. 자동차는 계속 달렸고 비둘기는 길가에 버려졌다. 그리고 비둘기는 갑자기 잿빛 먼지를 뒤집어쓴 이상한 물체가 되어 버렸다. 한 금발 소녀가 자전거에서 내렸다. 동시에 인니도 비둘기 쪽으로 달려갔다.

"죽은 것 같아요. 그렇죠?" 그녀가 물었다.

인니는 쪼그리고 앉아 비둘기를 바로 일으켜 세웠으나 머리는 움직이지 않은 채 포석만 쳐다보고 있었다.

"끝났어." 하고 인니가 이탈리아어로 말했다.

그녀는 자전거를 옆에 세워 놓았다.

"난 비둘기를 만질 자신이 없는데." 하고 소녀가 말했다. "아저씨가 비둘기를 집어 볼래요?"

소녀가 "아저씨" 하며 말을 편하게 붙이는 것을 보니 인니는 아직은 나이가 들어 보이지 않는 모양이라 생각했다. 인니는 비둘기를 집어 들었다. 그는 비둘기를 좋아하지 않았다. 비둘기는 이미 그가 예전에 성령이라 상상했던 것과 닮은 점이 모두 없어져 버렸다. 비둘기가 평화의 상징이 되어 본 적이 있던가. 그렇게 된 것을 비둘기의 탓으로 돌릴 수도 있을 것이다. 어느 토스카풍 빌라의 정원에서 온순하게 구구거리는 두세 마리의 흰색 비둘기는 봐 줄 수 있지만 다리에 박차를 단 듯 떼를 지어 일렬로 담 광장 위를 날아가는 (기계적으로 머리를 콕콕거리는 바보 같은) 회색 비둘기들, 그런 모습은 결코 성모마리아 위에 내려왔던 성령의 모습과는 거리가 멀었다.

"이 비둘기 어떻게 할 거예요?" 소녀가 물었다.

인니는 주위를 둘러보았다. 시에서 설치한 큰 목재 화분 하나가 다리 위에 있었다. 그는 그쪽으로 갔다. 화분 안에는 모래가 들어 있었다. 인니는 모래 위에 비둘기를 가만히 내려놓았다. 소녀는 인니 쪽으로 걸어왔다. 에로틱한 순간. 죽은 비둘기를 든 남자. 자전거를 탄 푸른 눈의 소녀. 소녀는 예뻤다.

"거기는 비둘기를 놓을 자리가 아니에요." 하고 그녀가 말했다. "일꾼들이 보면 물에 던져 버릴걸요."

비둘기는 모래 속이든 물속이든 썩어 없어질 거라고 인니는 생각했다. 그는 자기가 죽으면 공중분해되고 싶다고 늘 공언해 왔다. 그러나 지금은 인생의 덧없음에 대해 이야기할 때가 아니었다.

"바쁘니?" 하고 그가 물었다.

"아뇨."

"그 비닐 백 이리 줘." 그녀의 자전거 핸들에 아테네움 서점 로고가 찍힌 비닐 백이 걸려 있었다. "그 안에 뭐가 들어 있지?"

"얀 볼커르스의 책이요."

"비둘기를 그 비닐 백에 넣으면 되겠다." 인니가 말했다. "피를 흘리지 않았으니까 괜찮을 거야."

그는 비둘기를 백 안에 집어넣고 자전거 핸들에 걸었다.

"뒤에 올라타."

그는 그녀의 자전거를 타고 뒤돌아보지 않고 달렸다.

"저기요!" 하고 그녀가 외쳤다. 인니는 그녀의 빠른 발소리를 들었다. 그리고 그녀가 뒷자리에 올라타는 것을 느꼈다. 인니는 쇼윈도에 행복해 보이는 모습이 번쩍 반사되는 것을 보았다. 여성용 자전거를 타고 가는 중년의 남자, 짐 싣는 뒷자리에 탄 흰 운동화에 청바지 차림의 소녀.

그는 프린선 운하 거리를 따라 하를러머르데이크 거리까지 내려갔다. 멀리서 다리의 통행 차단기가 내려가는 것이 보였다. 그들은 자전거에서 내렸다. 그리고 도개교가 천천히 위로 올라갈 때 두 번째 비둘기를 보았다. 비둘기는 마치 아무 일도 없는 듯 교각 아래쪽 금속 받침대 중 하나에 앉아 회전목마에 탄 아이처럼 교각과 함께 들려 올려갔다. 인니는 자전거 핸들에 걸린 비닐 백 속 비둘기를 꺼내 천천히 위로 올라가고 있는 살아 있는 동료 비둘기에게 화해의 제물로 높이 들어 올려 보이고 싶은 생각이 들었다. 그러나 소녀가 좋아하지 않을 것이라고 생각했다. 그런 제스처가 무슨 의미가 있을까? 인니는 몸서리쳤다. 여느 때처럼 몸서리쳐지는 이유를 그는 몰랐다. 비둘기는 다시 내려왔다. 그러고는 아무런 감정이 없는 듯 아스팔트 다리 밑으로 사라졌다. 그들은 베스터르 공원을 지나갔다. 공원 한구석에서 소녀는 작은 갈색 손으로 검고 축축한 땅에 구덩이를 팠다.

"이 정도 깊이면 되겠죠?"

"비둘기 한 마리 묻기엔 충분해."

인니는 수사들이 입는 후드 달린 망토처럼 머리가 등 뒤로 쳐진 비둘기를 소녀가 파 놓은 구덩이에 내려놓았다. 그들은 함께 파헤쳐진 흙을 다시 끌어 모아 비둘기 위에 덮었다.

"뭘 좀 마실까?" 하고 그가 물었다.

"그래요."

이런 사소한 죽음에 얽힌 그 무엇이, 죽음 그 자체든 죽음과 연관된 의식이든지 간에, 그들을 좋은 친구가 되게 했다. 이제 무슨 일이 일어나야 될 것 같았다. 만약 그것이 죽음과 어떤 관련이 있다 해도 적어도 가시적으로 나타나지는 않을 것이다. 그들은 자전거를 타고 나사우 부두 거리를 건넜다. 그녀는 무겁지 않았다. 이런 일은 독특한 삶을 살아가는 인니에게 가장 마음에 드는 일이었다. 인니는 아침에 일어났을 때만 해도 지금 여기서 한 소녀를 뒤에 태우고 자전거를 타리라고는 생각하지 못했다. 그럴 가능성은 항상 있었다. 그러나 그런 상황을 이겨 내지 못하는 경우도 있다고 인니는 생각했다. 그는 마주 달려오는 자동차에 타고 있는 사람들의 얼굴을 쳐다보았다. 인니는 비록 현재의 삶이 무의미할지라도 자신의 삶의 방식이 옳다는 것을 알게 되었다. 삶에는 공허, 고독, 불안과 같은 단점이 있기는 하지만 그것을 메워 주는 보상 또한 있게 마련이다. 지금 이 소녀와의 만남이 그런 보상 중의 하나였다. 그녀는 조용히 콧노래를 부르다 멈추고는 어떤 결심이라도 한 듯이 "나, 여기 살아요." 하고 말했다. 그 말은 알려 주는 것이라기보다는 명령에 가까웠다. 인니는 그녀가 손가락으로 가리키는 대로 이끌려 휘호 더 흐로트 제2 거리로 접어들었다. 그녀는 자전거를 무거운 체인으로 주차 미터기에 잡아매고 대문을 열었다. 그녀는 아무 말 없이 앞장서서 끝없어 보이는 계단을 올라갔다. 암스테르담에는 상대를 가리지 않는 문란한 성관계가 성행했다. 특히 젊은 세대의 무분별한 성관계는 계단과 관계가 많다. 인니는 조용히 그녀의 가벼운 운동화 뒤를 따라 기어 올라갔다. 그리고 헐떡이지 않으려고 숨을 골랐다. 그곳은 꼭대기 중의 꼭대기에 위치한, 지붕에 창문이 달린 아주 작은 다락방이었다.

화초, 귤 상자 안의 책, 엘비스 프레슬리의 초상화,《자유 네덜란드》지, 열린 창문 앞의 빨랫줄에는 작고 예쁜 흰색과 연푸른색 팬티들이 널려 있었다. 우울함이 섞인 행복의 개념이란 작은 다락방, 그 다락방 위에 있는 자신과 같은 표현처럼 진부한 표현이라고 인니는 생각했다. 모든 일은 이미 일어났던 것들이다. 우리는 이미 한 번 일어났던 일을 새롭게 갈망할 따름이다. 그녀는 어디선가 들어 본 듯한 음악 레코드판을 올려놓더니 인니에게로 다가왔다. 그가 이해하기로는 이 소녀는 시간을 낭비하지 않는 젊은 세대였다. 젊은 세대들은 옷을 입히고 벗기는 일을 장갑을 끼고 벗듯이 했다. 그리고 신속한 결정에 따라 확실한 행동을 한다. 그것은 작업하는 것과 가장 비슷했다.

그녀는 인니 앞에 마주보고 똑바로 섰다. 그녀의 키는 그와 거의 같았다. 그는 그녀의 푸른 눈을 똑바로 쳐다보았다. 그들은 서로 진지해졌다. 그러나 바닥이 훤히 들여다보이는 진지함이었다. 하부 구조가 없는 진지함. 그녀는 아직까지 고생이 뭔지 모르고 산 것 같았다. 그것 또한 우연이 아니었다. 인니는 사람들이 고생을 하려 하지 않는다는 얘기를 들어 왔다. 그래서 오늘날 사람들은 대부분 하기 싫은 일은 하지 않는다.

그녀는 인니의 옷을 벗겼고 인니는 그녀의 옷을 벗겼다. 그들은 나란히 누웠다. 그녀는 성숙한 아가씨 같았다. 그는 그녀를 애무했다. 그녀는 인니의 손을 몇 번이고 다른 쪽으로 옮겨 주면서 "아니, 거기 말고, 여기." 하고 말했다. 그러고는 그를 잊는 것 같았다. 기계 같은 육체. 그녀는 결함 없는 엔진처럼 절정에 달했다. 절정의 상태는 아주 달콤하다고 인니는 생각했다. 인니의 성적 기능은 영국의 작은 지방 도로를 달리는 대형 자동차 엔진 같았다. 몇 년 후면 미국의 자동차 산업 절반이 이 같은 시대착오로 말미암아 망하게 될지도 모른다. 잠자리에서는 여전히 배울 것이 많았다. 인니는 잠시 그대로 누워 있었다. 그리고 차가운 작은 손(테니스 치던 손? 농구하던 손?)이 그의 등을 어루만지는 것을 느꼈다.

"근데 몇 살이에요?" 그녀가 말했다.

인니는 그녀가 일기장에(아니, 말도 안 돼, 이런 여자들이 일기를 쓸 리 없지.) 나이를 적어 넣을지도 모를 글솜씨를 생각하며 말했다. "마흔다섯." 이라고 말했다.

그는 그저 그렇게만 말했다.

"이렇게 나이 많은 사람과 해 본 적은 없는데."

기록 갱신이었다. 이런 여자도 나이 많은 사람이 부담스러운 모양이었다. 그러나 그것을 이들의 탓으로만 돌릴 수는 없었다.

"해 버릇하면 안 돼."

"좋았는걸요."

너무 피곤하여 기운이 다 빠졌지만 무거운 몸을 일으켰다.

그녀는 담배 한 대를 말았다.

"아저씨도 피울래요?"

"아니, 괜찮아."

인니는 세면대에서 세수를 했다. 그녀가 자기를 쳐다보지 않는다는 것을 알았다. 그는 옷을 입었다. 여름이었다. 걸친 게 별로 없어서 옷 입는 데 전혀 시간이 걸리지 않았다. 인생은 사건이다.

"뭐 할 건데요?"

"친구하고 약속이 있어."

그것은 사실이었다. 인니는 베르나르트 로전봄과 약속이 있었다. 베르나르트는 오십 대 남자였다. 둘의 나이를 합치면 거의 백 살에 가까웠다. 그들처럼 나이를 먹었는데도 서로 친구라고 부를 수 있을까? 인니는 침대로 다가가서 그녀 옆에 무릎을 꿇고 그녀의 얼굴을 쓰다듬어 주었다. 그녀는 일본 영화를 보듯 인니를 쳐다보았다.

"다시 만날 수 있을까." 하고 인니가 물었다.

"안 돼요, 남자 친구가 있어요."

"아." 그가 일어섰다. 약속 시간 때문에 서두른다는 느낌도 주지 않고 나이 들어 굼뜨다는 인상도 주지 않으려 빠르지도, 느리지도 않은 적당한 속도로 일어섰다. 그런 다음, 그 자신도 이유를 몰랐지만, 소리 나지 않게 발꿈치를 들고 살금살금 걸어 방을 나가면서 최악의 상황을(내 귀여운 딸이 자고 있잖아.) 상상했다.

"잘 있어."

"잘 가요."

그는 두 블록을 지나서야 서로 이름을 묻지 않았다는 것을 깨달았다. 그는 한 가게 앞에 조용히 멈춰 서서 전자 제품이 진열된 쇼윈도 안을 쳐다보았다. 다리미와 주스 믹서가 그를 빤히 쳐다보고 있었다. 이름이 무슨 의미가 있으랴? 만약 그녀의 이름을 알았다고 해서 방금 일어났던 일이 달라지기라도 한단 말인가? 달라질 게 전혀 없다. 그럼에도 서로 이름도 모른 채 잠자리를 같이할 기회가 오면 뭔가 잘못된 것 같은 생각이 들었다. "뭐 항상 그런 생각이 드는 일 아닌가." 하고 인니는 큰 소리로 말했다. 그리고 다시 이전의 생각으로 돌아왔다. 이름이란 대체 무엇이란 말인가? 일렬로 정렬된 문자들, 그것을 발음하면 하나의 단어가 되고, 그 단어로 누군가에게 말을 걸 수도 있고 부를 수도 있다. 길고 짧은 것의 차이는 있으나 배열된 문자들은 대부분 그 뿌리가 교회나 성경에 있고, 거의 모든 사람들에게 불분명하게 된 이름들을 실제 살았던 인물과 관련지어 문제를 더욱 수수께끼같이 만들었다. 자기 이름을 스스로 선택할 수 없다는 것부터가 이미 횡포이다. 한번 가정해 보자. 재세례파 신자의 관점에서 성인이 되었을 때 다시 자기 이름을 스스로 선택할 수 있다면, 과연 어디까지 선택할 수 있을까? 그는 거리를 지나면서 집 대문에 붙어 있는 이름들을 읽었다. 문패에는 성(姓)이 적혀 있었지만, 그건 더 못해 보였다. 더용, 소르흐드라허르, 본아커르, 스튀트, 리. 그러니까 여기 이 집에 그렇게 불리는 인간 생명체가 살고 있다는 것을 뜻한다. 그들이 죽을 때까지. 생명체야 썩어 없어지지만, 주민 등록부, 토지 등기부 그리고 컴퓨터 같은 곳에 그들에게 한때 속했던 이름은 여전히 남아 있을 것이다. 아무튼 네덜란드 11개 주 어딘가에 콩들이(bonen) 자라던 경작지(akker)가 언젠가 있었을 테고, 이전에 존재했던 그 경작지의 일부가 본아커르(Boonakker)라는 이름으로 대문 앞에 걸린 흰 이탤릭 문자 속에 보존되어 있었다. 이런 생각을 하자 불쾌감이 찾아들었다. 그것은 요즈음 그가 생각하던 계획들과 맞지 않았다. 오늘은 운이 좋은 날이었다. 그는 이미 결정했다. 그리고 그 결정을 굽히지 않았다. 게다가 이번 여름의 첫날 아침에 한 소녀를 품 안에 안았다. 소녀는 인니에게서 뼈에 사무치는 겨울 추위를 몰아내 준 여자였다. 이에 대해 그는 고마워해야 했다. 인니는 그녀를 작고 예쁜 비둘기라 부르기로 마음먹었다. 그리고 베르나르트에게 좀 늦을 거라고 알리기 위해 공중전화 박스로 들어갔다.

2

대략 한 시간 후 무더운 열기와 소음으로 가득 찬 로킨 거리에 위치한 베르나르트의 화랑에 다다랐을 때 인니는 기분 좋은 예감이 들었다. 베르나르트 로전봄은 대대로 화랑을 운영해 온 명문가의 마지막 후손이었다. 스스로 얘기하듯 그는 게처럼 가게에만 틀어박혀 있었다. 진열장에는 대개 작품 하나만 전시되었다. 이탈리아 르네상스 시대의 데생이나 16, 17세기 네덜란드 황금기의 잘 알려져 있지 않은 대가의 회화 작품 중 한 작품만 전시된 그 진열장은 고객들을 끌기보다는 오히려 겁을 주어 내쫓는 것 같아 보였다.

"자네 가게는 아주 배타적이고 폐쇄적으로 보여. 출입구 문턱도 최소 1미터는 높아 보이니 들어가기가 두렵단 말이야."라고 인니는 언젠가 얘기한 적이 있었다. 베르나르트는 어깨를 으쓱했다.

"날 꼭 필요로 하는 사람은 날 찾을 수 있을 걸세." 그의 대답이었다. "벼락부자들, 부자가 된 건물 임대업자들, 심장 전문의들, 치과의사들이 구입하지." — 그리고 강하게 경멸하는 어조로 말을 이었다 — "현대 미술품을, 화랑에서 말이야. 내가 내놓은 것을 사려면 미술에 대한 지식이 있어야 하네. 일반적인 지식뿐만 아니라 전문 지식도 있어야 해. 요즈음에는 그런 사람들이 많지 않아. 세상에는 눈먼 돈이 많지. 그런데 돈은 아무것도 몰라."

인니는 가게에서 외국인 고객과 유명 미술사가들 말고는 아무도 본 적이 없었다. 그러나 그건 그렇게 중요한 것이 아니었다. 베르나르트가 하는 사업에는 고객 한 명이 반 년치 매출을 올려 준다. 게다가 베르나르트는 이 사업이 아니더라도 부자였다. 그를 만나려면 문을 세 개나 통과해야 했다. 첫 번째 문은 덧문으로 그의 이름이 금박 문자로 새겨져 있다. "영어식 철자로 쓰여 있지." 하고 베르나르트가 말했다. 그 문을 통과하면 갑자기 두 번째 문으로 통하는 아주 조용한 느낌을 주는 작은 현관에 들어서게 된다. 거기에 서면 로킨 거리가 멀리 떨어져 있는 것처럼 소음이 들리지 않는다. 반들반들하게 닦아 놓은 두 번째 문의 손잡이를 잡자마자 손잡이 안에서 아름답고 경쾌한 종소리가 울리기 시작한다. 이렇게 두 번째 공간에(이것을 로마 가톨릭 신자들은 림보라고 부르는데 그게 연옥일까?) 들어서면 대개는 아무도 나타나지 않는다. 진열장 뒷면에 만들어 놓은 창유리를 통해 여과된 햇빛이 발소리를 흡수하는 페르시아산 양탄자 위를 비춰 주고 있었다. 또한 이 공간에 걸려 있는 두 점의 회화 작품, 많으면 세 점, 예술보다는 오히려 돈에 대한 생각을 불러일으키게 하는 그림들을 비추고 있었다.('돈을 쓰도록 유혹하는 벨벳으로 된 쥐덫'.) 시간이 얼마 지나자 멀리서 무릎 높이 정도밖에 되지 않는 창문 뒤에서 그림자 하나가 느릿느릿 움직였다.('나는 지옥에 살고 있지. 그러나 나는 고객을 찾지 않아.') 거기에 도달하려면 조그만 층계를 내려가야 했다.('황금 마차처럼 세 계단, 그러나 오란여 왕가[37]는 예술품을 사지 않지.') 방 자체는 작고 어두웠다. 방 안에는 책상이 두 개 있었다. 하나는 베르나르트 것이었고 다른 하나는 비서가 있다면 비서 것이었다. 그밖에 가구로 무거운 안락의자, 닳아 실밥이 너덜너덜 풀어진 2인용 소파 그리고 박학다식한 베르나르트는 들여다볼 필요가 없어 보이는, 가죽으로 제본된 참고 서적들이 꽂힌 책장이 몇 개 있었다.

"안녕하신가, 신사 양반." 하고 베르나르트 로전봄이 말했다. "악수를 못 하겠네. 매니큐어를 칠했거든. 이분은 퇴니선 부인이셔. 아주 어릴 때부터 내 손톱을 관리해 주고 계시지."

"안녕하십니까, 부인." 하고 말했다.

부인은 고개를 끄덕였다. 베르나르트의 오른손은 눈부신 수술용 램프 밑에서 마취된 환자처럼 그녀의 왼손 위에 놓여 있었다. 그녀는 천천히 조그만 물그릇 위에서 그의 담홍색 손톱을 하나씩 정성 들여 다듬어 주고 있었다. 케이스 페르베이가 그린 로더베이크 판 데이설의 초상화를 보기 전까지 인니

37) 네덜란드 왕실의 가계.

는 베르나르트 로전봄이 자기가 상상했던 프루스트의 『잃어버린 시간을 찾아서』에 등장하는 샤를뤼스 백작의 모습과 닮았다고 생각했다. 물론 베르나르트는 자신이 '이스라엘인'이라 부르는 사람들과 닮았다는 것에 기분이 나빠할지도 모르지만. 그러나 금발의 이스라엘 여군들 사진이 신문에 실리기 전까지는 아무도 이스라엘인들이 어떻게 생겼는지 알지 못했다. 베르나르트의 귀족같이 생긴 코는 그가 소장한 르네상스 시대의 초상화와 닮았다. 숱이 적은 머리카락은 트위드 옷감에 잘 어울리는 북구적인 붉은빛을 띠었다. 그리고 담청색 눈은 『잃어버린 시간을 찾아서(À la recherche du temps perdu)』를 쓴 작가의 번뜩이는 새까만 눈빛과는 닮은 점이 하나도 없었다. 혹은 베르나르트가 '페르뒤(perdu)'를 '페르다(perdâ)'로 잘못 발음하는 것만큼이나 닮지 않았다. 게다가 단어로만 존재하는 인물을 보는 것이 가능하다면 프루스트와 그의 독자 말고는 백작을 본 사람은 아무도 없었다. 어떻든 간에 누군가가 성질 깐깐한 노인에 대해 실제로 연구해 본 사람이 있다면 샤를뤼스 백작과 판 데이설은 각자 나름대로 그런 노인이었고, 베르나르트 역시 그랬다. 그의 회의(懷疑), 오만, 타인과의 거리감이 함께 채워진 얼굴은 친구나 적에게 사용하는 신랄한 경구를 더 공격적으로 만들었다. 또한 그의 개성은 경제적 독립, 예리한 지성, 엄청난 독서량, 완고한 독신주의로 강화되었다. 런던에서 맞춰 입은 옷은 그의 둔하고 굼뜨며 촌스러운 모습을 어렵사리 감춰 주었다. 그의 전체 모습은 (자기 말대로) 도전적이어서 구시대 냄새를 풍겼다.

"자, 선생께서, 무슨 잡동사니를 보여 주려고 다시 오셨는가?" 베르나르트 로전봄은 인니가 마흔 살이 되고 난 뒤부터 이름을 부르는 것을 거부하는 유일한 사람이었다. "인니라. 웃기는데. 그건 이름이 아니라 소리에 불과해. 이니고는 더 웃기지. 어떤 사람들은 자기 아이에게 유명한 사람의 이름을 따서 지어 주면 그 사람의 내적 천재성도 물려받을 거라 생각하지. 이니고 빈트롭, 세계적으로 유명한 건축가. 영국 테이트 갤러리에 이니고 빈트롭의 혁명적인 설계도들이 소장돼 있지."

인니는 갖고 온 미술품 두 점을 비어 있는 비서 책상 위에 올려놓았다.

"한번 봅시다."

"조금 후에." 인니는 네일 아티스트앞에서 웃음거리가 되고 싶지 않았다. "당신이 안목은 좀 있다는 걸 부정하지 않겠어." 하고 베르나르트가 언젠가 말했었다. "그러나 당신은 기껏해야 아마추어 수준이지. 사실 평범한 상인일 뿐이야."

인니는 소파에 앉아《파이낸셜 타임스》지를 펼쳤다.

"보잉 사 주식 폭락, KLM[38] 주식 폭락, 그리고 달러 시세도 좋지가 않아." 하고 베르나르트가 말했다. 그는 인니의 재정 상황이 어떤지 약간은 알고 있었다. "작년에 나한테서 로흐만의 그림을 구입했더라면, 아마 지금처럼 그렇게 침울한 얼굴을 하고 앉아 있을 필요가 없을 텐데 말이야. 적어도 손해는 보지 않았을 테니까."

38) 네덜란드 국적 항공사.

"당신이《파이낸셜 타임스》를 보는 줄 몰랐군." 하고 인니가 분홍색 종이의《파이낸셜 타임스》를 밀어 치우면서 말했다.

"나도 보지 않아. 어떤 고객이 놓고 간 거야."

"그 고객은 사과를 사러 왔었던 게 확실해."

"나는 과일 야채 장사는 아니거든." 하고 베르나르트 로전봄이 말했다. "퇴니선 부인에게 당신 손톱 좀 보여줘 봐. 그러면 이 베르나르트 아저씨가 무료로 손톱을 윤기 나게 다듬어 주도록 해 줄 테니까."

"아니, 괜찮네. 난 늘 손톱을 물어뜯는 버릇이 있거든."

"그럼 포트와인이나 한잔 마시게나."

인니는 편안한 기분이 들었다. 그는 포트와인이 든 마호가니 찬장을 좋아했다. 그리고 퇴니선 부인 앞에 놓여 있는 램프 밑에서 진한 초록빛을 발하고 있는 크리스털 병도 좋아했다. 이제 인니는 나이가 들어 돈에 대한 생각은 별 의미가 없었다. 돈은 돈일 뿐이다. 돈은 썩어 악취를 풍기며 곰팡이가 피고, 곰팡이가 번식하며 동시에 점점 건강을 좀먹게 된다. 이러한 발육 과정과 발병 과정이 불쾌한 방법으로 중화된 것이 암(癌)이다. 돈을 다루는 사람은 누구나 암에 걸릴 공산이 크다. 여기 베르나르트가 일하는 사업에는 돈에 좀 더 고상한 요소가 가미되어 있다. 그 사업은 욕심쟁이와 겁쟁이가 타는 롤러코스터가 아니라 천부적 재능과 능력을 표현하는 대상들의 조용한 세계이다. 이곳에는 돈보다 지식, 사랑, 수집욕, 희생이 우선하며 현혹된 바보짓이 뒤따른다. 인니는 눈을 감고 친구의 사무실 위에 있는 홀을 마음속에 그려 보았다. 홀에는 높은 진열장이 있고, 그 안에는 베르나르트가 고도의 전문 지식으로 수집한 중요한 그림이 많이 있다. 분명 그 그림들은 돈을 의미하기도 하지만 어떤 사정으로 화폐 가치가 없어진다 하더라도 무엇인가 남아 있을 것이다. 그리고 베르나르트가 누구에게도 절대로 보여 주지 않은 개인 소장품을 쌓아 둔 밀실도 있었다. 이 냉소적인 친구가 그렇게 말할 리는 없겠지만, 그 소장품이 그의 인생에 의미를 부여한다는 것을 인니는 알고 있었다. 그렇게 앉아 있다 보니 인니는 주변의 모든 작품 속에 숨은 은근한 힘을 느꼈다. 모든 작품은 인니를 오래전에 사라진 사람들과 시간들을 신비스러운 방법으로 연결시켜 주었다.

네일 아티스트가 나간 후에 베르나르트는 책상 위에 인니가 놓아 둔 화집(畵集)을 집어 들었다. 그는 말없이 첫 장을 유심히 쳐다보았다. 인니는 기다렸다.

"어느 정도 안목이 있는 사람이라면 자네가 여기 내 손에 무엇을 들고 있는지를 알 거야." 하고 마침내 베르나르트가 말했다.

"내가 안목이 있는 사람이니까 자네가 지금 그것을 손에 들고 있잖아."

"훌륭해. 그럼에도 자네는 이것이 무엇인지 모르잖아?"

"아무튼 그게 뭐가 아니란 것은 알아."

"이거 얼마 줬어?"

"자네가 그렇게 법석을 떠는 것을 보니 내가 아주 적게 지불한 것 같은데. 그 작품 어때?"

"최상급은 아니지만 멋있어."

"멋있다고?"

"나는 시빌라[39]에 미쳐 있지."

"그 그림이 시빌라를 그린 그림이란 건 나도 알아. 라틴어쯤은 읽을 수 있으니까."

"가톨릭 신자인 소년이라면 라틴어를 할 줄 알겠지."

"맞아. 그런데 누구 작품이지?"

"발디니.[40]"

"아." 인니는 발디니에 대해 들어 본 적이 없었다. 행여나 그의 작품이 형편없는 것은 아닌가 하는 생각이 들었다.

"발디니에 대해 사실 우리는 아무것도 모른다네." 베르나르트가 말했다. '우리'란 표현은 베르나르트 자신과 그의 주변에 있는 폭넓은 지식을 쌓은 사람들을 말하는 것이다. 물론 인니는 여기서 제외였다.

"우리도 몰라." 하고 그는 말해 놓고 기다렸다. 이제 값을 흥정해야 했다. 친구가 좋다는 것은 서로를 잘 알기 때문에 서로에게 쉽게 실망하지 않는다는 점이다.

"사실 이 작품은 다루기 힘든 목판화야." 하고 베르나르트가 말했다. "다루기 어려워. 발디니란 친구는 대가는 아니었지만 조숙했지. 맞아. 바사리[41]를 읽으면 그의 이름이 나와. 보

---

39) 그리스 로마 신화에 나오는 무녀(巫女).

40) 이탈리아 르네상스 시대의 화가.

41) 이탈리아의 화가, 전기 작가, 역사가, 건축가. 특히 이탈리아 예술가들의 전기 작가로 유명하다.

티첼리의 그림자의 그림자로 생각하면 돼."

인니 역시 베르나르트의 권고로 바사리를 읽어 본 적이 있다. 그러나 발디니에 대해서는 전혀 기억이 나지 않았다. "발디니?"

"바치오 발디니. 이미 1500년 이전에 죽었지. 이 에칭화는 왜 샀지?"

"특이하다고 생각했어. 'N' 자가 재미있게 지워졌더라고. 그게 재치 있게 보였지."

"으음." 다루기 힘든 에칭화 오른쪽 위의 띠 장식 위에 적힌 마지막 글자는 REGINA였다. 처음에는 RENGINA였으나 문맹자가 최종적으로 서명할 때 하듯이 십자 기호로 신중하게 'N'자를 지웠다. "알겠네. 그런데 특이하다는 건 뭐야?"

그들은 함께 그림 속의 리비아 무녀 시빌라를 살펴보았다. 그녀는 넓은 텐트같이 뻣뻣하게 퍼진 옷을 입고 앉아 책을 읽고 있는 것 같았다. 일진광풍 때문에 뒤로 걸친 베일이 부풀어 올랐다. 일진광풍이 다른 부분에는 영향을 주지 않는 것은 설명하기가 어려웠다. 그녀가 걸친 망토의 가장 위 장식이 너무 화려해서 그 위로 나온 얼굴은 창백하고 공허해 보였다. 무릎 위에 펼쳐 놓은 책을 쳐다보는지 아니면 책 너머 멀리 쳐다보는지 알 수 없는 두 눈은 수줍어하고 꿈을 꾸는 듯 멍한 표정이었다. 무아지경에 빠진 듯한 모습은 거의 오백 년이 된 것이라 인니는 생각했다. 인니는 죽은 비둘기 모습을 보았다. 비둘기 그림은 살아남을 수 있지만 비둘기는 그렇지 못하다. 그렇게 생각한다고 해서 무슨 의미가 있을까마는, 소름 끼치는 일이었다. 그 말은 중요한 말이다. 수수께끼 같은 말이다.

"그녀는 사악한 예언을 품고 있다네." 하고 베르나르트가 말했다. "그리고 귀가 토끼 귀를 닮아서 리비아 사람처럼 보이는지도 모르지."

"그건 목판화와 더 비슷한데." 하고 인니가 말했다.

"니엘로야." 하고 베르나르트가 대답했다. 인니는 조용히 있었다. 그래서 그는 "니엘로는 금속 표면에 흑색 에나멜로 장식하는 세공법을 말하는 거야. 거기에서 그 기술이 생겨난 거지." 그러고 나서 갑자기 "이 작품, 아주 멋진 거야." 하고 말했다.

그녀는 희미한 머리에 화관을 썼고, 그 밑으로 베일이 얼굴을 가리면서 펄럭이고 있었다. 그리고 베일은 몸 뒤쪽에서 다시 모든 자연법칙에 반하는 이상한 곡선을 긋고 있었는데 마치 회오리가 이는 것 같았다. 월계관을 쓴 머리 위에는 피라미드 모양으로 닫힌 조그만 관이 씌워져 있었다. 그 관 양면은 길고 가느다란 잎사귀 혹은 깃털 같은 것 세 개로 장식되어 있었다. 무녀 시빌라는 숱이 많은 금발 머리와 땋아 내린 비(非)리비아적 헤어스타일에 가려 상아 같은 귀가 보이지 않았기 때문에 정말로 인간의 탈을 쓴 우아한 암토끼 같은 모습이었다.

"인명 색인을 한번 검색해 보세." 하고 베르나르트는 말했다. "위층으로 함께 가자고. 나는 어둠 속을 헤매는 무지한 사람들을 위한 횃불이지." 여러 개의 복도를 지나고, 여러 개의 방을 열쇠로 따야 했다. 인니는 갑자기 소녀 생각을 했다.

베르나르트는 책장에서 책 한 권을 꺼내 인니 앞에 놓았다. 책 제목은 『국립 미술관 초기 이탈리아 판화집』이었다.

인니는 책장을 넘겨 무녀 시빌라를 찾았다. 마치 판화의 존재가 이제야 진짜로 밝혀진 듯이 자랑스러운 느낌이 들었다. 인니는 더 깊은 존경심을 갖고 발굴물을 살펴보았다.

"그런데 무녀 시빌라 그림은 워싱턴에 있다고 쓰여 있군." 베르나르트가 말했다.

"그 그림이 어째서 거기에 있는지 모르겠어. 워싱턴엔 걸어야 할 그림들이 더 많을 텐데 말이야. 아무튼 책에 그 그림이 나와 있네. 그럼 한번 다 읽어 보게. 아니야, 안 읽는 게 좋겠어. 읽을 게 너무 많아. 너무 자세하게 설명해 놓은 책이야. 내가 복사해 놓을 테니 소더비 매장에 갈 때 그것을 갖고 가서 제출하게."

"자네가 소더비에 갈 때." 인니는 말했다.

"그것도 좋지. 내가 언젠가 가게 되면 말이야."

베르나르트는 다른 책 한 권을 가져왔다. "조심해, 친구." 하고 그가 말했다. "몇 킬로그램 되는 단단한 사랑이 담긴 책이지. 이 걸작은 희귀한 성분으로 갖추어졌어. 말하자면 무한한 인내, 엄청난 지식, 특히 사랑으로 만들어진 책이기 때문이지. 책을 펴낸 사람은 프리츠 뤼흐트라는 이름의 엄청나게 부유한 노인이었지. 돈을 시간으로 바꿔 놓을 만큼 평생 공들여 펴낸 판화집이거든. 그야말로 연금술의 정수(精髓)일세. 보라고, 수집가의 기호들을. 정말로 훌륭해. 우리 미술 소매상께서는 이것을 본 적이 없으셨겠지."

“무엇을 못 봤다는 건가?”

“자네가 갖고 있는 판화 위에 수집가의 표시가 있어. 여기에 있는 이 기호는 무엇이라 생각하나?” 그는 판화 뒷면에 있는 이상하게 생긴 작고 멋진 기호들을 가리켰다.

“우리가 그 기호를 다시 해독할 수 있을지 궁금하군.”

인니는 책의 제목을 읽었다. 『데생 및 판화 기호 모음집』, 프리츠 뤼흐트, 암스테르담, 1921.

“함께 찾아보세.” 베르나르트가 말했다.

인니는 기호를 살펴보았다. 몸체가 없는 특이한 곤충 다리 두 개, 두 다리 사이에 작은 원으로 끝나는 작은 세로줄 세 개.

“인디언 부족의 성적(性的) 상징 같아 보이는데.”

“그래, 그래.” 베르나르트가 말했다. “구경꾼의 눈. 인디언들이 초기 르네상스 작품을 수집할 리 없잖나. 열심히 함께 들여다보면 뭔가 밝혀지겠지.”

“아무 내용도 없는지 모르지.”

“경멸 풍조의 세대라 그런지 안 통하는군. 뤼흐트의 책에 모든 것이 쓰여 있어.”

그가 옳았다. 두 개의 곤충 다리는 양식화된 것으로 마주 놓여 있는 두 개의 R자였다. 롤라 뒤 로제 남작의 이니셜, 프로이센 장군, 드레스덴. “『판화와 데생』, 그건 맞아.” 하고 베르나르트가 말했다. “그때만 해도 미술품을 많이 수집할 수 있던 때였지.” 그는 소리 내어 프랑스어 문장을 큰 소리로 읽었다. “……중요 예술품 수집, ……호기심……, 고미술품 수집…… 처음 설명이 붙은 목록…… 이 독일 귀공자들……

1863년 4월 8일 처음 매각…… 다량의 판화…… 최상급은 아님…… 히히…… 라이프치히에서 경매되었다……. 아주 고가는 아니었다……. 그러고는 은밀한 경로를 통해 클로아카 문디[42], 즉 로마에 안착했다……. 거기서 위대한 예술 전문가 빈트롭께서…… 어느 상점에서…… 경매에 부친 상품 가운데…… 발디니의 판화를……." "어느 상점."

"……즉시 알아보고 헐값으로 손에 넣었군. 축하해. 거기서 한 건 할 수 있을 거야. 몇 달간 원금을 까먹을 필요는 없을 테니까. 적어도 일을 했다는 보람은 느끼겠군. 그리고 또 다른 물건은 뭔가?"

"일본 판화."

"아."

"한번 보기나 해."

"아냐, 그 방면은 리젠캄프한테 가 봐. 그가 일본 판화 전문가니까. 나는 아무것도 몰라. 일본 판화에 대해 아는 것이 아무것도 없어. 판화는 나에게 화성에서 온 물건일 뿐이야. 판에 박힌 듯한 구부러진 코, 어떤 것은 표정이 너무 빈약하고, 또 어떤 것은 표정이 너무 풍부한 홀쭉한 인형 머리, 이 모든 것들 정말로 자네에게 딱 맞는 것들이네. 닥치는 대로 먹고, 닥치는 대로 피우고, 닥치는 대로 보는 건 자네에게 딱이지. 자네는 선별이란 걸 몰라. 품격이 없어. 그렇기 때문에 자넨 장사꾼에 지나지 않는 거야. 장사꾼에겐 모든 게 다 아름답게 보

42) Cloaca mundi. '속세의 마굴'이라는 뜻의 라틴어.

이지. 그러기엔 인생이 너무 짧아. 무얼 알아야만 아름답다고 말할 수 있는 거네. 선별할 줄 모르는 사람은 수렁에 빠져 죽는 거야. 칠칠치 못함, 주의력 부족, 아무것도 모르는 무지몽매, 딜레탕티슴의 지저분한 면, 20세기 후반. 누구에게나 더 많은 기회, 더 많은 사람들이 더 많은 것에 대해 조금밖에 모른단 말이야. 가능한 큰 평지에 지식을 뿌리는 일. 스케이트를 타고 싶은 사람은 빙판으로 가야지." 베르나르트 로전봄은 이렇게 말했다.

그들은 아래층으로 내려갔다.

"리젠캄프가 어디 사는지 알지?"

"스피헐 운하 거리."

"그에게 안부 전해 주게. 그 친구 존경할 만한 사람이야."

3

그는 햇볕이 내리쬐는 바깥으로 다시 나왔다. 모든 것이, 모든 사람이 행복에 젖은 듯 보였다. 최근에 철거된 요새 같은 도시는 마치 빛나고 있는 듯했다. 햇빛은 로킨 거리의 강물 속에서 춤추고 있었다. 그는 스파위 광장으로 들어섰다. 멀리 버헤인 건물 앞에 있는 나무의 연한 초록빛 잎사귀들이 반짝이는 것을 보았다. 그곳에서 인니에게 세 번째 비둘기가 나타났다. 비둘기는 지금껏 한 번도 보지 못한 행동을 했다. 비둘기는 있는 힘을 다해 하나의 예술 작품을 만들어 내고 있었다. 힘차게 날갯짓을 하며 벤더르 상점 쇼윈도 정면을 향해 날아갔기 때문이었다. 쇼윈도 뒤에는 그랜드 피아노가 부동의 자세로 미래의 천재를 기다리고 있었다. 비둘기는 쇼윈도에 세게 부딪쳤다. 비둘기는 한동안 마치 유리창에 영원히 달라붙어 있을 것처럼 보였다. 이어 비둘기는 유리창에서 떨어지지 않으려고 필사적으로 푸드득푸드득 활개를 치다가 더 이상 버티지 못하고 갈피를 잡지 못한 비행기처럼 한 바퀴 돌았다. 유리창에 남은 것은 하나의 예술 작품이었다. 사람 키와 비슷한 높이의 유리창 위에 쌓인 암스테르담의 도로 쓰레기와 먼지 속에 날아가는 한 마리의 완벽한 비둘기 형상이 그려져 있었다. 깃과 깃을 활짝 펼친 모습이었다. 유리창과 충돌하여 비둘기가 유리창에 쌓인 먼지에 각인되어 실체가 없는 꼭 닮은 비둘기의 형태를 남겼다.

이 비둘기들은 인니에게 무엇을 말하려고 했을까?

인니는 알 수가 없었다. 그러나 이 마지막 불가사의한 메시지, 예언, 경고가 실제로 어떤 화(禍)를 뜻하지는 않는다고 결론지었다. 이번 비둘기는 죽은 동료 비둘기들과는 반대로 비틀거리며 다시 창공을 향해 날아올랐다. 비록 먼지에 새긴 형태이긴 하지만 자기 넋을 남기고.

리젠캄프의 화랑에는 베르나르트의 화랑과는 다른 종류의 기품이 지배하고 있었다. 죽은 듯이 고요한 청동 불상은 오른손을 앞으로 내밀고 있어 방어 자세를 표현하는 것 같았다. 그러나 그것은 나중에 안 바로는 정확하지 않은 관찰이었다. 청동 불상은 스피헐 운하 거리 너머 끝없이 펼쳐진 허공을 바라보고 있었다. 불상의 관능적인 입술 가에는 엷은 미소가 흘렀지만 그밖에는 엄숙함을 표현하고 있었다. 불상이 쓴 피라미드형 두건은 리비아 무녀 시빌라를 연상시켰다. 비둘기, 신탁을 전하는 자, 설교자, 이런 사건들은 분명히 보다 더 높은 것, 즉 신이 그를 겨냥하고 일으켰던 하루였다. 인니는 앞에 있는 청동 불상의 꾹 다문 입과 길게 늘어진 검은 귓불을 세밀하게 관찰했다. 부처는 기원전 6세기에 살았던 인물이었고 지금은 쇼윈도에 편하게 앉아 있다. 그가 실제 살았던 때에는 존재하지 않았던 세계에 앉아 있는 것이다. 인니는 갑자기 주의력이 다른 곳으로 쏠리는 것을 느꼈다. 그 주의력이 너무 강력해 인니는 지절로 가련한 몸을 돌려 반들거리는 불상에서 몇 보 안 되는 다음 쇼윈도로 걸어갔다. 마치 어떤 자연법칙이 작용하는 것 같았다. 거기에는 동양 사람으로 보이는 키 작고 한 야윈 남자가 세상모른 채 쇼윈도 안을 쳐다보고 있었다.

인니가 쳐다본 그 남자는 물론 그가 살펴보던 대상물 역시 인니의 인생에 각기 역할을 할 것이다. 그러나 한쪽을 제외하고 다른 쪽을 결코 생각할 수 없기 때문에 인니는 쇼윈도에 진열된 잔이 그 남자를 통해 자기를 잔으로 이끌었다고 해석했다. 왜냐하면 인니와 그 남자 둘 다 그 잔을 아주 중요한 시점에서 함께 관찰했기 때문이다. 잔은 쇼윈도에 홀로 서 있었다. 쇼윈도 바닥에는 침침한 초록색 비단이 깔려 있었다. 잔이 놓인 약간 높은 진열대도 초록색이었고, 배경과 옆 벽면도 마찬가지로 초록색이었다.

검은 빛깔의 잔. 그러나 그 검은 잔은 아직 아무것도 말해 주지 않았다.

어떤 작품은 평온함을, 어떤 작품은 힘을 표현한다. 그러나 그 힘이 어디에 바탕을 두고 있는지는 언제나 확실한 것은 아니다. 미(美)에 바탕을 두고 있는지도 모른다. 그러나 미라는 단어는 힘과는 모순되는 듯한 영적인 것을 함축하고 있다. 완벽함, 적절치 못하겠지만 완벽함이란 균형과 논리의 개념을 불러일으킨다. 지금 여기 그 잔에는 그런 균형과 논리가 없었다. 그 잔도 하나의 잔이었다. 그러니 당연히 둥근 모양이어야 한다. 그러나 그 잔이 완벽하게 둥근 모양인지는 확실하게 말할 수 없었다. 또 그 잔은 어디나 다 높이가 똑같은 것도 아니었다. 표면은 — 아니, 이렇게 말할 수는 없겠지 — 잔의 바깥쪽 면과 안쪽 면은 윤이 나 반들거렸지만 좀 거칠었다. 만약 그 잔이 다른 곳에 놓여 있거나 다른 여러 작품 사이에 놓여 있다면 아마도 그런대로 꽤 재능 있는 덴마크 도예가의 작품이라고 생각할 수도 있었다. 그러나 절대적 권좌에 외로이 놓인 그 잔은 그렇게 말할 수 없었다. 그 잔은 쇼윈도의 높은 진열대 위에서 검은색을 띠고 반들거리는 거칠거칠한 면을 내보이고 있었다. 발 하나가 잔을 떠받치고 있었으나 잔의 '푸아'[43]를 지탱하기엔 너무 가늘어 보였다. 만약 푸아 대신 '허비흐트'[44]로 표현했다면 올바른 의미를 전달하지 못했을 것이다. 그 잔은 거기에 서 있었다. 그리고 존재하고 있었다. 그것은 단지 의미론에 불과하다. 그러나 달리 어떻게 말할 수 있었겠는가? 잔은 살아 있다고 말해야 할까? 이 표현 역시 상상력이 부족한 표현이다. 주발, 잔, 아니면 고독한 물건 등 어떻게 부르든 간에 잔이 마치 인간의 손으로 만들어진 것이 아니라 저절로 생겨난 것이라고 말하는 것이 가장 좋은 표현일 수도

---

43) poids. '무게'라는 뜻의 프랑스어.
44) gewicht. '무게'라는 뜻의 네덜란드어.

있다. 그 잔은 문자 그대로 수이 게네리스[45]였다. 즉 자기 자신을 스스로 창조해 냈다. 그리고 자신을 압도했고 또 잔을 관람하는 사람들까지 압도했다. 누구나 그 잔 앞에 서면 서서히 두려움을 느낄 것이다.

인니는 옆에 선 남자가 자신에게 무엇인가 얘기하고 싶어 한다는 느낌을 받았다. 그 느낌 때문에, 아니면 무아지경에 빠져 있는 그 남자를 방해하지 않을까 하는 염려 때문에, 인니는 가게 안으로 들어갈 수밖에 없었다. 계단은 위쪽으로 가게와 통해 있었다. 가게에 들어서자 인니는 아시아에 와 있는 느낌이 들었다. 좋게 표현하자면 아시아의 여유롭고 고상한 추상 세계에 와 있는 것 같았다. 그러나 이런 분위기와는 대조적으로 세로줄 무늬의 옷을 입은 키 큰 남자가 인니 쪽으로 다가왔다. 그 남자의 이런 대조적인 모습은 절제되고 세련되게 진열된 물건에 일상적인 현실의 모습을 더해 줌으로써 그 작품들이 더 잘 팔릴 수 있게 하는 듯했다.

인니는 처음으로 미술상(美術商)이라는 직업이 얼마나 특이한 직업인가를 깨닫게 되었다.

"빈트롭 씨." 하고 그 남자가 말했다. "말씀 많이 들었습니다. 베르나르트 씨와 조금 전에 통화를 했습니다."

인니는 베르나르트가 완벽하게 설명해 주었으리라 생각했다. 베르나르트가 그에 대해 어떻게 말했을까? 한번 물어볼 필요가 있었다. 그거야 베르나르트가 단순히 전화상으로 얘

45) Sui generis. '독특한 것', '특이한 것'을 뜻하는 라틴어.

기함 직한 일이었다. 베르나르트가 전화한 것이 어떤 특별한 일에 직면했을 때 인니를 돕기 위한 것인지 혹은 인니로부터 신용을 얻기 위한 것인지 알 수가 없었다.

"가끔 재미있는 발굴을 하시는 모양입니다."

"몇 번은 운이 좋았습니다." 하고 인니가 말했다. "그런데 저는 당신 분야에는 문외한입니다. 저를 마음 놓고 비웃으셔도 됩니다."

인니는 포장지를 접어 개키고 판화를 그 남자에게 건네주었다. 그는 잠시 말없이 판화를 쳐다보고는 책상 위에 놓았다.

"당신을 비웃는 일은 없을 것 같습니다. 걸작에 가까운 작품을 발견했군요. 이 작품은 판화입니다. 우키요에[46] 전성시대에 제작된 듯한 목판화입니다. 인생무상(人生無常), 이 개념이 당신에게 어떤 뜻을 전달할지는 잘 모르겠습니다. 이것은 일본 미술사에 나오는 개념입니다. 원하신다면 다시 한 번 설명해 드리겠습니다. 그러나 이 작품을 만든 사람은 분명히 우타마로[47] 같은 대가는 아닙니다. 만약 이 작품이 대가의 작품이고 당신이 그 작품을 '우연히' 헐값에 구입했다, 솔직히 말해 그건 전혀 불가능한 일입니다. 장담은 못 하지만 헐값에 구입했다면 당신은 꽤 오랫동안 카프리 섬에서 최고의 호화 생활을 누릴 수 있을 겁니다."

하필이면 카프리 섬이람! 그러나 좋다.

---

46) 일본의 17세기에서 20세기 초 에도 시대에 성립된, 당대 사람들의 일상생활이나 풍경, 풍물 등을 그린 풍속화.

47) 기타가와 우타마로(1771~1806). 에도 시대에 활동한 일본의 화가.

"그럼 이 작품은 실제로 어떤 작품입니까?"

리젠캄프는 몸을 구부려 커다란 흰 얼굴을 목판화 위에 대고 자세히 살펴보았다. 마치 목판화에 새겨진 여인의 모습을 하나도 남김없이 삼키려는 듯 그의 눈동자가 상하 좌우로 움직였다.

"멋진 작품입니다. 그러나 아주 거칠어 보이는군요. 돈을 많이 들이신 건 아니겠지요?"

"조금 지불했습니다."

"그럼 됐어요. 자, 제가 차이점을 보여드리겠습니다." 그는 잠시 사라졌다가 커다란 책 한 권을 들고 돌아왔다.(오늘은 도대체 얼마나 많는 책을 보는 건가!)

"이것은 우타마로의 아주 유명한 판화입니다. 이런 작품은 전문가가 아니더라도 분명히 어떤 느낌을 받으실 겁니다."

그 작품은 여인의 초상화였다. 리젠캄프는 손으로 스케치하는 흉내를 몇 번 해 보이고는 페이지 가장자리에서 멈췄다.

"처음부터 의식적으로 살펴보면 실마리를 별로 찾을 수 없을 것입니다. 눈에 익숙한 작품들과 비교해서 말이죠."

맞는 말이었다. 커다랗고 밝은 색상의 얼굴 표면에는 어떤 그림자도, 함축성도 찾아 볼 수 없었다. 관능적인 것은 분명했다. 그러나 아주 거리감이 있어 보였다. 유난히도 작은 입은 약간 벌어진 상태였고, 속눈썹이 없는 눈 또한 매우 작고 아무런 표정이 없었다. 코는 구부러진 곡선으로 묘사되었다. 얼굴 표면에서 가슴까지 색상의 차이가 없었다. 목덜미를 드러낸 옷에 그어진 미세한 선은 오른쪽 젖가슴의 부푼 윤곽을 암시했다. 초록색 기노모의 왼쪽 어깨에서 앞을 향해 높이 솟아 있는 아치 모양은 왠지 균형이 맞지 않아 보였다. 그렇게 말하면 무녀의 베일이 몸 뒤쪽에서 부풀어 오른 곡선도 마찬가지였다. 단지 그것은 서툴게 묘사된 느낌이었던 반면, 여기서는 어떻게 설명할 수 없는 극적인 힘이 표출되었다.

"왼쪽 위에 있는 기호들은 무엇을 의미하나요?"

"고급 매춘부의 이름과 사창가 이름이지요."

인니는 다시 한 번 살펴보았다. 판화에서 유일하게 선정적인 부분은 젖가슴을 묘사한 아주 섬세한 선이었다. 얼굴은 추상적으로 처리했다. 얼굴은 손을 댈 곳이 없었다. 아마도 만질 수 없는 모양이었다. 암스테르담의 매춘부들에게 키스는 금물이었다. 그러나 게이샤는 매춘부가 아니었다.

"여기 밑에 있는 것은요?"

"화첩 발행인의 직인과 예술가의 이름입니다."

"만약." 그 목소리는 마치 자신이 인니보다 한 수 위라는 것처럼 특이한 네덜란드어로 거만하게 들렸다. 자국의 영토를 보호하고, 그 때문에 모든 동양적인 것에서 벗어난 듯한 억양이었다. "만약 당신이 원색을 원색으로만 본다면 색의 배합이 얼마나 정교하게 이뤄졌는지 깨닫게 될 것입니다. 보세요. 윤기 나는 검은색의 높은 아치형 헤어스타일을……. 모든 것이 아주 단순하게 보입니다. 그러나 그렇게 자연스럽지는 않습니다. 당신이 구입한 판화는……." 주저하는 목소리였다…….
"당신이 가져온 이 판화는 멋집니다. 이 작품은 당시에는 아주 흔한 작품이었고, 여러 책에 나오는 작품입니다. 말하자면 보통 홍등가 안내 책자에 나오는 거지요. 하하……. 그리고 이 작품은 이 책에 나오는 작품들보다 더 늦게 만들어졌습니다……. 그러나 어쨌든 우리 눈에 이국적인 작품이라는 장점은 있군요. 뭘 좀 마시겠습니까?"

"예."

그는 구부린 자세를 바로 세우면서 아직도 쇼윈도 앞에 서 있는 그 남자를 똑바로 쳐다보았다.

"주의력 깊은 관람객이군요." 하고 그가 말했다.

"맞습니다." 하고 리젠캄프가 말했다. "그뿐 아닙니다. 저 사람은 모든 것에 통달했습니다. 저런 고객과 함께 살아갈 수 있다면 얼마나 좋을까요. 그러나 진짜 광적인 미술 애호가들은 돈이 없습니다. 제 말씀이 좀 이상하게 들릴지 모르지만, 미술이 예전보다 더 심한 투자의 대상이 되어 가는 한 미술은 더 이상 진정한 즐거움이 되지 못할 겁니다. 사이비 인간들이 좋은 작품을 구입해 가죠. 또는 좋은 작품을 구입하게 시키거나요. 미리 자기들에게 판매하기로 계약한 전문 지식을 갖춘 고용인들을 통해서 말입니다."

리젠캄프가 밖을 향해 손을 흔들었다. 그러자 밖에 있던 그 남자가 고개를 끄덕였다. "저 남자 분도 곧 안으로 들어올 겁니다. 그를 잘 모르는 사람들은 특이한 사람이라고들 하는데 저는 그를 좋아합니다. 언젠가 저에게 무엇인가를 구입할 겁니다. 구입하게 되면 틀림없이 훌륭한 작품을 구입할 테지요. 그 작품을 사서 무엇을 하려는 뜻이 있어서가 아니라……."
리젠캄프의 말끝이 흐려졌다. 일본인 몇몇이 쇼윈도 앞에서 주의 깊게 관람하던 그 남자와 함께 안으로 들어왔기 때문이다. 그제야 인니는 그 남자가 얼마나 동양적으로 생겼는지를 알게 되었다. 그의 옷차림은 넥타이를 매고 깨끗한 양복을 입은 일본인들과는 달랐다. 흰 리넨 바지에, 칼라 없는 흰 셔츠, 맨발에 아주 수수한 샌들을 신고 있었다. 일본인들은 문가에 멈춰 서서 여러 번 가볍게 절을 했다. 키가 크고 풍채가 좋은 리젠캄프는 굽실거리며 답례한 후 그들과 함께 사무실로 사라졌다. 흰 옷차림의 그 남자는 아무 말 없이 방 안을 거닐다 칸막이 병풍 앞에 멈춰 섰다. 그리고 갑자기 "당신이 라쿠[48] 잔에 관심을 갖고 있는 것을 보았습니다." 라고 말했다.

인니는 몸을 돌리고는 "저는 그것을 그냥 물건으로만 보았습니다. 그것에 대해 아는 게 없고 지금까지 그런 것을 본 적도 없습니다. 그 잔에서 마치 어떤 위협 같은 것을 느꼈습니다." 라고 말했다.

"위협이요?"

"그래요, 그냥 해 본 소리입니다. 그 말을 할 때 갑자기 그렇게 느꼈습니다. 의도한 것은 아니었어요. 제가 말하고 싶었던 것은 힘이었습니다."

"만약 당신이 힘을 말하고 싶었다면 당신은 그렇게 말했을 겁니다. 당신은 느낀 그대로 적확하게 말했습니다. 위협."

그들은 함께 쇼윈도로 갔다. 잔은 그들보다 아래쪽에 놓여 있어서 잘 들여다볼 수 있었다. 인니는 마치 눈(目)의 깊숙한

48) 일본 다도에서 사용하는 도자기로 만든 찻잔.

곳을, 아니면 축소되어 있는 한없이 깊은 웅덩이를 보는 것 같았다. 잔도 그들을 빤히 쳐다보고 있었다. 속이 텅 비고 검은 윤기가 흐르는 잔은 초심자가 보기에는 아무것도 찾아볼 수 없는 우주에서 보낸 사자(使者) 같았다.

"구로라쿠[49]." 하고 옆의 남자가 말했다. 그 말은 귀신을 내쫓는 주문같이 들렸다. 마치 그 말을 외침으로써 잔이 갖고 있는 신비한 힘을 제어할 수 있는 것처럼.

삼십 분이 지난 후에 인니는 라쿠에 대해 평소 알고 싶었고 또 알고 있었던 것보다 더 많은 것을 알게 되었다. 그 흰 옷차림의 남자가 부드럽고 약간 느린 목소리로 대가들의 이름과 잔들에 대해 요약해 주었고, 마치 사라진 신화적인 왕국의 왕들 이야기처럼 라쿠 9대(代),라쿠 10대 같은 전체 노자기 왕조의 이야기를 요약해 준 덕분이었다. 인니는 잔뿐만 아니라 가케모노[50], 불상, 네쓰케[51]가 본질적으로 그에게 영원히 낯설 수밖에 없음을 깨달았다. 이런 것들은 인니의 문화가 아니며 결코 인니의 문화가 될 수도 없는 다른 전통과 문화에서 유래했기 때문이다. 인니는 처음으로 무엇을 배우기에 나이가 너무 많다고 느꼈다. 그건 그가 사는 세계의 일부이긴 하지만 이 작품들은 각기 외적 아름다움을 훨씬 뛰어넘는 의미를 담고 있었다. 단지 바라보기만 하면, 또 그 바라봄이 단순히 미적 체험으로 경험될 수 있다면 허용될 일이다. 그러나 개개의 작

---

49) 검은 빛깔의 라쿠 찻잔.

50) 족자(簇子).

51) 에도 시대에 끈에 매달아 옷을 장식한 남성용 세공품.

품에 대해 그렇게 지식이 많이 필요하다는 생각에 이르자 인니는 좌절감을 느꼈다. 그러기 위해서는 또 다른 삶이 필요할 것이고 다시 태어나야 할 것이다. 왜냐하면 한 번 태어나면 태어난 시기와 장소에 의해 낯선 세계와 차단되기 때문이다. 의지와는 상관없이 하나의 선택이 주어진다. 그리고 그 선택에 따라야 한다. 베르나르트가 옳았다. 사람들은 비록 할 수 있다 하더라도 거절해야 할 일들이 많다. 마흔이 넘은 인니는 더 이상 피아니스트가 되고 싶은 마음도 없고 일본어도 배우지 않을 게 확실했다. 그 확실함에 인니는 문득 슬퍼졌다. 이제 인생의 유한함이 분명해지기 시작했고 그 유한함 때문에 죽음이 가시화되는 것 같았다. 모든 것이 가능하다는 것은 옳지 않은 말이었다. 옛날에는 모든 것이 가능했을지 모르지만 지금은 더 이상 그렇지 않았다. 인간은 본의 아니게 결정지어져야 하는 존재다. 인니는 성당 건물에 있는 박공의 삼각 면을 만화처럼 읽을 수 있는 사람이었다. 어떤 상징이 어떤 복음사가를 뜻하는지를 알고 있었고, 르네상스 시대 그림에서 고대 그리스의 신화적 암시를 해독할 수도 있었다. 또 기독교 이콘화에서 성인들이 어떤 상징물로 표현되는지를 구별해 낼 수 있었다. 옆에서 교훈 조의 목소리가 계속되는 동안, 인니는 독일어로 "그리고 그것은 나의 세계, 그밖에는 아무것도 없네." 하고 들리지 않게 노래를 불렀다. 그는 언젠가 톨레도 성당에서 일본인 단체 관광객이 손에 안내 책자를 들고 십자가의 길 14처를 찾아가는 것을 보았다. 그들은 십자가의 길의 매 처마다 작게 무리를 지어 여자 안내자의 주위를 에워쌌다. 그 무리에서 빠진 유일한 것은 양 떼를 지키는 개였다. 뒤에 처진 사람들은 누구든지 개에게 물어 뜯겼을 것이다. 그러나 뒤에 처진 사람은 없었다. 그들은 정신을 집중시켜 잔인한 서양 문화의 신이 낳은 마조히즘적인 아들이 극복해 낸 이국적인 사건들에 대해 목을 고롱고롱 울리면서 진지하게 설명하는 젊은 여자 안내자에게 귀를 기울였다. 인니는 그 모습을 보자 태국 북부의 치앙마이에 머물렀을 때 일이 생각났다. 그들과 마찬가지로 인니도 손에 책자를 들고 어찌할 수 없이 사찰에서 사찰로 방황했었다. 책은 거짓말을 하지 않는다. 그는 데이터, 연도, 건축 양식 들을 뇌리에 깊숙이 스며들게 했는데도 무기력한 감정에서 벗어날 수 없었다. 한 건축물이 다른 건축물보다 훨씬 오래된 이유를 알 수 없었기 때문이다. 또 기호들을 읽을 수도 없었고, 태국 사람으로 태어나지도 않았고, 모든 것에 가미된 뉘앙스를 찾을 수도 없었기 때문이다. 아주 간단히 말하자면 모든 게 그의 고유한 정체성과 아주 달랐기 때문이다. 인니는 태국에서보다 리마에 있는 식민지 시대에 지어 놓은 성당에서 더 고향 같은 친근감을 느꼈다. 그는 태국에서 본 것 모두 반짝이는 장식물로 치부해 버리기로 결심했다. 그것으로 충분했다. 인간은 수천의 인생을 사는 것이 아니라 단 하나의 인생을 사는 것이다.

인니 옆에서 라쿠 9대는 라쿠 7대의 양자였고, 그의 형 라쿠 8대보다 더 위대한 도예가였다는 말이 들렸다. 그러나 인니는 아까부터 그 말소리를 더 이상 듣고 싶지 않았다. 인니는 일본인들을 배웅한 뒤 현관문의 레이스 커튼 뒤에서 그들을 쳐다보는 리젠캄프의 모습을 보았다. 일본인 관광객은 다리까지 걸어가더니 잠시 가면극에 등장하는 한 세트의 인형처럼 눈부신 햇살 속에서 손짓하며 서 있었다. 그들 중 한 인형이 돌아서더니 다시 인간으로 변신하여 서둘러 가게를 향하여 걸어왔다.

리젠캄프 역시 사무실로 들어갔다. 그리고 현관 초인종이 울린 후에도 한참 있다가 비로소 다시 나왔다. 이번 대화는 더 짧았다. 그의 옆에서 들려오던, 막 다도에 관한 강의를 시작하던 목소리가 멈칫했다. 어울리지 않는 이중주 연주자와 같은 미술상과 고객, 거인과 난쟁이가 잔이 전시된 쇼윈도 쪽으로 다가갔기 때문이었다. 두 사람의 얼굴은 인니가 너무도 잘 아는 표정을 짓고 있었다. 그 표정은 단 한 가지였다. 즉 양측이 한 물건에 대해 상반되는 생각을 갖고 있다가 서로 의견의 일치를 본 후 거래가 성사되었음을 의미하는 표정이었다. 두 사람은 이제 무엇인가를 받을 것이다. 일본인은 잔을, 미술상은 돈을. 그들이 품고 있던 욕심을 교양이 누그러뜨렸다. 뒤이어 행해진 것은 다른 무엇보다 성찬 전례 같아 보였다. 리젠캄프는 아주 조그만 열쇠로 감실 같은 쇼윈도를 열었다. 이제 무서운 일이 일어날 것이라고 인니는 생각했다. 저런 잔은 벌받지 않고서는 꺼내 갈 수 없을 거라 생각했다. 인니는 옆에 있는 남자의 갈색 얼굴이 잿빛으로 변하는 것을 보았다. 그 남자의 검은 눈은 미술상의 커다란 흰 손이 가는 대로 따라갔다. 미술상은 잔을 손으로 감싸 유리 진열장에서 들어 올렸다. 인니는 이제 그 남자가 무슨 말인가를 할 것이라 생각했다. 그러나 흰 입술은 일본 가면처럼 굳게 다물어져 있었다. 그것은 무엇을 의미하는 것일까? 증오, 분명 증오였다. 그러나 동시에 한없는 슬픔으로 야기된 무력함이기도 했다. 인니는 저 남자가 오래전부터 인간에 대한 연민을 갖고 있지 않은 사람이며, 그가 갖고 있는 모든 슬픔을 이 검은색 잔에 채워 넣은 사람이라 생각했다. 일본인은 잔을 받아 들었다. 그의 손이 잔에 훨씬 어울려 보였다. 그는 잔을 조심스럽게 내려놓고 절을 했다. 그러고는 입으로 쉭쉭 소리를 내며 빠르게 공기를 들이마신 뒤 길고 깊은 저음으로 무엇이라 말을 했다. 비로소 인니는 잔을 제대로 보았다. 은하수처럼 밝고 거친 점선의 궤도가 검은 안쪽면의 깊은 어둠을 뚫고 뻗어 있었다. 누가 감히 이 잔으로 무엇을 마실 수 있을까? 그들 바로 위에 걸려 있는 천장 조명등이 잔의 바닥에 빛을 반사했다. 하지만 잔은 넘칠 듯 흘러 들어간 빛을 되돌려 주고 싶지 않은 듯 깊고 어두운 흙 속에 꼭 붙들어 두려고 하는 것 같았다. 그날 인니는 두 번째로 비둘기를 묻은 흙바닥을 생각했다. 이 밝은 날 어떤 불길함이 틈새에 끼어들었다. 불길함이란 옆에서 움직이지 않은 채 서 있는 남자, 일본인 구매자의 똑같은 굳은 시선, 그리고 그를 둘러싸고 있는 폐쇄된 공간에 묻힌 무언의 대상들과 관계가 있었다.

"예, 타츠 씨." 하고 미술상이 갑자기 말했다. "죄송하지만 어쩔 수가 없습니다. 게임의 규칙입니다. 당신 역시 저 못지않게 사정을 잘 알고 계시잖아요. 라쿠 잔은 아직 많이 있습니다." 그는 몸짓으로 일본인에게 안으로 들어오라고 청했다. 그 남자는 잔을 들고 천천히 근엄하게 그의 뒤를 따라갔다.

"타츠." 인니가 말했다. "성이 같은 사람을 알고 있습니다만……. 그런데 그게 가능할지……." 그는 참았다가 어렵게 말을 이었다. "그런데 그 사람은 백인이었습니다." 그 자리에 있던 타츠가 오랫동안 말없이 인니를 쳐다보았다.

"저는 친척이 없습니다." 하고 마침내 그가 말했다. "저는 타츠라 불리는 다른 사람은 모릅니다. 제가 아는 유일한 사람은 돌아가신 저의 아버지입니다. 그분은 산에 대해 책을 쓰신 적이 있죠. 그 책을 읽어 보지는 못했지만요."

"아르놀트 타츠 씨 말인가요?"

"예, 그분이 제 아버지입니다. 아버지란 말이 그분께 중요한 건 아니지만. 그분을 아십니까?"

"네."

"그분이 저에 관해 말씀하신 적이 있나요? 제 이름은 필립입니다."

"아니요, 아들이 있다고 말씀하신 적은 없습니다. 그러나 부인은 있었다고 얘기한 적이 있지요."

"예, 부인이 있었지요. 아버지는 어머니를 무척 힘들게 했어요. 아버지는 제가 아주 어릴 때 어머니를 버리고 떠난 후 한 번도 연락하지 않았습니다. 완고하고 자기중심적인 인간이었다고 들었습니다. 그는 어머니를 인도네시아에서 데리고 왔죠. 당신에게 그런 사실을 얘기한 적은 한 번도 없었을 걸요? 그는 어머니와 함께 파용도 가지고 왔지만 결국 파용만 자기 곁에 간직했습니다."

그는 마치 그 주제에 대한 얘기가 끝났다는 것을 알리려는 듯 돌아서서 잔이 놓여 있던 빈자리를 쳐다보았다.

"처음엔 잔을 헌신짝처럼 여기다가 이제 와서 다시 잔을 찾으러 오다니." 하고 그는 씁쓸하게 말했다. 그리고 잠시 그의 목소리에서 점잔 빼는 느린 어투가 없어졌다. "여기서 나갑시다."

"그 잔을 구입하려고 하셨습니까?"

"예, 하지만 돈이 없어요. 그 잔을 살려면 몇 년 동안 저축을 해야 하지요."

인니의 인생에 끼어든 새로 만난 타츠는 밖으로 나갔다. 인니가 그를 뒤따라갔다. 이제 또 다시 타츠란 사람의 뒤를 쫓아다니게 되었구나 하고 인니는 생각했다. 얼마 후 인니는 미술상에게 작별 인사도 하지 않고 나왔다는 사실을 알았다. 또 판화를 그냥 놓고 나왔다는 사실도 알았다. 인생무상.

"뭘 좀 마시겠습니까?" 인니는 물었다.

"저는 카페를 싫어합니다." 그러더니 곧 그는 "어떻게 저의 아버지를 알게 되었는지 말씀해 주시겠어요?" 하고 물었다.

"그건 이야기가 길지요."

"괜찮다면 저희 집에 가셔서 말씀해 주셔도 됩니다. 저는 더페이프 구(區)에 살고 있어요. 여기서 멀지 않죠."

"좋습니다."

그들은 벽돌로 만든 보물 상자처럼 높은 지붕 밑에서 홀로 빛나고 있는 왕립 미술관을 지나서 라위스달 운하의 반짝이며 출렁이는 물을 따라 걸어갔다. 오리와 갈매기. 꽥액꽥액, 그리고 끄룩끄룩.

4

필립 타츠의 세계는 그의 아버지의 세계만큼이나 자기 마음대로였다. 그곳으로 통하는 그 어느 것도 우리가 어디로 가는지를 예측할 수 없게 했다. 그 당시 이미 — 나중에 도시 전체의 자존심을 상하게 할 선봉자로서 — 19세기의 도로를 탐욕스러운 곰팡이처럼 먹어 치워 버린 더페이프 구의 황폐화에 대한 반대의 열기에 문자 그대로 숨이 막혔다. 작달막한 그 남자는 그의 아버지처럼 주위를 살피지도 않고 걸어갔다. 그의 뒤를 따라가다가 인니는 반쯤 썩어 버린 폐차의 잔해들, 눈이 아플 정도로 번쩍이는 쓰레기통들, 이중 주차된 배달 차량들 사이에서 헤매다가 페인트도 칠하지 않은 부서진 대문 앞에 다다랐다. 문 뒤편엔 가파르고 어두컴컴한 계단이 놓여 있었다. 더 높은 계단은 아래에서는 볼 수 없었다. 인니는 마치 순례 여행길에 오르는 느낌이었다. 참회의 길. 모든 것이 아르놀트 타츠와, 또 자신의 과거와 관계가 있었다. 그러나 승려 머리를 한 내향적이며 말 없는 이 깡마른 동양인과는 아무런 관계가 없었다.

그들이 들어선 방은 매우 밝았다. 첫눈에 보기에 방은 완전히 텅 빈 것 같았다. 모든 것이 흰색이었다. 여기에 속세에서 멀리 떠나온 남자가 있었다. 적막하고 추운 산악 지대 깊숙이 위치한 수도원에 있는 사람. 아무튼 이곳은 네덜란드 같지 않았다. 인니는 천천히 빈 공간의 사물들을 구별하기 시작했다. 낮게 드리워진 흰색 칸막이 커튼 뒤로는 아무것도 보이지 않았다. 거의 판자 수준인 낮은 목재 침대 위엔 시트가 덮여 있어 마치 관대(棺臺) 같아 보였다. 이 아들 타츠도 혼자 살고 있는 것이 분명했다. 방을 어지럽히거나 고요함을 깨트릴 개조차도 없었다. 향 냄새가 몽롱했다. 필립 타츠는 방 한가운데에 있는 방석을 가리켰다. 그리고 자기는 마주 놓인 방석 위에 동양식으로 앉았다. 인니는 방바닥에 몸을 굽혀 앉는 것이 불편했다. 그래도 동양식 자세를 취하려고 여러 모로 애를 썼다. 하지만 편안하게 앉으려 자꾸 고쳐 앉다 보니 결국 턱 밑에 한 손을 끼고 누워 있는 군사령관의 자세가 되고 말았다. 부처도 한때 그런 자세를 취했다. 이 타츠 역시 눈초리가 매서웠다. 그러나 그 사이 인니는 살아 있는 타츠든 죽은 타츠든 그들 때문에 괴롭지 않을 만큼 나이가 들었다.

아버지와 아들. 필립 타츠가 아무 소리도 내지 않고 기도 속의 반복되는 후렴의 리듬에 따라 가볍게 몸을 이리저리 움직였기 때문에 인니는 생각에 잠길 수 있었다. 인니는 이 아들한

테서 그의 아버지와 다른 한 가지 점을 볼 수 있었다. 시간을 알리는 시곗소리가 뚜렷한 어떤 상황 변화도 가져오지 않았기 때문이다. 여기서는 시간이 아무 역할도 하지 않는다는 것을 뜻했다. 인니는 지금 자신이 무엇을 느끼는지 자문했다. 일종의 성마른 혐오감, 그게 가장 적절한 표현이었다. 세상에는 반복되지 않아야 할 일들이 많다. 명상에 열중하고 있는 이 동양인은 구름이 태양을 가리듯 그의 아버지에 대한 기억을 덮어 버린 것도 아니었다. 인니는 기억이 유일한 확신이라는 것이 얼마나 신기한가 하고 생각했다. 기억을 더듬게 만드는 사람은 침입자로 간주된다. 이제 인니는 기억 속으로 내려가도록 강요받았다. 또 하느님을 다시 생각해 보도록 강요받았다. 고모, 페트라, 개, 닫혀 있는 편이 더 좋을 뻔했던 여러 문들이 열렸다. 기억이 잘 보존되고 정돈되어 있다면 그것으로 충분했다. 노화의 일부는 새로운 기억을 만들어 내는 것을 거부하는 데 있다.

"아버지는 저를 업신여기셨어요." 필립 타츠가 말했다.

"당신 아버지는 당신을 잘 모르셨을 텐데요."

"아버지는 저를 알려고 하지도 않았어요. 그는 세상에 어떤 흔적을 남기는 것을 참지 못했습니다. 아버지의 그런 생각을 이해할 만도 합니다. 그러나 제가 어렸을 때엔 좋지 않았어요. 그는 저를 평생 보고 싶어 하지 않았죠. 그는 저라는 존재를 부정했습니다. 제 아버지를 어떻게 알게 되었는지 이야기해 주셨으면 합니다."

인니는 이야기해 주었다.

"아버지는 저보다 당신을 더 걱정해 주었군요."

"그건 자기 돈이 아니었어요. 그렇게 하는 데 힘을 들일 필요가 없었지요." 하고 인니가 말했다.

"당신은 그를 좋아했던 것 같군요."

"그래요." 인니가 말했다.

그게 사실이었을까? 인니는 이르놀트 타츠를 그런 범주에 속하는 사람으로 보지 않았다. 차라리 하나의 자연 현상처럼, 즉 단순히 그를 있는 그대로 본 것뿐이었다. 인니는 지금 와서 뒤늦게 그에 대해 평가해야 한다는 것이 불쾌했다. 이런 만남은 아무 소용 없었다. 인니는 이미 이런 만남을 경험했다. 아니 그보다는 옛날의 나였던 어떤 다른 사람이 이것을 경험했고 그에게 경험한 것을 얘기해 주었던 것이다. 이 타츠도 미쳤다. 그리고 이 타츠와 함께 있다가는 똑같이 나쁜 결과를 초래할 것 같았다.

"아시아에 자주 가 보았나요?" 인니가 물었다.

"왜요?"

"여기는 일본 분위기인 것 같아서요."

"일본에 가 본 적은 없습니다. 오늘날의 일본은 천박합니다. 우리가 일본을 감염시킨 것이지요. 일본은 제 꿈을 해칠 겁니다."

그의 꿈을. 그래, 계속해 보라지. 이 타츠는 겁도 없이 큰소리를 쳤다. 하지만 그것은, 즉 그가 처한 상황은 꿈이었는지도 모른다. 주위가 그렇게 보였다. 눈을 뜨면 존재하지 않는 방, 승려 같은 그의 입에서 지루하게 흘러나오는 말들, 마치 자기를 지켜야 하는 것처럼 계속 인니를 향하고 있는 검은 눈동자.

아버지는 왜 아들을 낳는가? 이 아들은 간결하고 생략된 문장이란 걸 몰랐다. 눈 덮인 슬로프를 달리며 메달을 획득해야 되는 것도 아니었다. 오히려 모든 것을 느림과 비움으로 전도시켰다. 그럼에도 아버지처럼 외부 세계로부터의 고립과 새로운 것에 대한 거부를 추구했다.

"차를 끓일까요?"

"좋아요."

필립 타츠가 소리 없는 그림자처럼 커튼 뒤로 사라진 후 인니는 마음이 편해져 일어나 가만히 집 안을 거닐었다. 그러고 보니 점점 더 많은 물건이 보이기 시작하는 것 같았다. 아니면, 그들이 대화하는 동안 책 몇 권과 그림엽서가 소리 없이, 보이지 않게 몰래 들어와 — 또 마찬가지로 들리지도 보이지도 않게 — 주춧돌이 있는 바닥에 자리를 잡은 것일까? 그것은 어쩐지 인니에게는 수수께끼 같아 보였고, 그림엽서 자체의 그림처럼 낯설었다. 이끼로 이루어진 것처럼 보이는 섬 위에 비바람에 시달린 서로 다른 크기의 돌 세 개가 — 그것도 중앙이 아닌 곳에 — 놓여 있고 갈퀴질한 듯한 자갈이 깔린 평면. 인니는 이전에 일본에 관한 책에서 그런 모습을 본 기억이 있으나 실제로 본 적은 없었다. 인니는 바닥에 무릎을 꿇고 앉아 이 방을 반영하는 듯한 — 왜 그런지는 몰랐지만 — 신비스러운 삽화들을 응시했다. 침대는 잠을 자는 곳이 아니라 오히려 그 안에 원하는 것 모두를 표현할 수 있는 돌과 같았다. 사실 이 방은 세 개의 돌이 있는 자갈밭처럼 거주하는 사람이 아무도 없고 아무도 방을 보러 오는 사람이 없을 때 가장 어울린다고 인니는 생각했다. 이 평면 혹은 이 정원은, 그것을 어떻게 부르든지 간에, 우주처럼 스스로 존재할 수 있을 것이다. 거주자나 관람자 없이도. 인니는 몸을 떨었다. 그리고 그림엽서를 다시 제자리에 놓았다. 그러나 그 방에서 해방된 것은 아니었다. 다른 그림엽서에 진짜 정원들이 묘사되어 있었다. 비현실적인 유클리드 기하학적 형태로 잘라 낸 덤불, 오싹함을 느끼게 하는 완벽함, 혀로 핥아 놓은 듯한 잔디밭, 그리고 조각품처럼 깎은 새빨간 나무들. 가을! 그것은 적어도 시간 개념을 불러일으키는 단어다. 그러나 시간이란 이 사진들에는 전혀 존재하지 않는 요소다. 더 멀리 방의 다른 구석에 일본어로 쓰인 책 한 권과 그 위에 나이 든 남자의 초상화가 놓여 있었다. 그가 책을 집어 들었을 때 타츠가 들어왔다.

"가와바타[52]가 쓴 책입니다. 일본 작가지요."

"아."

인니는 초상화를 살펴보았다. 나이 많은 한 남자의 초상. 젊은데도 나이 들어 보이는 걸까, 아니면 나이가 많은데도 젊어 보이는 걸까? 유난히 높은 이마에서부터 은빛을 발하는 머리카락이 뒤쪽으로 물결 모양을 이루고 있었다. 허약해 보이는 몸에 어두운 색상의 전통 의상을 걸치고 있었다. 책 뒷장부터 넘기다가 인니는 다시 그 남자의 전신 사진을 보았다. 그 남자 앞에 전(前) 스웨덴 국왕이 서 있는 것으로 보아 그가 노

52) 가와바타 야스나리(1899~1972). 1968년 노벨 문학상을 받은 일본 작가.

벨상을 받는 모습임에 틀림없었다. 스웨덴 왕은 늙고 여윈 손을 유난히 높이 올려 박수를 치고 있었다. 그 모습은 예의 바르고 교양 있는 북구인들이 진심을 담아 열광적으로 환영하는 방식이었다. 작가의 옆얼굴 사진이 담겨 있어 잘 관찰할 수 있었다. 사진 속의 그의 모습은 무한히 자그맣고 품위 있어 보였다. 흰 양말과 이상한 샌들을 신은 그는 막 건네받은 물건을 정성껏 받아 들고 구부정하게 서 있었다. 그는 긴 초록색 의상에 무릎까지 오는 검은 망토 비슷한 것을 걸치고 있었다. 인니는 그 옷이 기모노인지 몰랐다. 침착해 보이는 작은 얼굴에서 높이 튀어 오른 머리카락이 인니에게 새삼 인상적이었다. 왕자와 공주 들 중 일부는 시상대 높이 때문에 앉아 있는 자리가 낮았지만, 그들의 얼굴에는 일종의 당혹감 같은, 불안하다는 표현이 가장 적절할 표정이 나타나 있었다.

필립 타츠는 다시 방바닥에 자리를 잡았다. 그가 몸을 똑바로 세운 후 저절로 미끄러져 내려가는 듯한 동작으로 사뿐히 양반 다리를 하고 앉아 유연한 동작으로 두 개의 녹차 잔이 놓인 래커 칠한 소반을 소리 없이 다다미 위에 내려놓는 모습이야말로 신기하다고 말하지 않을 수 없었다.

타츠는 차를 마셨다. 인니는 눈을 가늘게 뜨고 눈썹 사이로 그를 쳐다보았다. 그의 얼굴 역시 생각에 잠긴 듯 닫혀 있었다. 얼굴 생김새가 극동 사람으로 생겨서 그런 것이 아니었다. 완전히 자기 자신 안에 갇혀 사는 사람의 표정이었다. 방 안의 이 남자에 대한 상상은 인니에겐 소름 끼칠 정도였다. 인니는 함께 오지 않았으면 좋았을걸 하고 생각했다.

그들은 말없이 차를 마셨다.

“무슨 일을 하지?” 인니가 마침내 입을 열었다. 사람들은 서로 마주 보고 방석에 앉아 있을 때는 존댓말은 쓰지 말아야 한다. 더욱이 그들은 둘 다 나이가 같아 보였다.

“돈을 벌기 위해 말인가?” 그의 물음은 비난하는 것처럼 들렸다.

“그래.”

“무역 회사에 다니고 있네. 해외 문서 교환 업무를 맡고 있지. 주 3일 근무야. 스페인에서 온 문서들이지. 회사 사람들은 나를 미쳤다고 하지만 내가 하고 싶은 대로 내버려 둔다네. 난 일을 잘하거든.”

스페인어. 인니는 상대방 얼굴을 바라보았지만 그가 찾았던 것은 발견하지 못했다. 자바의 마을 주민들은 아르놀트 타츠를 그들의 기억에서 몰아냈다. 그리고 이 아들 필립 타츠는 승려처럼 삭발을 했다. 그래서 얼굴의 생김새가 두 배나 강한 인상을 주었다. 머리를 빡빡 깎은 사람은 헤어스타일, 코, 입, 분위기에서부터 온화한 모습을 빼앗기고 모든 것이 무방비로 노출된다. 그러나 아들 필립 타츠의 얼굴에는 모든 것이 자물쇠로 채워져 있었다.

“혼자 사나?”

“그래.”

“그 밖에는.”

“그 밖에? 아무것도 하지 않아. 며칠 일하고 번 돈으로 먹고 사는 데 충분해. 나는 그 일을 여기서 하지.”

"항상 여기에 있나?"

"그래."

"스타빌리타스 로키(Stabilitas loci)."

"무슨 말인지?"

"스타빌리타스 로키는 관상 수도원의 기본 계율의 하나지. 한번 들어간 곳에 늘 머문다는 말이네."

"음, 나쁘지 않군. 어떻게 그런 생각을 했나?"

"여기가 꼭 수도원 같아서."

"우스운가?"

"아니." 인니는 좀 답답하다고 생각했지만 그 말은 하지 않았다.

"나도 세상 밖으로 나가지." 그는 이 말을 경멸 조로 말했다. "세상에는 찾을 것이 아무것도 없어."

"여기서는 찾을 게 있나?"

"나 자신을 찾지." 인니는 들리지 않게 신음 소리를 냈다. 1970년대. 아직도 사람들은 교회의 문을 등 뒤로 닫지 않았다. 아니 사람들은 거지처럼 구루와 스와미[53]의 발밑에 엎드려 기어 다녔다. 마침내 그들은 텅 빈 우주 공간에 홀로 남아 자신이 만든 레일 위를 기관사 없는 기차처럼 질주했다. 그리고 다시 창문 밖으로 살려 달라 외쳐 댔다.

"나는 각오가 되어 있어."

"무슨 각오?"

---

53) 인도의 종교 지도자들.

"나의 구원." 주저할 겨를도 없이 "나의 꿈, 나의 구원."이라 말했다. 인니는 처음으로 자기 앞에 있는 이 남자가 미친 것이 아닌지 의심했다. 서로 알게 된 지 채 한 시간도 되지 않았는데도 필립 타츠는 이런 이야기를 주고받는 것이 아주 당연한 것처럼 여기는 듯했다. 인니도 그랬다. 인니는 결국 타츠 가족의 일원이었다. 그리고 타츠는 누구에게도 어떤 것에도 얽매이지 않고 — 그 역시 말할 필요도 없었다 — 남들이 기피하는 어휘를 아주 편하게 사용했다. 그들은 땅에서 1미터 높은 곳에 살고 있었다. 그곳은 그들의 어휘가 자연스러운 영역이었다. 아마도 그들은 날 수도 있을 것이다.

"구원은 가톨릭 개념이지." 하고 인니가 말했다.

"내가 말한 그대로의 뜻은 아니네. 가톨릭교에서는 너를 구원하는 사람은 다른 사람이야. 너는 그 구원을 받을 수 있지. 그러나 그건 나에겐 아무 의미가 없어. 내가 나 자신을 구원하니까."

"무엇으로부터 말인가?"

"먼저 세상으로부터. 세상으로부터의 구원은 생각보다 훨씬 쉬워. 그렇게 어렵지 않지. 그다음은 나 자신으로부터야."

"왜?"

"인생은 나를 괴롭히는 거지. 괴로울 필요가 없는 거야."

"그러면 자살해야 하는 것 아닌가?"

타츠는 한동안 대답이 없었다. 그러고는 조용히 말했다 "나라고 하는 존재물로부터 떨어지고 싶어."

"존재물이라."

인니는 깊고 쓴 맛이 나는 차를 한 모금 마셨다. 방 안은 점점 더 정적이 쌓여 가는 것 같았다.

“나라는 존재물이 혐오스러워.” ‘나는 내가 혐오스럽다네.’라는 말을 이 남자의 아버지로부터 들었던 게 얼마나 오래전이었던가? 똑같은 생각이 한 남자로부터 한 여자를 통하여 다른 남자에게 전수된다는 것은 참을 수 없는 일이었다. 인니는 방에서 뛰쳐나가고 싶었다.

“나는 이런 문제에 대해 아무와도 얘기하지 않네.” 하고 필립 타츠가 말했다. 이 말은 틀림없이 불평하는 말이었다. 불평하는 사람은 이미 위안의 손길 밖으로 벗어나 있는 법이다. “이런 말로 귀찮게 해서 불쾌할 수도 있겠지?”

아르놀트 타츠한테서는 이 같은 일들이 결코 일어나지 않았을 것이다. 여하튼 차이점은 있었다.

“아니야.” 인니는 무의식적으로 말했다. 이번에는 그가 한 존재물과 하는 첫 번째 대화였다. 그리고 지울 수 없을 정도로 자신이 더렵혀졌음을 느꼈다. 인니는 잔을 내려놓았다.

“이제 가야겠네.” 하고 인니가 말했다.

타츠는 대답을 하지 않았다. 그리고 아래로 깊숙이 굽어졌다가 튀어오르는 대나무처럼 단 한 번의 동작으로 벌떡 일어섰다. 반면에 인니는 방바닥에서 일어나는 게 힘이 들었다. 여하튼 타츠는 자신이라는 존재물을 완벽하게 지배하고 있다고 인니는 아무런 시기심 없이 생각했다.

“내가 말하려 한 것은 존재하기 위해서 육체가 필요하다는 생각이 참을 수 없다는 거야.” 하고 타츠가 말했다.

가톨릭도 그렇다고 인니는 생각했다. 구원의 길로 가는 데 방해가 되는 가엾은 육체, 그러나 인니가 무언가 말하기 전에 필립 타츠가 갑자기 질문했다. "내 아버지는 어떤 사람이었나?"

'자살자.'라고 인니는 말하고 싶었다. 그러나 이제 와서 그렇게 말하는 게 옳은 일일까? 아르놀트 타츠는 결국 소원대로 사고라는 위장된 우회로를 택하지 않았던가. 인니는 이런 말로 그에게 더 이상 짐을 지울 필요가 없었다. 그는 이미 아버지의 유산으로 고통스러워하고 있었다. 아버지의 과함과 부족함. 쯧쯧, 심리학.

"자네 아버지는 자신의 삶을 살았던 고집 센 남자였어. 그는 아주 외로웠다고 생각해. 그는 외롭다는 말을 자기 입으로 말할 수 없었을 거야. 그는 나를 위해 많은 것을 해 줬지. 그러나 그것은 인간적인 사랑에서 나온 것은 아니었어. 그는 인간을 싫어하셨지. 적어도 인간이 싫다는 말은 하셨어."

"그렇다면 아버지와 나는 여하튼간에 공통점은 있는 셈이군." 하고 필립 타츠가 말했다. 그의 말은 만족스러운 듯이 들렸다.

인니와 필립 타츠는 문 쪽으로 갔다. 문에 다다르기 직전에 필립 타츠는 지금까지 완전히 닫힌 벽이라고 생각했던 곳 한가운데를 열고 작은 상자 하나와 펭귄 출판사의 포켓판 책 한 권을 꺼냈다.

"가와바타가 쓴 책이네." 그가 말했다. "두 번째 이야기만 읽으면 돼. 「천 마리의 학」. 다 읽고 나면 돌려줘. 아니면 마음 내킬 때 갖다 주던가. 주말과 월요일, 화요일에는 늘 집에 있네."

그의 뒤에서 소리 없이 문이 닫혔다. 이제 가파른 층계를 단번에 뛰어넘어 자기 자신을 고문했던 감옥에서 벗어나 밖으로 나와 거리를 배회할 것이다. 비록 그것을 '구원'이라 부를지언정!

5

그날 밖의 날씨는 인니의 바뀐 기분에 딱 알맞은 날씨였다. 거리엔 안개가 자욱했다. 그래서인지 도시 전체가 음울해 보였다. 사람들은 여전히 여름옷을 입고 다녔다. 그러나 불투명한 햇빛이 여름옷 차림의 그들 위에 우울함을 걸치게 했다. 여느 때처럼 자연 현상이 도시의 일상사를 매번 지배한다면 도시는 전혀 존재할 필요가 없다는 생각을 인니는 갖고 있었다. 안개가 끼는 것은 자동차나 집과는 아무 상관이 없지만 간척지의 초지와 직접적으로 관계가 있다. 이런 생각에 공포감이 들었다. 현실이 이런 식으로 뒤죽박죽되기 때문이었다. 인니는 모든 것이 얼마나 약한지 의식하고 싶지 않았다. 아들 타츠는 그를 당분간 봐주지 않을 것이다. 타츠는 이런 햇빛 나는 날에 두 번이나 죽음을 상기시켜 주었다. 한 번은 그의 고백을 통해서였고, 또 한 번은 뚜렷한 윤곽이 없는 과거로부터 그의 아버지에 대한 생각을 되살리면서였다.

"빈트롭 가문은 고생을 거부했지." 아르놀트 타츠가 말했었다. 그러나 그 표현으로는 충분하지 않았다. 빈트롭 가문의 일원인 그는 고생을 거부했을 뿐만 아니라 다른 사람들의 고생과 마주 대하는 것도 거부했다. 그는 살아 존재하는 동안 끊임없이 움직였다. 그렇게 하는 것이 필요할 때 다른 사람들을 가장 잘 피할 수 있었기 때문이다. 또한 그렇게 하는 것이 결국에는 자기 자신을 피하는 것임을 경험에서 터득했기 때문이다.

인니는 페이절 거리 쪽으로 걸어갔다. 안개 자욱한 공기 사이로 새어 나오는 열기에 뮌트 탑이 조금은 흔들리는 것 같아 보였다. 뮌트 탑 뒤에서 천둥 번개를 동반한 비바람이 떼 지어 다가왔다.

베터링플란순 거리에 다다랐을 때 단조로운 종소리와 함께 애처로운 목소리로 반복하여 부르는 노랫소리가 들려왔다. 오렌지색 옷을 걸친 삭발한 하레 크리슈나[54] 교파 교인들이 무리를 지어 소란스럽게 외치면서 종을 치며 횡단보도를 건너갔다. 수염도 깎지 않은 핼쑥한 얼굴을 한 그들은 다른 사람들은 쳐다보지도 않고 비틀거리며 인니 앞으로 다가오고 있었다.

여느 때와 같이 인니는 증오심을 느꼈다. 인간은 저렇게 파렴치할 정도로 자기 자신을 어떤 조직에 넘겨주어서는 안 되는데 하는 생각이 강렬하게 떠올랐다. 삼십 분도 되기 전에 했

54) 힌두교에서 크리슈나 여신을 믿는 종파.

던 생각이었다. 인간은 세상에 홀로 있을 수 없다. 인간들이 그리스도교와 유대교의 가련한 신들을 매장하자마자 온갖 종파들이 다시 붉은 깃발을 들거나 허름한 오렌지색 옷을 걸치고 거리를 저렇게 헤매고 다니고 있었다. 분명 중세 시대는 아직 끝나지 않았다. 그는 타츠를 생각했다. 동양적인 얼굴을 한 타츠는 여기 사람들 사이에서 얼마나 편리하게 지낼 수 있었을까 하는 생각이 들었다. 그러나 그것은 옳은 생각이 아니었다. 필립 타츠는 자신이 창설한 수도원 안에서 1인 종교 — 그런 것이 있다면 — 를 체험하고 있었다. 더페이프 구의 사막 안에 있는 은둔자. 인니는 언젠가 작가인 친구와 함께 오스터르하우트에 있는 베네딕틴 수도원을 방문했던 기억이 났다. 결코 속을 터놓은 적이 없는 작가는 몇 시간을 둘러본 후 한 나이 많은 수사에게 수도원을 빠져 나가고 싶은 생각을 해 본 적이 있느냐고 물어 보았다. 그 노 수사는 그 질문에 전혀 놀라지 않고 즉시 대답했다. "내가 마지막으로 그런 생각을 한 것은 1929년이었습니다. 난방이 되지 않았을 때였죠."

그 대답에 그들은 마음껏 웃었다. 그러나 노 수사 역시 작가에게 물었다. "그럼 당신은요? 여기 우리 수도원은 선생님이 방문한 첫 번째 수도원은 아닌 것 같으신데? 수사가 되고 싶은 마음 없었습니까?"

그에 대한 대답 역시 간단명료했다. 그리고 인니는 늘 그 말을 염두에 두고 있었다.

"저의 수도원은 세상입니다." 하고 작가가 말했다. 그러자 수사가 웃으면서 그 뜻을 알겠다고 말했다.

"저의 수도원은 세상입니다." 그러나 타츠는 수도원을 스스로 만들었다. 그는 열반의 경지에 이르기까지 명상하는 것이 유일한 목적이라고 말했다. 그러나 그것은 그 어떤 동양의 가르침에 근거하지 않았다. 누군가 희생되자마자 사람들은 다시 골고다 언덕에 오르게 되니 기독교 사상은 계속 이어졌다. 그리고 타츠에게는 누군가를 희생시키지 않고서는 구제받을 수 없다는 생각이 분명했다. 비록 누군가란 바로 자기 자신이겠지만.

"말도 안 돼, 허풍 치는 소리지." 하고 그는 중얼거렸다. "무엇을 하겠다고 말부터 앞세우는 사람은 실천하지 않는 법이야."

마치 밧줄에 질질 끌려가듯이, 그는 스피헐 운하 거리로 통하는 베터링드바르스 거리로 접어들었다. 그곳에 다다라서야 인니는 그 이유를 알았다. 그가 리젠캄프네 화랑에 판화를 두고 나왔기 때문이었다. 인니는 그날 두 번째로 적막감이 감도는 화랑에 들어갔다. 그 사이에 어떤 불상도 움직인 흔적이 없었다. 아무도, 또 아무것도 불상들의 명상을 방해하지 않았다.

"아, 빈트롭 씨." 하고 미술상이 말했다. "그러잖아도 막 로전봄 씨에게 전화드릴 참이었습니다. 그런데 마침 잘 오셨습니다. 전 당신이 타츠 씨를 알고 계신지 몰랐습니다."

"그의 아버지를 알았습니다."

"아, 그러시군요." 그리고 잠시 주저하다가 물었다. "인도네시아에서 오신 분 말이죠?"

"아닙니다. 그분은 트벤터 출신이에요."

"아하. 그럼 외가 쪽이. 으흠, 아무튼 특이한 분이죠. 저는 그와 확실한 약속을 했습니다. 귀중한 다완(茶碗)이 오면 알려 주기로요."

"다완요?"

"찻잔 말입니다. 그리고 확실히 해 두었죠. 라쿠만 거래 대상으로 하기로요. 시노(志野)[55]도 안 되고, 손잡이가 달린 것도 안 되고. 물론 그런 도자기 중에는 화려한 도자기도 있지만 라쿠라야만 했습니다. 다른 것은 안 되었습니다. 그렇다 보니 가장 선호하는 것은 라쿠 6대인 소뉴 도자기입니다. 선생님도 아시다시피 위대한 장인들은 도예가든 가부키 연극배우든, 장인이라고 호칭할 수 있다면 이들은 가문 별로 활동을 하지요."

"타츠에게 강의를 들었습니다."

"그러셨군요. 어려운 것은 진짜 대가들이 만든 위대한 찻잔들은 이름이 알려져 있다는 겁니다. 여기 보십시오." 그는 자기 앞에 놓인 책의 책장을 넘겼다. 소뉴의 유명한 이 찻잔은 아직 몇 점 남아 있습니다……. 별갑(鱉甲)이란 뜻의 고메키는 검은 색깔의 라쿠이고……. 수레바퀴란 뜻의 구루마는 아주 멋진 작품으로 적색 라쿠입니다. 저는 개인적으로 이 작품이 가장 아름답다고 생각합니다……. 그리고 봄비란 뜻의 시구레. 이 작품 역시 적색이지요……. 그런데 이 모든 작품은 팔려고 내놓아도 돈 주고 살 수가 없습니다. 타츠 씨는 이 작가

55) 일본 기후 현 일대에서 구워진 백색유를 사용한 도자기.

들 중 한 작가의 비교적 덜 알려진 작품을 기대해야 할 것입니다……. 그런데 그는 시간이 없는 겁니다. 투기꾼들이 전문가와 열성적인 수집가 들을 괴롭힙니다. 저는 타츠 씨께 할부로 구입하도록 권했습니다. 제가 그를 믿기 때문이지요. 그러나 그는 자기 계획과 맞지 않는다며 할부 구입을 거절했습니다. 그래서 구입 건은 시간이 좀 걸릴 것 같습니다. 제 판단으로는 수입에 관한 한 그는 돈을 많이 벌지 못할 겁니다."

"잘 모르겠습니다. 당신은 그를 어떻게 알게 되었나요?"

"웃지 마세요. 요가를 배우다 알게 되었습니다."

요가. 저 큰 덩치로 요가 자세를 취한다는 게 상상이 가질 않았다.

"예전에 신문에 독특한 광고가 실렸습니다. 우리 둘 다 그걸 보고 신청했고요. 당시 타츠 씨는 선(禪)에 아주 심취해 있었고 나보다 요가에 대해 훨씬 많이 알고 있었습니다. 나는 평범한 말에 따라 동작을 취하고 정신과 근육을 풀기도 하면서 더 많은 것을 생각했습니다. 정말로 장난이 아니었습니다. 그러나 추운 옷차림으로는 앉아 있을 수가 없었습니다. 네덜란드의 칼뱅교도인 저에게 요가 선생님은 타츠만큼 특이한 사람이었습니다. 인디언 피가 섞인 유대계 남미 사람으로 아주 인상 깊은 남자였지요."

미술상은 가볍게 전율을 느끼는 듯했다. 그의 얼굴에는 그림자가 드리워져 있었다. 핀스트라이프 무늬의 소모사 양복을 입은 그의 창백한 얼굴 위로 그 그림자는 계속 드리워져 있을 게 틀림없었다.

"요가, 그거 잘만 배우면 좋은 것이지요. 과소평가할 수 없는 운동입니다. 요가 선생님은 다행히도 형이상학적인 이야기를 늘어놓지는 않았습니다. 최후의 성자처럼 항상 검은 옷차림으로 앉아 아주 천천히 우리에게 말을 걸었습니다. 우리에게 신체 각 부분의 근육을 이완시키는 운동을 시켰죠. 그리고 모든 것을 잊어버리고 더 이상 아무것도 느끼지 않는 방법을 가르쳐 주었습니다. 그가 가르쳐 준 대로 하면 마치 몸이 없는 것처럼 붕 떠 있는 기분을 느낍니다. 처음엔 대단하다고 생각했습니다. 기분이 편안해졌으니까요. 그러나 타츠 씨에게는 전혀 다르게 작용했나 봅니다. 그는 강습이 끝나면 마치 토하는 것처럼 눈물이 글썽이며 힘들어 했습니다. 또 한 번은 손에 경련이 일어나 손을 움직일 수 없을 때도 있었습니다. 당신에게 얘기해도 될지 모르겠지만 정말로 놀랐습니다. 만약에 그에게 그런 효과가 나타났다면 제 경우는 어떠했을까 하고요. 그런데 말입니다. 한참 후에 요가의 모든 것이 계속되는 삶과 분리될 수 없다는 사실이 점점 분명해지기 시작했습니다. 요가를 계속하면 삶이 바뀝니다. 적어도 삶이 바뀔 수만 있다면 다른 사람이 된다는 것이지요. 제가 의미하는 것은 자신에게 어떤 철학이 있어야 한다거나 무엇을 신봉해야 한다는 뜻이 아니라 적어도 본성이 점점 변한다는 것을 느낀다는 것입니다. 본성이 바뀐다는 것은 세상에 다르게 설 수 있다는 것입니다. 요가는 단순히 체조로 끝나는 것이 아니었습니다. 세상에서 차지하고 있는 현재의 위치가 바로 그 자신이라는 걸 알려 주죠. 그리고 그 사실은 저에게도 적용됩니다. 결국 저는 이 세상에서 사람들에게 비난받는 상인으로 살아가야 합니다. 저는 요가가 내게 유익하기보다는 해로운 게 아닌가 스스로 묻기 시작했습니다. 저는 이미 저 자신에 너무 익숙해져 있거든요. 보세요, 좀 유치한 예를 든다면 이렇게 얘기할 수 있지요. 호퍼 술집에 가서 술 마시는 것이 집에서 마시는 것보다 돈이 더 많이 들기 때문에 술집 가는 것을 포기하는 것과 같다고요." 그는 잠시 이마를 쓰다듬고 말을 계속했다. "저는 하루 종일 고상함 속에 앉아 있습니다. 비록 그 반대의 관계이긴 하지만요. 솔직히 말하면 더 이상 요가를 할 수 없었습니다. 그래서 요가 선생에게 설명을 했고 그도 저를 이해했습니다. 요가 선생도 자기 자신을 잃을까 두려워 두 번이나 요가를 중단한 적이 있다고 하더군요. 중단 이유를 그렇게 표현했던 거지요. 그는 제가 이해한 것과 다른 의미로 이야기를 했는지 모릅니다. 요가를 직업으로 택하면 그 사람은 당연히 심취하겠지요." 그는 다시 몸을 떨었다. "여하튼 요가 선생은 제가 요가를 중단하는 것을 이해했습니다. 그러나 타츠 씨는 요가를 계속했지요. 타츠 씨가 아직도 요가를 계속하는지는 모릅니다. 요가 선생처럼 아주 심취해 있을지도 모르죠. 요가 얘기를 하면 피차 괴로울 것 같아 그와 요가에 대해 얘기해 본 적은 없습니다. 제가 보기에 그는 아주 심취한 사람 같습니다. 타츠 씨는 그의 일생을 거기에 맞춰 살아왔다고 생각합니다. 그럼에도 그는 긴장되어 있습니다. 저는 그게 참 이상하다고 생각해요. 그는 카페에 드나드는 적이 없습니다. 여자에 관한 소문도 없고요. 그가 사람들과 이야기하는 것을 목격한 것은 오늘 당신이 그와 대화하는 것이 처음입니다. 그리고 대화도 이 찻잔, 찻잔과 연결된 다도 이야기고, 또 다도 이야기를 하다 보면 선에 대한 이야기가 나오죠. 그는 자기만의 일본 속에 살고 있습니다. 어떻게 생각하시는지요?"

"그 모든 게 저에겐 별 의미가 없습니다." 하고 인니가 말했다. "극동 아시아의 훌륭한 지혜가 서구의 불행한 중산층에 팔린 것이지요. 그래도 그게 헤로인보다는 나을 것입니다."

그렇게 뛰어난 대답은 아니라고 인니는 생각했다. 인니는 이 주제에 관심이 없었다. 좋게 말해 그는 그것과 상관하고 싶지 않았다.

자신의 사유 과정을 좇는 것을 더 좋아하는 것이 분명한 리젠캄프가 말했다. "특이한 것은 요가하는 사람들이 설교하거나 얘기하는 것 중의 대부분은 — 저는 아직도 그 일에 관해 상당히 세밀히 연구하고 있습니다 — 터무니없는 헛소리라는 것이고, 요가에 관한 이론들도, 명상의 형이하학적 관점도 다 헛소리라는 것이지요. 그러나 그럼에도 요가는 분명 건강에는 이롭습니다."

"종부성사도 그렇습니다." 하고 인니는 화가 난 어조로 말했다. 물론 칼뱅교도들은 그 말이 무슨 뜻인지 전혀 이해하지 못했다. 리젠캄프는 아무 말도 하지 않았다. 밖에서는 갑작스럽게 불기 시작한 사나운 돌풍으로 나뭇가지들이 아래로 휘어졌다. 곧 폭풍우가 쏟아질 것 같았다. 그는 우산을 갖고 있지 않았다. 요 며칠간 일어난 일들이 인니의 마음을 무겁게 했다. 한 소녀를 만난 일, 죽은 비둘기, 저승에서 온 유령, 극동 아시아의 정신이상자, 강의, 그리고 여름의 갑작스러운 몰락은 불쾌하게도 아직 멀리 있는 가을이 슬픈 계절임을 알리는 듯했다.

미술상은 인니의 초조한 마음을 눈치채지 못했다.

"타츠 씨가 당신에게 좋아하는 책을 빌려 주었군요. 저도 그 책을 읽어서 압니다. 훌륭한 책이지요. 그 책에는 많은 것이 일어나는가 하면 동시에 별로 일어나는 게 없지요. 뉘앙스, 극적인 결과로 약간 이동된 주제. 다도를 이야기로 멋지게 엮을 수 있는 사람이 있다면 바로 가와바타입니다. 사실 하나의 사물이 이야기 속에서 주인공 역을 맡는 일은 드문 일이지요."

그가 책장에서 다시 책 한 권을 꺼내자 인니는 당황했다.

"당신도 시노가 어떻게 생겼는지 알아야 하니 한번 보여 주겠습니다. 만약 당신이 시노에 대한 실체적 형상을 갖는다면, 그 책을 더 쉽게 이해할 수 있을 것입니다."

흰 손이 책장을 넘겼다. 찻잔이 무엇이 그렇게도 신비하단 말인가? 혹은 전에 얘기했던 성작에 무슨 신비함이 있단 말인가? 땅을 향하지 않고 하늘을 향해 거꾸로 세워진 채 아무것으로도 덮지 않은 두개골 같은 것, 천상에서만 오는 것을 담을 수 있는 물건, 해, 달, 신, 별들과 같은 초자연 세계에서 오는 것만 담을 수 있는 물건. 비어 있으면서 동시에 꽉 찰 수도 있는 그 무엇이 그 자체에 신비함을 갖고 있었다. 그러나 플라스틱으로 만든 컵도 마찬가지였다. 따라서 재료와는 어떤 관계가 있어야 했다. 성작의 금빛은 피와 포도주를 연상시켰다. 그리고 누구든지 이 시노 잔을 보면 회색과 흰빛을 띤, 그리고 보랏빛으로 그려진 성작으로 방금 필립 타츠가 그에게 내놓은 투명하고 쓴 녹차 말고 다른 음료를 마신다는 것은 상상할 수 없었다. 그리스도가 중국이나 일본에서 태어났다면, 오늘날 오대주에서 차(茶)가 피로 변할 것이다. 그러나 그가 이해하기로는 다도에서 중요한 것은 차 자체가 아니라 차를 어떻게 마시느냐 하는 차에 대한 의식(儀式)이다. 의식은 결국 굳게 닫힌 신비의 낙원으로 통하는 길을 가르쳐 주며, 내적인 경험으로 인도한다는 것이다. 그런데 인류란 특이한 종으로, 그들은 무슨 일이 있어도 천상에 이르는 황혼빛 통로에 더 쉽게 다다르게 하는 물건, 아니 완성된 물건을 원한다.

밖에서는 자동차들이 경적을 울리기 시작했다. 어디선가 화물차가 멈춰 서 있었다. 그리고 얼마 전 우아하게 사뿐히 달에 착륙한 인류는 바나나를 찾지 못한 오랑우탄의 노호와 같은 분노를 터뜨렸다.

리젠캄프가 말했다. "1480년에 한 마녀가 이 도시를 저주하면서 예언했지요. 암스테르담은 끔찍한 혼돈과 지옥 같은 소음으로 멸망할 것이라고 말입니다. 그런데 이것을 아는 사람이 아무도 없군요."

리젠캄프는 신비스러운 부처 탈에 손을 얹고 말했다. "여기 암스테르담의 소음을 듣노라면 이 부처들의 얼굴과 이 얼굴들이 표현했던 것들은 소음 없는 세상에서나 생성될 수 있다는 얘기는 아마도 허구에 불과한 것 같습니다." 수십 대의 차들이 점점 더 요란하게 경적을 울려 댔다. 그는 경적 소리를 더 잘 듣기 위해 잠시 멈추더니 말을 이었다. "이 부처 세계의 사람들이 해탈하여 깨달은 바를 설파했을 때." 그는 잠시 머뭇거리다가 손을 한 바퀴 돌려 뒤에 있는 명상에 잠긴 부처 상들을 가리켰다. "주변 사방이 이루 말할 수 없을 정도로 얼마나 고요했는지 상상할 수 있겠습니까? 오늘날 해탈을 통하여 깨닫는 그 길을 찾아 나서는 사람은 그 여정에서 장애물을 발견합니다. 동양의 많은 수행자가 그 장애물에 걸려 계곡에 빠졌습니다. 그들이 은둔하고 싶어하는 세계가 우리에게는 전원 풍경에 지나지 않을 겁니다. 우리는 지옥 같은 환영 속에 살고 있습니다. 또 그 환영에 익숙해졌고요." 그는 부처 상을 쳐다보고 말했다. "우리는 다른 사람이 되어 있습니다. 우리의 모습은 똑같지만 이전의 사람과는 아무 상관이 없습니다. 새롭게 프로그래밍이 되었다는 것이지요. 아직도 부처처럼 이전 그대로 남아 있고 싶어 하는 사람은 상당한 미치광이가 되어 있어야 견뎌 낼 수 있을 것입니다. 우리는 더 이상 이전의 사람이 아닙니다."

마침내 비가 오기 시작했다. 비가 심하게 내렸다. 경적 소리를 멈춘 자동차의 반짝이는 지붕 위에 빗방울이 파열음을 내면서 떨어졌다. 자전거를 탄 사람들이 길을 잃어버린 채 휘몰아치는 소나기를 맞으며 부릉거리는 차들 사이로 길을 찾아 헤매고 있었다.

"그런데 말이죠." 리젠캄프가 말했다. "전 가끔 우리가 이 시대에 살고 있다는 한 가지 이유만으로도 천국에 갈 자격이 있다는 생각이 듭니다. 전혀 놀랄 일이 아닙니다. 이 시대는 끝날 때가 되었습니다. 이후 닥쳐올 놀라운 고요함을 상상해 보십시오.”

6

그날 밤 인니 빈트롭은 처음으로 타츠 2세의 꿈을 꾸었다. 또 동시에 두 번째로 타츠 1세의 꿈을 꾸었다. 그것은 유쾌한 경험은 아니었다. 아버지 타츠와 아들 타츠, 이 두 타츠가 대화를 나누고 있었다. 그러나 잠에서 깨어났을 때 그들이 나눈 대화의 내용은 이미 무의미해졌다. 불쾌했던 것은 그들의 시선이었다. 성급한 증오 대 태연한 증오. 죽은 자 둘이 끈질기게 때론 매몰차게 대화를 나누었다. 두 타츠가 아무도 모르는 어디에선가 만났던 것은 의심할 여지가 없었다. 그들이 만난 곳을 아는 사람은 눈을 감은 채 얼굴의 식은땀을 닦아 내며 꿈을 꾸며 자고 있는 인니뿐이었다. 그는 잠에서 깨어나자마자 열린 창문으로 가서 운하 위로 거무스레 깔린 고요함을 바라다보았다. 꿈을 꾸는 자가 느끼는 것은 두려움이었다. 다른 열린 창문에서 시간을 알리는 시곗소리가 들려 왔다. 새벽 4시였다. 그는 손을 더듬으며 침대 쪽으로 되돌아가 램프를 켰다. 가와바타의 책이 반쯤 펴진 채 베개 위에 놓여 있었다. 아주 미세한 단어로 거미줄을 치듯 엮어 놓은 생명에 위협을 가하는 거미줄, 그 거미줄 속에 인간이 사로잡힌 채 앉아서 찻잔에 대해 위대한 이야기를 늘어놓고 있다. 옛 소유주들의 혼을 간직하고 있는 잔들, 파괴시켜 비린 잔들, 그리고 이 이야기에서 보는 것처럼 파괴된 잔들.

새벽 4시, 인니는 다시 잠이 들 수 있을지 어쩔지 몰랐다. 수면제를 먹기에는 너무 늦었다. 그러나 저승의 파수꾼들이 아르놀트 타츠와 필립 타츠를 그날 밤 이승으로 다시 한 번 돌려보낼 위험성이 너무 컸다. 그 꿈이 왜 그렇게 두렵게 다가왔을까? 꿈속에서는 아무도 인니를 위협하지 않았다. 꿈속의 대화는 이해하지 못했는데도 무서웠다. 아마도 단순히 그가 꿈자리에 존재하지 않았다는 바로 그 이유 때문인지도 몰랐다. 그제야 인니는 필립 타츠가 정말로 죽지 않고 살아 있다는 사실을 깨달았다. 적어도 그가, 인니가, 살아 있다면. 인니는 일어나서 옷을 입었다. 여명이 거리에 기어 나오기 시작해서 담벼락을 따라 어둠을 걷어 내고 만물을 덮고 있던 밤의 보호막에서 집과 나무 들의 윤곽을 보여 주었다. 어디로 갈까? 인니는 어제 일어났던 행적을 다시 한 번 좇기로 결심했다. 어제 있었던 일 모두 기억 못 할 게 없었다. 도시는 어제 일들이 일어났던 장소 그대로 간직하고 있었다. 첫 번째 비둘기가 자동차에 부딪힌 장소에 인니는 섰다. 비둘기는 피를 흘리지 않았다. 그곳에서 아무것도 볼 수 없었다. 그는 자전거를 탔던 곳으로 발걸음을 옮겼다. 가상의 자전거 뒷좌석에 가상의 소녀가 앉아 있었다. 정말로 늙으면 모든 것이 그렇게 보일지도 모른다. 가상의 집과 여자들, 가상의 조그만 방과 처녀들로 가득한 가상의 도시. 공원의 도개교는 이제 다시 내려졌다. 그는 분명히 자기 발아래에서 잠자고 있던 두 번째 비둘기 위를 넘어갔다. 공원은 열려 있었다. 축축한 땅 냄새. 그는 소녀와 같이 비둘기를 묻었던 장소를 찾아보았으나 찾지 못했다. 비가 와서 땅이 축축했다. 물이 꽉 찬 발자국들 사이에 그 소녀의 발자국도 틀림없이 있었을 것이다. 그리고 그의 발자국도. 그들의 발자국은 물에 빠져 있는 것 같았다. 그녀의 집도 더 이상 찾을 수 없었다. 어둠은 사라졌지만 빛은 한낮의 햇빛이 아니었다. 마치 도시도 덩달아 꿈꾸고 있는 것 같았다. 마치 수의(壽衣) 같은 레이스 커튼으로 닫힌 창문이 달린 19세기식 벽돌집과 같은 끔찍한 꿈을 꾸는 듯했다. 커튼 뒤의 방엔 소녀라곤 한 사람도 살지 않았다. 설마 그 방에서 그가 전날 아침에 금발 머리 한 줌을 손에 쥐고 잠을 자지는 않았을 것 같았다. 여기에 정말로 사람들이 살았을까? 인니는 걸어가면서 자기가 내는 딱딱하고 외로운 발소리를 들었다. 그 발소리에 더 빨리 걸었다. 세 번째 비둘기의 먼지 자국이 벤더르 상점의 창문에 그 모습 그대로 남아 있었다. 비도 그 자국을 씻어 낼 수 없었다. 그러니까 모든 것이 실제로 일어났던 것이다. 베르나르트의 화랑 쇼윈도에 베이지색 커튼이 걸려 있었다. 첫차인 노란색 전차가 난폭하게 지나가며 마법을 풀어 주었다. 운전사는 전차 안에 인형처럼 앉아 있었다. 라쿠가 놓였던 자리에 아무것도 없었다. 그러나 그 잔을 상상하기 위해 눈을 감을 필요는 없었다. 검고 광채가 나는 위협적인 자태, 저승사자. 그가 필립 타츠의 집 초인종을 눌렀을 때 곧바로 문이 열렸다.

7

"잠을 아주 조금밖에 자지 않아." 필립 타츠가 말했다. 그는 전날처럼 푸른 기모노 차림으로 똑같은 곳에 앉아 있었다.

"잠은 무의미하지. 아무 의미도 없는 기묘한 부재 현상이야. 우리 인간들 중에는 쉬고 있는 사람이 있는가 하면 깨어 있는 사람도 있지. 자기 존재감이 없을수록 잠을 더 잘 잔다네."

"잠을 자지 않을 때 무얼 하는가?"

"그냥 여기 앉아 있네."

여기. 그것은 단지 그가 지금 실제로 앉아 있는 자리일 뿐 아무것도 아니었다.

"앉아 있을 때 무얼 하나?"

타츠는 웃었다.

"요가를 하나?"

"요가, 선(禪), 도(道), 명상, 고노 마마[56], 하지만 이것들 모두 말에 불과하지."

"명상? 무엇에 관해?"

"좋은 질문은 아닐세. 무심에 잠긴다고 할까."

"그럼 잠을 잘 수 있겠네."

"나는 잠을 자면 꿈을 꾼다네. 꿈을 제어할 수가 없어."

"꿈은 필요한 것이지."

타츠는 어깨를 으쓱했다. "누구를 위해서 말인가? 꿈은 나를 방해할 뿐이야. 꿈에는 여러 불청객이 등장하고 내가 원치 않는 일들이 일어나거든. 오해하지 말게나. 일련의 사건과 인간 군상은 가짜일 수 있다는 거야. 무슨 뜻인지 나도 잘 모르지만, 잠을 자면서도 우리는 사물을 본다네. 우리의 진짜 눈으로 말이야. 눈은 모든 것을 직시하지. 우리의 눈은 이리저리 움직이며 존재하지 않은 인간을 뒤쫓는 거야. 나는 그것이 싫다는 말일세."

"간밤에 자네 아버지 꿈을 꾸었네." 하고 인니가 말했다. "그리고 자네 꿈도."

"나도 자네 꿈 불쾌하게 생각하네." 필립 타츠는 말했다. "나는 여기에 있었네. 자네 집에 있었던 것이 아니라. 무슨 꿈을 꾸었나?"

"자네와 자네 아버지는 죽었는데, 서로 적개심에 찬 대화를 나누고 있었어. 나는 하나도 알아들을 수 없었지."

---

56) '움직이지 않고 이대로, 현재의 상태로 있음.'이라는 뜻의 일본어.

타츠는 천천히 몸을 이리저리 움직였다.

"내가 무에 대해 생각한다고 말할 때." 그는 드디어 입을 열었다. "그것은 아무것도 없다는 뜻은 아냐. 아무것도 없음이란 말도 안 되는 소리지. 도는 영원하고 자연발생적이며 이름을 붙일 수 없어. 도는 언어로 표현할 수 없어. 도는 만물의 시작이자 동시에 만물이 이루어지는 생래 과정이지. 도는 무이자 유인 것이네."

인니는 대답할 수 없었다. 인니는 자신만의 수도원에 갇힌 아들 타츠의 기력 없는 모습 뒤에 갑자기 아버지 타츠의 모습이 나타나는 것을 보았다. 그는 스키를 타고 눈 덮인 가파른 슬로프를 무서운 속도로 쏜살같이 내려가고 있었다.

필립 타츠가 말했다. "어려운 점은, 이런 도 사상은 말로 표현할 수 없다는 데 있지. 선도 말이 필요 없고 예증이 필요해. 이런 사상을 신뢰하지 않는 사람들은 이 모든 게 헛소리로 들릴 걸세. 모든 신비주의는 항상 헛소리인 셈이지. 마이스터 에크하르트[57]의 기독교적 신비주의도 불교적 신비주의와 일맥상통하지. 에크하르트에게는 하느님은 곧 무적(無敵) 존재이지. 알다시피 무는 결코 멀리 있는 것이 아니야. 불교도들은 그것을 공(空)이라 부른다지."

타츠는 무엇인가를 인용하려는 표정을 지으며 다시 말했다. "하느님은 정말로 나여야 하고, 나는 정말로 하느님이어야 하지. 그리하여 나와 하느님은 합일되어 이 '하느님'과 '나'

---

57) 중세 시대 독일의 로마 가톨릭 신비 사상가(1206?~1327).

가 유일한 유이며, 이 존재[58]에서는 영원히 하나가 동일한 작용을 하지. 그러나 '그'와 '나'가, 즉 신과 영혼이 여기서 하나가 아니고 지금 하나가 아닌 한, 나는 함께 작용할 수 없고 그와 하나일 수가 없는 거지."

"존재(Issigheid)?"

"존재(Isticheit)."

"멋진 말인데." 인니는 다시 한 번 발음해 보았다. "존재."

타츠는 갑자기 용기를 얻은 것 같았다. "장자(莊子)에 의하면……."

"장…… 뭐라고?"

"장자, 도가 사상가 중 하나지. 장자에 따르면 만물은 각기 나름대로 끊임없이 자체 변화한다고 하지. 영원한 변화 속에서 만물은 나타나고 사라지는 유와 무가 반복되는 것이지. 우리가 말하는 '시간'이란 여기서 아무런 역할을 하지 못해. 만물제동(萬物齊同), 만물은 동일한 것이지."

인니는 아버지 타츠가 "나는 만유의 일원이다."라고 말하는 것을 들은 적이 있다. 서로 대화해 본 적이 없었던 타츠라는 이 두 사람은 놀랍게도 생각이 같아 보였다. 그러나 사유 과정이 유전될 수 있다는 생각이 인니는 여전히 마음에 들지 않았다. 자기를 버리고 떠나 버린 아버지가 필립 타츠 안에 무엇을 남겨 주었단 말인가?

"그런데 에크하르트가 말하는 하느님과 그게 무슨 상관이

58) 마이스터 에크하르트의 사상.

있는가?"

"신은 단어에 불과해."

"흠."

"허(虛)와 실(實)." 필립 타츠가 계속 말했다. "선악, 생사, 애증, 미추 등 대립하는 모든 것은 근본적으로 하나이자 같은 것이네."

지금 그는 성전에 있는 예수 같아 보인다고 인니는 생각했다. 그는 모르는 것이 없었다. 모든 것이 같다면 우리 역시 노력할 필요도 없지 않은가.

"어떻게 실생활에서 그렇게 살 수 있지?"

타츠는 대답하지 않았다. 스스로 택한 50제곱미터 크기의 우주 공간에 살고 있는 사람은 그것에 대한 대답이 필요 없을 것이다. 인니는 일어나고 싶은 충동을 억제할 수 없어 일어났다. 인니는 잠을 조금밖에 자지 못했다는 생각을 했다. 그가 타츠 뒤에 서서 — 타츠는 푸른 기모노 차림으로 움직이는 인형 같았고 바닥에 주저앉아 있어 하반신이 보이지 않았다 — 말했다. "나는 이 모든 가르침을 — 혹은 그것을 어떻게 부르든 간에 — 존재는 어떤 방식으로든 조화에 이르게 되어 있다는 것으로 생각했네. 그런데 이 가르침은 자네가 어제 말한 것과는 모순이 된단 말일세. 속세를 등지는 사람은 조화롭지 못할 텐데."

푸른 옷차림의 타츠가 약간 몸을 늘어뜨렸다.

"그 명상이라는 게 어디에 좋다는 것인가?" 인니는 자신의 목소리가 미국 TV 프로그램에서 법정에 선 검사가 '어때, 손들었지.' 하듯 의기양양한 어조라고 생각했다.

"설명을 해도 되겠나?" 타츠의 목소리는 이제 좀 겸손해졌다. 그러나 입을 열 때까지 시간이 좀 걸렸다.

"만약 우리가 그것에 대해 이런 방법으로 생각해 본 적이 없다면, 내가 얘기하는 것은 틀림없이 바보 같은 소리로 들릴 걸세. 우리가 그것을 서구식으로 보려고 한다면, 나는 발작하는 것으로만 보이겠지, 안 그런가? 여러 가지 이유로 예컨대 출신, 환경, 모든 잡다한 이유로 더 이상 함께 할 수 없는 사람은 더 이상 함께하지 않겠다고 얘기를 하지. 그런 경우가 있기 마련이야. 나만 유일하게 그런 사람은 아니네. 동양 세계는 나란 자아가 전혀 특별한 것이 아니라는 생각을 내게 심어 주었지. 나란 자아가 없어져도 세상은 잃는 것이 별로 없을 테니까. 자아란 그렇게 중요한 게 아니야. 내가 세상을 방해하고 세상은 나를 방해하는 것이지. 자기 자신과 세상을 동시에 버릴 때 비로소 조화가 이루어진다고 할 수 있어. 그럴 때 죽어 없어지는 것은 내 이름이 지니고 있던 환경의 꾸러미와 유한하고 더 나아가 계속 변하는 지식이지. 그 지식은 자기 자신의 환경이 갖고 있던 지식일 뿐이야. 나는 이것을 나쁘다고 보지는 않네. 내가 떨쳐내 버린 습관은 두려움이지. 그것이 전부네. 그 이상은 어떻게 할 수 없어. 내가 선원에 가면 아마 무자비하게 죽장을 얻어맞겠지. 선원 생활과 맞지 않으니까. 그러나 나는 내 생활에 만족한다네. 내가 도달한 것은 부정적이야. 내겐 더 이상 두려움이란 없네. 나는 조용히 해탈할 수 있어. 마치 작은 병에 든 독약을 바다에 부으면 바다에서 용해되어 없어지듯이 말이야. 바다에 그 정도의 독약은 부담이 없지. 그러면 독약은 무거운 짐에서 벗어나 더 이상 독약이라 부를 필요가 없는 것이지."

"그것이 유일한 해결책인가?"

"나에겐 사랑이 부족하네."

그가 너무 기죽은 목소리로 말해서 인니는 한순간 완고하고 내향적인 저 머리 위에 손을 얹고 싶은 마음이 들었다. 인니는 어디선가 한 번 읽었던 잊을 수 없는 스페인 혹은 남미 시인의 시 한 구절을 생각했다. '인간은 머리를 빗는 가엾은 포유동물이다.'

"다시 가 앉지 않겠나?" 목소리는 이제 다시 전보다 단조롭게 들렸고 항의하는 말투가 깔려 있는 것 같았다. 인니는 이곳에서 다시금 하나의 세상 질서를 방해했다. 인니는 손목시계를 보았다.

"너무 지루했나 보군." 타츠는 말했다.

"마크 판 바이 경매장에 경매가 있어서." 그건 유치한 변명으로 들렸다.

"아직 시간이 이른데. 여기서 벗어나고 싶은 거겠지?"

"그래."

"내가 미쳤다고 생각하나?"

"아니, 가슴이 죄이는 듯 답답하네."

"나도 그래. 자네를 답답하게 하는 게 정확히 뭔가?"

인니는 더 이상 말하지 않았다. 그리고 문 쪽으로 걸어갔다. 그는 문 앞에 서서 뒤돌아보았다. 타츠는 조용히 눈을 감고 앉아 있었다.

만약 이것이 영화 속 장면이라면 벌써 나와 버렸을 거라고 인니는 생각했다. 그는 문 앞에 서 있는 자신을 보았다. 피곤해 보이는 머리가 벗어진 타락한 속세의 사내, 예술품 경매장으로 가는 도중에 어느 미친 사람의 집에서 헤매고 있는 남자의 모습이었다.

"나도 적응할 수 있었지." 하고 타츠가 말했다. "우리가 사는 이 세상에서는 나라는 개체가 너무 중요하단 말이야. 그렇기 때문에 다시 사람들과 함께하기 위해 수년간 정신과 의사의 도움을 받아 자신 속으로 또 어리석은 자신의 과거 속으로 내려갈 수 있겠지. 나는 나라는 개체를 중요하게 생각하지 않네. 그러니까 자살은 더 이상 수치가 아닌 셈이지. 내가 예전에 자살했으면 아마 증오 때문이었겠지만. 이제는 그렇지 않아."

"증오?"

"나는 이 세상을 증오했어. 인간, 냄새, 개, 발, 전화기, 신문, 목소리, 모든 게 내 마음을 혐오감으로 가득 채웠지. 나는 누군가를 살해할지 모른다는 두려움에 항상 사로잡혀 있었어. 사람들은 두려움과 공격적인 자세로 온 세계를 여행하고 다시 집에 다시 돌아오면 자살을 생각하겠지."

"공격적인 면은 그대로 남아 있을 텐데."

"꼭 그렇지는 않아."

"그럼 무엇 때문에 망설이며 기다리고 있는 거지?"

"적당한 시기를 택하는 거야. 아직은 준비가 안 돼 있거든." 그는 어린아이에게 말하듯 사근사근하게 말했다.

“자넨 미쳤어.” 하고 인니가 힘없는 목소리로 말했다.

“그것도 단지 말에 불과해.” 타츠는 웃으며 마치 아무도 예측할 수 없는 순간까지 시간을 세는 푸른빛의 인간 시계추처럼 몸을 이리저리 흔들기 시작했다. 그의 시계 위에선 숫자판은 녹아 버려 숫자의 존재 가치가 없는 영역으로 쫓겨날 수 있을 것이다. 타츠는 인니를 쳐다보지 않았다. 타츠는 마치 공연을 끝낸 후의 예술가처럼 행복감에 젖어 있는 듯했다. 관객이 천천히 문을 열었다. 방에서 들을 수 없었던 거리의 소음이 밀어닥쳤다. 그러나 타츠는 쳐다보지 않았다. 인니 등 뒤에서 가능한 많은 공기를 빨아들여 밖으로 빠져나가는 소리와 함께 문이 탕 하고 닫혔다. 밖에 서자 무정부주의적인 자유의 바람이 인니 위로 거세게 불었다. 암스테르담에서 매일 보는 일이다. 인니는 경매장에 가기 전에 샤워를 해야 했다. 그는 당분간 타츠를 찾아가지 않기로 마음먹었다.

8

자신의 과거 가톨릭 배경 때문인지는 몰라도 인니는 마음먹었던 대로 되질 않았다. 가끔 한 번씩 인니는 높은 산 속 수도원에 타츠를 찾아갔던 것이다. 그곳을 찾아가는 것을 그는 순례 여행이라 불렀다. 그것으로 그는 변함없는 안정감을 얻었다. 타츠는 항상 집에 있었다. 그는 더 이상 자살 얘기를 하지 않았다. 그래서 인니는 이 외로운 수도자가 선택한 죽음의 시기를 자연사(自然死)의 시기에 일치시키기로 한 게 아닌가 추측하기 시작했다. 1970년대는 시간이 더디게 굴러갔다. 그리고 세상은 그 자신은 물론 그가 살고 있는 도시처럼 서서히 붕괴되어 가는 것 같았다. 사람들은 홀로 살았다. 그리고 저녁이면 절망에 찬 채 손님들로 꽉 찬 오래된 술집으로 함께 몰려들었다. 인니는 자신의 연배가 남성의 갱년기에 접어들었다는 기사를 여성 잡지에서 읽었다. 그것은 놀랍게도 증권거래소의 붕괴와 곳곳이 파괴된 암스테르담과 꼭 들어맞는 말이기도 했다. 이런 현상은 균형이라도 맞추려는 듯 점점 더 멀리 아프리카와 아시아로 옮아갔다. 인니는 여전히 혼자 살았고, 여행도 많이 했다. 진지하게 받아들이기는 힘들었지만 가끔은 사랑에 빠지기도 했다. 그리고 평상시 하던 일을 계속했다. 인니가 보는 한 세상은 정상적이며 자본주의적인 방식대로 어긋남 없이 잠정적 혹은 최종적 종말을 향해 가고 있었다. 달러 값이 내리면 금값이 올라간다. 이자가 오르면 부동산 시장이 망한다. 파산자가 늘어나면 희귀 도서의 가치는 더해 갔다. 혼돈 속에 질서가 있었고 누구든 눈을 뜨고 운전하는 사람은 나무에 부딪칠 필요가 없었다. 그러나 우선 자동차가 있어야 했다. 삭발한 크리슈나교도가 나타나더니 요즈음은 높은 터번을 머리에 두른 회교도들, 라스타파리[59] 머리 모양을 한 비트 제너레이션[60], 극우파 그리스도교들이 거리에 나타났다. 종말의 시간은 가까이 다가왔다. 인니는 그것을 심각하게 생각하지 않았다. 나중에 어떻게 되든지 내가 알게 뭐냐가 아니라 그런 것들을 겪어야만 했다. 이런 배경에서 르네상스 그림, 체루티[61] 양복, 인니 자신의 관심거리 그리고 제수알도의 마드리갈 곡[62]이 주목받았고 더 평온한 시대가 도래하지 못

59) 라스타파리안 문화에서 온 굵게 땋아 늘어뜨린 머리 모양.
60) 1950년대 미국을 중심으로 대두된 보헤미안적 가치관의 세대.
61) 이탈리아 최고급 원단.
62) 이탈리아 작곡가 카를로 제수알도가 작곡한 르네상스 시대의 무반주 세속 다성 합창곡.

할 것이라는 점이 부각되었다. 그리고 정치가, 경제학자 그리고 전 세계 국가 들이 자신들의 손으로 만들어 낸 거대한 퇴폐 속으로 빠지는 모습을 지켜볼 수 있다는 기대감이 인니를 기쁘게 했다. 친구들은 인니의 이런 태도야말로 야비하고 허무주의적이며 악의적인 것이라고 말했다. 인니는 그들의 판단이 틀렸다는 것을 알았지만 항의하지 않았다. 인니는 대부분의 사람들과 달리 굳이 신문, TV, 구원론, 여러 철학을 통해 이 세상이야말로 '모든 단점에도 불구하고' 단순히 존재한다는 이유만으로도 충분히 받아들일 수 있는 세상이라는 교의(教義)로 전향할 수 있다고 생각했다. 이런 교의에 대해 의견이 결코 하나일 수는 없을 것이다. 사랑스러운 세상인지는 몰라도 받아들일 수는 있는 세상은 결코 아니었다. 이 세상은 수천 년부터 존재해 왔다. 그리고 무엇인가 돌이킬 수 없는 잘못이 저질러져 왔다. 이제 새로워져야 했다. 이런 인식의 변화에도 사물과 인간에 대한 신뢰 혹은 일상생활에서 가져야 하는 자신에 대한 신뢰에는 아무런 변화가 없었다. 우주는 인간, 사물, 인니 빈트롭 없이도 잘 돌아갈 것이다. 그러나 아르놀트 타츠와 필립 타츠와 달리 인니는 일련의 사건을 잘 기다릴 줄 알았다. 결국 그 사건들은 천 년은 더 걸릴 수도 있다. 인니는 극장 안에서 가장 좋은 관람석을 차지하고 있었다. 작품은 공포와 서정을 넘나들었고 실수도 있었으며, 때론 부드럽고 잔인하며 음란했다.

9

필립 타츠와 처음 만난 지 오 년이 지났을 때 인니는 리젠캄프에게서 전화를 받았다. 그들은 오 년 동안 여러 번 만났다. 화제의 대상은 대부분 타츠였다.

"빈트롭 씨." 하고 리젠캄프는 전화에 대고 말했다. "일이 지금까지 잘되어 가고 있다고 봅니다. 드라우오트 경매장에서 타츠를 위해 아주 특별한 작품을 하나 낙찰받았습니다. 그가 그 작품을 살 능력이 있을지 모르지만요. 그가 작품을 보러 곧 오겠다고 하더군요. 혹시 인니 씨도 경매장에 오실 수 있는지요?"

"다완인가요?" 하고 인니는 물었다. 그는 집안일을 막 끝낸 터였다.

"정통 아카라쿠(赤樂)[63]입니다. 예술의 정수지요."

---

63) 붉은 빛깔의 라쿠 찻잔.

"가겠습니다." 하고 인니가 말했다.

영원히 되풀이되는 사건의 연속. 인니가 프린선 운하 다리를 넘어 스피헐 운하 거리에 다가갔을 때 타츠는 이미 도착하여 서 있었다. 빗속에 서 있는 외로운 모습. 인니는 깊은 슬픔이 엄습했지만 내색하지 않기로 마음먹었다. 여하튼간에 그들은 이제 이 어리석은 역사의 마지막 단계까지 이르렀다. 한 줄로 길게 흩어져 있는 오렌지색과 갈색 낙엽들이 가을바람에 휘날려 보도를 넘어 타츠를 향해 몰려와 마치 그는 비가 오는데도 불구하고 깜박거리며 움직이는 불꽃 속에 서 있는 것처럼 보였다. 그러나 비도 불꽃도 그를 해치지는 못했다. 그는 그곳에 꼼짝 않고 쇼윈도에 진열된 찻잔을 바라보며 서 있었다. 인니는 그의 옆에 서서 아무 말도 하지 않았다. 찻잔의 색깔은 시든 나뭇잎들의 색깔, 시든 나뭇잎 모두를 합친 색깔이었고 절인 생강 빛깔이었다. 그것은 달콤하고도 쓴 색깔이었고, 강하고도 여린 색깔이며 화려한 불꽃을 내며 사라져 가는 색깔이었다. 잔은 폭이 넓고 뭉툭해 보였다. 사람의 손에 만들어진 게 아니라 태고에 저절로 생겨난 것 같았다. 검은 잔이 그 자체에 어떤 위협적인 것이 있었다면, 이 잔은 그 같은 해석을 뛰어넘었다. 사물의 존재 여부를 가리기 위해서는 육안으로 그 사물을 볼 수 있어야 한다는 생각은 여기서 빗나갔다. 사물에 어떤 열반 같은 것이 있다면 이 라쿠 찻잔이야말로 벌써 영겁을 위해 열반에 이르렀을 것이다. 인니는 타츠가 감히 가게 안으로 들어가지 못하고 있음을 이해했다. 인니는 옆에서 타츠의 얼굴을 쳐다보았다. 그는 전보다 더 동양인 같아 보였고, 더 내향적인 것 같아 보였다. 그러나 눈에서는 두려움을 불러일으킬 만큼 불꽃이 타올랐다. 인니는 시선을 다른 데로 옮겼을 때 사무실에서 나온 미술상을 보았다. 그는 타츠가 찻잔을 바라보고 있던 모습처럼 타츠를 쳐다보고 있었다. 거리감을 나타내는 원근법으로 설명해야 하는 옛날 그림에서처럼 인니는 자신에서 리젠캄프로, 리젠캄프에서 타츠로 그리고 타츠에서 잔으로 이어지는 선을 그어 볼 수 있었다.

누군가 이 마법을 풀어야 했다. 미술상은 조용히 필립 타츠의 팔을 잡았다.

"자, 안으로 들어갑시다." 그는 말했다. 타츠는 쳐다보지도 않고 끌려 들어갔다.

"자, 타츠 씨." 하고 리젠캄프가 말했다. "저는 과장을 한 적이 없습니다. 어떻게 생각하시는지?"

"잔을 만져 보고 싶습니다."

미술상은 쇼윈도 안으로 커다란 몸을 구부려 아주 조심스럽게 잔을 들어 올려 꺼냈다.

"자, 이 잔을 여기 탁자 위에 올려놓으면 가장 잘 볼 수 있을 겁니다."

잔을 탁자 위에 올려놓자 타츠는 한 걸음 더 가까이 다가갔다. 인니는 그가 잔을 손으로 잡는 순간을 기다렸다. 그러나 그가 잔을 손에 잡기까지는 시간이 많이 걸렸다. 그는 잔을 뚫어지게 쳐다보며 무어라 중얼거렸다. 그러고는 탁자를 한 바퀴 돌기 시작했다. 그래서 옆에 있던 사람들이 옆으로 비켜서야 했다. 그가 약간은 사냥꾼 같기도 하고 동시에 약간은 쫓기는 짐승 같기도 해서 인니는 그를 사냥꾼이자 제물이라 생각했다. 마침내 그가 손을 내밀었다. 그는 손가락 하나로 아주 가볍게 표면을 살짝 문질러 보았다. 그러고는 마치 신성 모독 행위를 하듯 아주 천천히 잔 속으로 손가락을 집어넣었다. 아무도 말을 하지 않았다. 그때 갑자기 타츠는 두 손으로 잔을 쥐고 마치 성찬 전례에서와 같이 잔을 높이 쳐들었다. 그리고 잔 밑 부분을 눈 가까이에 가져가 무어라 말을 하고 싶은 듯 입을 벌렸으나 침묵했다. 그러고 나서 잔을 다시 조용히 내려놓았다.

"어떻습니까?" 리젠캄프가 물었다.

"라쿠 9대 도자기 같습니다."

"왜죠?"

"잔이 꽤 가볍거든요." 타츠가 말했다. "물론 제가 새롭게 얘기할 것은 없습니다만, 이 잔은 그의 걸작에 들지 못합니다. 왜냐하면 내가 아는 한 그의 걸작들은 모두 검은색입니다. 그리고 둥근 모양이 특징이지요. 때문에 이 잔은 아마도 최초의 라쿠 선조인 라쿠 초지로의 사망 시기에 만들어진 이백 개의 다완 중 하나일 겁니다."

타츠는 리젠캄프를 쳐다보았다. 그는 눈에 띄지 않게 고개를 끄덕이고 있었다.

타츠는 인니 쪽으로 얼굴을 더 돌리고 말을 이었다. "초지로의 예술은 어느 시대를 막론하고 가장 위대한 다도의 대가인 리큐[64]에게 배운 겁니다. 여기, 자, 좀 보세요. 찻잔의 색깔

64) 센 리큐(1522~1591). 일본 다도를 정립한 인물.

에는 일본 차의 신기한 초록빛을 보다 효과적으로 유지하기 위한 목적이 숨어 있어요. 그리고 형식에도 리큐가 정한 예의 범절이 적용되고요. 잔을 손에 잡는 방식, 균형, 입술에 갖다 댈 때 느끼는 감정 말입니다." 그는 신발을 한번 신어 보는 사람처럼 잔을 입에 갖다 댔다. "물론 온도도 중요하지요. 차는 잔 전체를 통해 너무 뜨겁게 또는 너무 차갑게 느껴져도 안 되고, 마시고 싶은 온도가 정확히 유지돼야 합니다……." 그러더니 갑자기 덧붙여 말했다."드디어 성공한 건가?"

"잔의 유래에 대해 당신이 말씀하신 것 모두가 여기에 들어 있습니다." 하고 리젠캄프가 말하면서 편지 봉투 하나를 흔들었다. "당신은 미술상이 되어도 손색이 없을 겁니다. 저보다 나은 자격을 갖추고 있어요."

타츠는 대답하지 않고 대신 가느다란 손으로 잔을 잡았다.

"이 잔을 사겠습니다."

인니는 이제 둘 사이에 돈 문제를 얘기해야 한다는 것을 알아차리고 단둘이 있게 했다. 타츠와 리젠캄프는 사무실로 사라졌다. 시간은 오래 걸리지 않았다. 그들이 다시 나왔을 때 타츠의 얼굴은 얼이 빠진 듯했고 허탈한 표정을 짓고 있었다. 인니는 그가 원하던 것을 갖게 되었나 보다 하고 생각했다. 인니는 경험상 갖고 싶었던 것을 막상 갖게 되면 항상 기분이 좋은 것만은 아니라는 것을 알고 있었다. 타츠는 사무실에서 갖고 나온 잔을 얇은 종이로 포장하기 시작했다. 포장하는 동안 그는 아무 말도 하지 않았다.

"이 축제와 같은 순간을 위해 샴페인 한 병을 차갑게 해서 준비해 두었습니다, 타츠 씨." 리젠캄프가 말했다.

"친절에 감사드립니다, 리젠캄프 씨. 하지만 저에겐 과분한 축하입니다. 대신 두 분이서 축배를 들어 주신다면 기쁠 것 같습니다. 조만간 이 잔으로 함께 차를 마실 수 있도록 초대하겠습니다. 두 분 모두 오셨으면 합니다." 타츠는 두 사람에게 정중하게 손을 내밀면서 고개를 약간 숙여 인사를 하고 나갔다. 그들은 쇼윈도를 통해 상자 하나를 옆에 끼고 걸어가는 타츠를 보았다. 상자 하나를 든 인도네시아계 남자를.

"저기 그가 자기 아기를 안고 가는군요." 리젠캄프가 말했다. "저 모습을 보면 별로 기분이 좋지 않은 것 아시죠. 그는 수년 동안 여기에 들렀습니다. 이렇게 거래가 신속하고 황망하게 이뤄지니 사실 마음에 들지 않습니다. 제가 받은 교육 탓인지는 몰라도 어쩐지 제가 유다처럼 느껴집니다."

"유다요?"

"그만둡시다. 모든 게 무의미한 짓이니. 그가 보고 싶을 겁니다."

"그는 틀림없이 다시 들를 겁니다."

"아닙니다. 전 그렇게 생각하지 않아요." 그가 수년 동안 원했던 단 한 가지, 이제 그는 그것을 갖게 되었습니다. 이제 그는 더 이상 원하는 게 없을 겁니다. 적어도 저한테서는 말입니다."

"방금 유다라고 하셨는데……. 잔 가격이 얼마였습니까?"

"0이 네 개입니다. 말하자면 그는 평생 동안 그 잔을 사려고 저축을 했나 봅니다. 그래서 그 많은 돈을 갖고 있던 것이죠."

"정확한 액수는요? 잔을 아직 보지도 않았을 텐데요?"

"더 많은 돈을 가지고 왔는지도 모릅니다. 그러나 여하튼 그는 내가 요구하는 액수에 맞춰 지폐를 세서 주었습니다."

0이 네 개, 하고 인니는 생각했다. 10000과 90000 사이의 숫자가 가능했다. 그러나 리젠캄프가 말하지 않는데 정확한 액수를 더 이상 묻고 싶지 않았다. 그 잔이 드라우오트 경매장에서 얼마에 팔렸는지 아는 사람은 있을 것이다. 나머지는 쉽게 산출해 낼 수 있었다. 그것이 바로 유다의 몫이었다.

"축하주로 샴페인 한잔 하자는 것을 거부한 게 불만스럽지는 않습니다." 하고 리젠캄프가 말했다.

"그가 언제 다회(茶會)에 우리를 초대할지 궁금하군요." 리젠캄프가 첫 잔을 따른 후 다시 말했다. "그에게 다회에 초대받은 적이 전에도 있습니까?"

인니는 부정의 표시로 고개를 흔들었다.

"그렇게 어려운 건 아닙니다." 하고 리젠캄프가 말했다. "다회가 일본 사람들에게 무엇을 의미하는지 관심만 갖는다면 말이죠. 다회는 물론 매우 의식화되어 있습니다."

"아주 힘이 든다면서요. 계속 무릎을 꿇고 앉아 있어야 한다던데?"

"힘이 든다는 것을 전혀 느끼지 못하는 순간이 옵니다. 그러나 서구인이 그런 순간을 느낀다는 것은 말도 안 되는 일이지요. 이 성작, 아니 이 찻잔에 대해서는 그냥 지나갑시다. 그가 찻잔에 대해 아주 정확하게 연구했으니까요. 우리의 외로운 친구가 말입니다."

인니는 지금 찻잔을 들고 깊은 산 속에 은둔하고 있는 타츠를 생각했다 그리고 그에 덧붙여 무엇인가를 더 생각하고 싶었으나 그게 무엇인지 생각이 나지 않았다.

10

초대는 몇 주 후에 이루어졌다. 짧은 메모가 왔다. 인니와 리젠캄프를 11월 어느 토요일에 초대하며 가부간의 연락이 없어도 기다리겠다는 내용이었다. 나중에 안 것이지만, 그날은 폭풍우가 심하게 불었고 우박이 쏟아졌다. 그러나 자연조차도 필립 타츠의 영역만은 침범할 수 없었다. 정적에 잠긴 그의 다락방은 창문을 뒤흔들어 놓는 폭풍우에도 끄떡없었다. 방에는 변화가 있었다. 미묘한 이동으로 말미암아 자세히 살펴보면 방의 배열이 불균형 상태였다. 꽃이 그려진 가케모노는 없어지고, 그림 속 꽃 대신에 생화가 놓여 있었다. 검보라색과 금빛의 노란 국화, 대림시기와 가을의 색조였다. 가와바타의 초상화가 있는 책도 없어졌다. 다도가 이루어지는 장소는 방 한가운데가 아니라 화로 위에서 보글보글 끓어오르는 물이 가득 담긴 작은 놋쇠 주전자가 있는 방 오른쪽 구석이었다. 꽃이 그려진 가케모노가 있던 자리에 보통 크기의 서예 족자가 벽에 걸려 있었다. 족자에 쓰여진 글자는 인니에게 맹렬한 속도로 눈 덮인 슬로프를 내려가는 스키 선수를 연상시켰다.

타츠는 문을 조금 열어 둔 채 문간의 커튼 뒤에서 분명 무엇인가를 하고 있었다. 리젠캄프는 서예 글씨를 주의 깊게 쳐다보았다. 그리고 작은 방석 두 개가 깔린 다다미 위에 무릎을 꿇고 앉았다. 그는 인니에게 똑같이 앉도록 권했다.

"장난이 아니네요." 하고 인니가 말했다. "얼마나 오랫동안 이렇게 앉아 있어야 하죠?"

그러나 미술상은 더 이상 대답을 하지 않고 눈을 감았다. 아아, 누군가 이 두 사람을 한번 보았으면 좋으련만! 리젠캄프는 진회색 플란넬 양복을 입고 있었다. 그의 커다란 손이 허벅지 위에 길게 뻗어 있어 와이셔츠의 커프스가 약간 밖으로 삐져나왔다. 커프스에는 젊은 느낌의 꽤 큰 금빛 단추가 두 개 달려 있었고 그 속에 짙은 색 청금석이 반짝였다. 그가 매고 있는 실크 넥타이도 똑같은 색깔이 보였으나 그 색깔은 와이셔츠의 연한 장밋빛 색깔과는 거의 무모할 정도로 뚜렷한 대조를 이루었다. 런던 중심의 저민 거리에서나 볼 수 있는 옷이라 생각했다. 그는 에이지 구두를 신고 런던에서 경매가 자주 있는 탓에 신경을 쓴 통 넓은 코르덴 바지와 벌링턴 아케이드에서 구입한 베이지색 캐시미어 터틀 스웨터를 입고 있었다. 곧 다가올 일을 기다리고 있는 일본 속의 두 영국풍 신사들. 무릎을 꿇으세요! 그가 얼마나 자주 무릎을 꿇었던가? 딱딱한 의자 위에서, 차디찬 네모난 돌 위에서, 대리석 위에서, 금실 수를 놓은 방석 위에서, 기숙사 침실에 있는 침대 앞에서, 어두운 고해소에서, 다른 사람들은 식사하는 동안 수도원 식당 한 구석에서, 벌을 받고 있을 때, 성모마리아 앞에서, 감실 앞에서, 성체 앞에서, 성수반 옆에서, 관 옆에서, 언제나 허리를 굽히는 자세, 겸손과 경의를 표하기 위해 부자연스럽게 허리를 굽히는 행위. 인니는 사방을 쳐다보았다. 어디서 또 그런 장면을 볼 수 있겠는가? 두 중년 신사가 함께 겨울바람이 휘몰아치는 암스테르담의 더페이프 구의 어느 다락방에서 펄럭이는 불꽃 앞에 무릎을 꿇고 쪼그리고 앉아 있는 모습을? 타츠가 안으로 들어왔다. 보다 정확하게 말하면 섬뜩한 커튼 뒤에서 불쑥 나타났다. 이번엔 타츠는 신부님이 미사 집전 때 입는 장백의(長白衣) 위에 걸치는 덧옷 같은 녹색 옷 위에 짧은 — 사라진 책 안에서 본 노벨 문학상 수상 작가가 입고 있던 긴 녹색 의상 위에 걸쳤던 — 기모노를 걸치고 있었다. 나중에 알고 보니 그는 물병을 들고 간단히 절을 했다. 그들도 간단한 절로 응했다. 그는 사라졌다가 다시 나타났다. 이번에는 검게 래커 칠을 한 높은 원통형 상자를 들고 있었다. 래커 칠한 검은색 밑으로 가느다란 금실이 반짝이며 나풀거렸다. 뒤이어 작은 파이 모양의 케이크가 담긴 쟁반, 라쿠 잔의 불꽃 같은 가을 빛깔, 그리고 대나무로 간단하게 잘라 만든 끝이 조금 구부러진 길고 가느다란 물건, 마치 아주 기다란 손가락의 끝부분이 약간 휘어진 것처럼 거칠고 대단히 얇은 갈대 혹은 대나무로 만든 일종의 솔이 뒤따라 나왔다. 마지막으로 넓고 약간 투박한 잔과 긴 손잡이가 달린 나무 물그릇이 나왔다. 타츠는 모든 다기를 자기 주위에 놓았다. 틀림없이 정해진 곳이었다. 그의 모든 동작은 천천히 춤추는 무희의 움직임과 같았다. 무엇인가를 위한 아주 정확한 동작이었다. 정적이 철저하게 유지되었다. 옷자락이 바스락거리는 소리, 물이 보글보글 끓는 소리, 바람 부는 소리가 들렸다. 침묵이 너무 강하게 흘렀기에 다기의 기능이 무엇인지는 몰라도 그것들 모두 그 정적에 적극적으로 동참하는 것처럼 보였다. 또 침묵 자체는 다기의 완벽한 형태를 통해서만 그 침묵이 의도된 정적임을 표현하는 것 같았다. 인니는 리젠캄프 쪽을 쳐다보았다. 그러나 리젠캄프는 아무런 표정이 없었다. 그는 꼼짝도 않고 앉아 맞은편에 앉은 깡마른 타츠의 모습을 뚫어지게 쳐다보고 있었다. 필립 타츠는 실크 냅킨으로 끝부분이 휜 대나무 막대기와 숟가락을 문질렀다. 그는 무거운 놋쇠 주전자의 뚜껑을 열고 물을 조금 떠서 라쿠 잔에 부은 다음 대나무솔 또는 거품을 떠내는 국자 또는 무엇인지는 모르지만 그것과 비슷한 것으로 잔 안을 씻었다. 그러고 나서 씻어 낸 물을 투박하고 넓은 잔에 천천히 붓고 수수한 무명 수건으로 잔을 닦아 냈다. 타츠는 특이한 방법으로 잔을 잡고 앞으로 한 번 돌린 다음 내려놓았다. 하지만 인니는 그런 동작을 어떻게 하는지, 왜 하는지 알 수 없었다. 왜냐하면 동작이 느리면서도 빨리 지나가는 듯했고, 유유히 흐르는 하나의 긴 연속 동작처럼 느껴졌기 때문이다. 타츠는 장애물이 많고 굴곡진 긴 의식의 통로에서 때로는 발리 전통 무용가의 손놀림을 취했다. 유럽인의 손이 아닌 다른 나라 사람의 손이 된 것 같았다. 길고 가느다란 막대기는 래커 칠을 한 상자 속에 두 번 넣어졌다. 인니는 녹차 잎의 분말이 불꽃 같은 생강 빛깔을 뿜어내는 라쿠 찻잔에 빗줄기처럼 떨어지는 것을 보았다. 그러고 나서 타츠는 깊이 팬 나무 국자로 끓인 물을 한 번 잔에 붓고 대나무솔로 빠르고 거칠게 휘저었다. 그러나 휘젓는 것이라기보다는 차라리 부드러우면서도 힘차게 빻는 행위였다. 이제 붉은빛을 띤 찻잔 바닥에는 거품이 이는 담녹색 호수가 생성되었다. 잠시 모든 동작이 멈췄다. 전보다 고요할 수는 없었지만, 그래도 고요함은 더 짙어 가는 것 같았다. 마치 모든 동작이 더 위험하고 강력한 강도를 갖는 영역 속에 침잠되어 가는 것 같았다. 그러고 나서 타츠는 왼손에 잔을 들고, 오른손으로 잔을 약간 독특하게 돌리고 난 후 리젠캄프에게 밀어 주고 절을 했다. 리젠캄프도 절을 했다. 인니는 긴장하여 마른침을 삼켰다. 미술상은 잔을 두 번 돌린 뒤(두 번인가? 그 이상인가? 그는 나중에 더 이상 알지도 못할 것이고, 얽히고설킨 동작들의 실마리를 풀 수도 없을 것이다.) 높이 올려 입에 갖다 대고 두 번에 나눠 마시고, 세 번째는 약간 후루룩 소리를 내며 들이켜 마신 다음, 잔을 똑바로 살짝 들어 주의 깊게 잔을 살펴본 후 왼손으로 받치고, 다시 낯선 동작으로 마치 존재하고 있는 어떤 지점 혹은 가상의 지점을 향해 빙 돌렸다. 그리고 잔을 다다미 너머 주인에게 다시 밀어 주었다.

인니는 금빛 성작에 얼마나 자주 물과 성유를 부었던가를 생각했다. 물과 성유를 부으면 사제는 금빛 성작에 담긴 물로 희석된 핏빛 포도주를 마시기 위해 성작을 빠르게 빙글빙글 돌린 다음 단숨에 한 방울도 남김없이 비워 마셨다. 이 최후의 만찬에서도 다르지 않았다. 주전자에서 신성한 물을 따라 붓고 잔을 깨끗이 닦는 것, 똑같은 행동, 똑같이 허리를 굽히는 일, 그리고 이젠 부서지기 쉬운 찬란한 형상의 물건을 손에 쥐고 눈을 감고 마시는 사람은 인니였다. 그리고 그는 다시 한 모금을 더 마셨고, 세 번째 마실 때는 눈을 뜨고 담홍색의 심원한 밑바닥에 남은 초록색의 마지막 단 한 방울까지도 남김없이 마셨다. 나를 기억하여 이를 행하여라. 앞서 리젠캄프가 했던 것처럼 인니는 마치 잔의 형태를 영혼에 각인이라도 하고 싶은 듯이 잔을 조심스럽게 살펴보았다. 그리고 규정된 방향이라고 생각한 쪽을 향해 잔을 돌린 뒤 마치 주위에 도사리고 있을지 모를 위험을 몰아내려는 듯 서둘러 타츠에게 되밀어 주었다. 인니는 그 의식이 진행되는 동안 타츠의 시선이 자기를 향해 있다는 것을 알았다. 그러나 타츠의 눈이 정말 자기를 주시하고 있는지는 알 수가 없었다. 필립 타츠의 얼굴은 마치 두 손님이 무릎을 꿇고 쪼그리고 앉아 있는 곳보다 더 먼 곳에, 더 낯선 곳에 있는 것처럼 헤아릴 수 없는 황홀감에 빠져 밝게 빛났다.

그들은 절을 했다. 타츠는 일어나서 늘 하던 대로 느린 동작으로 숟가락과 주전자 뚜껑, 묽은 차가 담긴 잔을 들고 나갔다. 잠시 후에 래커 칠한 상자와 라쿠 잔을 가지러 다시 들어왔다. 그리고 마지막으로 다시 들어와 물을 가지고 나갔다. 리젠캄프는 일어났다. 인니도 그를 따라 일어났다. 발이 저려 왔고 갑자기 어지러운 느낌이 그를 엄습했다. 타츠는 그들에게 다가와서 말 그대로 그들을 문으로 밀어냈다.

"감사합니다. 타츠 씨. 정말 특별한 초대였습니다." 리젠캄프가 말했다. 타츠는 몸을 굽혀 인사만 하고 대답은 하지 않았다. 그는 얼굴에 미소를 지었다. 그의 미소는 낯설고 먼, 극동 아시아적인 모든 요소를 강조하는 것 같았다. 인니는 타츠가 네덜란드어를 더 이상 할 수 없는가 보다 하고 생각했다. 아니면 원치 않든가. 이제 아무도 말을 하지 않았다. 타츠가 다시 한 번 몸을 굽혀 작별 인사를 했다. 그들도 따라 인사했다. 그들 뒤로 현관문이 부드럽게 그리고 굳게 닫혔다.

11

큰 집을 털고 조용히 내려오는 두 명의 도눅처럼 누 남자는 긴 계단을 내려갔다. 밖에는 우박을 동반한 바람이 기다리고 있었다. 그들은 입을 다물고 폭풍우 속을 뚫고 리젠캄프의 가게로 걸어갔다. 미술상은 폐점이란 표지판을 문에 내걸고 출입구의 커튼을 내렸다. 그리고 커다란 잔 두 개에 몰트 위스키를 — 그을음과 개암나무 열매 — 따랐다.

"적당한 때에." 하고 그가 말했다. 그의 목소리는 인니에게 너무 피곤한 것처럼 들렸다. "당신께 다도에 대한 모든 것을 말해 주겠소. 모든 것에는 다 역사와 의미가 담겨 있습니다. 그걸 공부하려면 수년은 걸릴 것입니다." 그는 애매한 동작으로 등 뒤에 있는 책장을 가리켰다. 책장 커튼 뒤에 일렬로 꽂힌 책들이 내비쳤다.

인니는 고개를 저었다. "당분간은 듣지 않겠습니다. 충분히 들었거든요."

그들은 위스키를 마셨다. 밖에는 폭풍우가 벌거벗은 나뭇가지 사이로 휘몰아쳤다. 우박이 운하의 무덤처럼 시커먼 물속에 구멍을 내며 떨어졌다.

"그 의식은 세 명의 신사가 참석한 위령 미사였습니다." 하고 인니가 말했다.

리젠캄프가 쳐다보며 말했다. "잔을 그에게 팔지 않을걸 그랬습니다."

"말도 안 됩니다." 인니는 어깨를 으쓱했다. 그는 이루 형언할 수 없는 슬픔에 빠졌다. 두 명의 타츠 때문에, 자신의 길을 가는 운명 때문에, 잃어버린 세월 때문에, 어떻게 할 수 없는 세상 때문에. 그는 손목시계를 쳐다보았다. 1시 30분.

"오늘 주가가 어떤지 보러 가야겠어요." 하고 인니가 말했다.

리젠캄프는 웃었다. "그것쯤이야 눈 감고도 말해 줄 수 있는데요." 그리고 그는 손으로 천천히 아래로 내리며 "어서 도망치십시오." 하고 프랑스어로 말했다.

내 일은 내가 알아서 할 것이라 생각하며 인니는 작별 인사를 했다.

12

그날 이후 인니는 가끔 타츠를 찾아가고 싶은 마음이 들었다. 하지만 그러기에는 그날 타츠와의 작별 인사가 너무 결정적이었다. 삼 주 후에 인니는 전화 한 통을 받고 난 뒤 리젠캄프에게 전화를 걸었다.

"방금 타츠가 살고 있는 집 주인에게 전화를 받았습니다. 타츠를 며칠째 보질 못했다고 합니다. 그러나 타츠는 늘 들락날락하니까 특별히 걱정할 필요는 없다고 말하더군요."

"그래요?"

"그런데 타츠에게서 편지를 받은 모양입니다. 그 편지에 저와 전화 통화를 해 달라고 부탁했던 모양입니다."

"어떤 문제로요?"

"그 외엔 적혀 있는 게 없다고 합니다. 그냥 저에게 전화를 걸어서 올 수 있느냐고 물어보라고 했답니다."

“뭘 하려고요?”

인니는 세 번은 추측해 보아야겠다고 생각했다. 그러나 추측한 바를 말하지 않았다. 그는 전화선 저쪽에서 깊은 한숨을 내쉬는 소리를 들었다.

“가실 겁니까?” 리젠캄프가 물었다.

“예, 지금 가려고 합니다. 함께 가시겠습니까?”

“가야죠.” 세 음절로 탁월한 자신감을 표현할 줄 아는 영리한 사람.

그들은 타츠의 집 앞에서 만났다. 그리고 주인집의 초인종을 눌렀다. 그녀는 리젠캄프에게 열쇠를 주었다.

“전 함께 가지 않겠어요.” 하고 그녀가 말했다. “제가 관여할 바가 아닌걸요.”

리젠캄프는 무엇인가 예감했지만 내색하지 않았다. 그는 단호한 태도로 열쇠를 돌려 문을 열었다. 텅 빈 방에 커튼이 걷혀 있었고 아무도 없었다. 방 한복판에 산산이 부서진 수백 개의 조각들만 널려 있었다. 깨진 조각들은 온 힘을 다해 깨부순 라쿠 잔이 분명했다. 누르스름한 광택이 나는 다다미 위에 널브러진 깨진 조각들은 마치 흘러내려 말라 버린 핏덩어리처럼 보였다.

“여기선 더이상 할 게 없군요.” 리젠캄프는 그렇게 말하고 문을 조용히 닫았다.

13

필립 타츠가 사라졌다는 것을 안 지 며칠 후에 그들은 작성한 조서와 일치하는 시신인지 확인해 달라는 에이마위던 경찰서의 연락을 받았다. 그들은 한동안 흰 침대 시트 위에 누운 핏기 없는 괴물을 쳐다본 뒤 말했다. 예, 필립 타츠입니다.

이번에는 얼어 죽은 것이 아니라 물에 빠져 죽은 것이었다. 시체는 화장되었다. 왜인지는 모르겠지만 베르나르트 로전봄은 인니와 리젠캄프와 함께 갔다.

"말하자면 나도 일부 책임이 있으니까. 내가 자네를 리젠캄프에게 보냈잖아. 이 다인(茶人)은 어차피 그 일을 저질렀을 것이고, 자네가 그곳에 가지 않았더라면 이번 일과는 아무런 상관이 없었을 거야."

화장은 세 사람 모두 가 본 적이 없는 암스테르담 변두리에 있는 흉물스러운 곳에서 행해졌다. 베르나르트가 운전하는 로버 자동차는 병원과 공장이 즐비한 변두리를 지나갔다.

"천국으로 가는 길은 분명 아니군요." 하고 베르나르트가 말했다. 관은 회색 천으로 덮인 채 받침대 위에 놓여 있었다. 많은 꽃다발과 함께. 개중에는 타츠의 직장에서 보내온 과꽃 한 다발도 있었다.

"민얀[65]이 안 되는 모양이군요." 하고 베르나르트가 중얼거렸다. 그러자 인니는 갑자기 베르나르트 로전봄이 언젠가 딱 한 번 당황해하던 모습을 본 적이 기억났다. 피렌체에서 있었던 일이었다. 그들은 도니라는 레스토랑에서 푸짐하게 점심 식사를 하고 난 뒤 발길 닿는 대로 도시를 돌아다녔다. 그러다 그들은 그렇게 크지 않은 인상적인 건축물 앞에 다다랐다. "저기 봐요, 시나고그[66]입니다." 하고 베르나르트가 말했다. 그들은 안으로 들어갔다. 피렌체 성당의 호화로운 양식에 비하면 회당 내부는 꾸밈이 없고 소박했다. 회당 안에는 한 사람뿐이었다. 그는 죽은 듯 조용하게 앞을 응시하고 있었다. 5시 정각, 이웃에 있는 성당의 종이 정각을 알리자 제복을 잘 갖춰 입은 한 남자가 들어와 자리에 앉았다. 그 남자 또한 앞을 뚫어지게 바라보았다. "이런." 인니는 베르나르트가 당황해하는 소리를 들었다. "오늘은 안식일이지요. 예배가 없겠군요." 인니가 의아한 듯 그를 쳐다보자 그는 말했다. "만약 성인 남자

65) 유대교에서 최소 남자 성인 열 명 이상이 참석해야 이루어지는 예배.
66) 유대인 회당.

열 명이 오지 않으면 하잔[67]은 예배를 시작할 수 없어요." 쥐 죽은 듯이 조용했다. "도대체 저 사람들은 언제까지 저렇게 앉아 있을 참인가요?" 인니가 물었다. "한 시간요." 하는 대답이 들려왔다. 그 시간이 흐르는 동안 인니는 베르나르트 로전봄이 왠지 점점 움츠러져 들어가고 있다는 느낌을 받았다. 관광객 두 명이 들어왔다가 깜짝 놀라 다시 나갔다. 한 시간이 지난 후 하잔은 일어나서 사라졌다. 그들도 밖으로 나왔다. 베르나르트는 이에 관해 한 번도 언급하지 않았다. 인니 역시 입을 다물었으나, 그것은 단지 그가 어떤 말을 해야 할지 몰랐기 때문이었다.

검은 양복을 입은 한 남자가 리젠캄프에게 다가와 무엇인가를 물어 보았다. 리젠캄프는 고개를 저었다. 아니, 아무도 입을 열고 싶어 하지 않았다. 찰칵 소리가 나자 녹음 테이프에서 바흐의 제3조곡 멜로디가 나오기 시작했다. 음악이 다 끝나기 전에 관은 이미 내려졌다. 장례식은, 장례식이라 부를 수 있다면, 처음부터 끝날 때까지 오 분 걸렸다. 그렇게 세상은 필립 타츠와 계산을 마쳤다. 그들이 밖으로 나오자 죽은 자가 회색빛 진눈깨비가 되어 오버코트 위로 내려와 앉았다. 그곳에 없었던 유일한 것은 비둘기였다.

그날 밤 인니는 두 타츠의 꿈을 꾸었다. 한 사람은 얼어 죽은 모습으로, 또 한 사람은 물에 빠져 죽은 모습으로. 그들은 서로 어깨동무를 하고 들리지 않는 소리를 지르며 야만적이

---

67) 유대교에서 기도나 성가를 선창하며 예배를 이끄는 사람.

고 광적인 환희에 빠진 채 인니의 침실 창문에 나타났다. 인니는 일어나 창문으로 달려갔다. 그러나 창문 뒤에는 반짝이는 얼음에 덮인 채 흔들거리는 해골 모양의 나뭇가지만 있었다. 그리하여 두 개의 분명한 세계가 존재하고 있었다. 하나는 두 명의 타츠가 머물렀던 세계, 또 하나는 그들이 머물지 않았던 세계였다. 다행히도 인니는 아직도 후자의 세계에 존재하고 있었다.

그의 자결이 정해진 날[68], 리큐는 애제자들을 마지막으로 다회에 초대했다. 그들은 한 사람씩 앞으로 나아가 정해진 자리에 앉는다. 도코노마[69]에 고승(高僧)이 유려한 필치로 제행무상(諸行無常)이라고 쓴 가케모노가 걸려 있다. 화로 위에 보글보글 끓고 있는 주전자는 떠나는 여름을 아쉬워하듯 울어 대는 매미 소리를 낸다. 곧 주인이 방으로 들어온다. 제자들에게 한 사람씩 순서대로 차를 대접한다. 모두가 조용히 잔을 비운다. 격식에 따라 수제자가 다기를 살펴볼 수 있도록 허락을 받는다. 리큐는 가케모노와 함께 여러 다기를 그들 앞에 내놓는다. 모두가 다기의 아름다움을 칭송하고, 리큐는 그들에게 다기를 기념으로 하나씩 나눠 준다. 찻잔만은 그가 간직한다. "불행

68) 리큐는 1591년 도요토미 히데요시와의 갈등으로 할복했다.
69) 다실 정면 벽 가장자리에 가벽을 덧대어 벽이 안쪽으로 들어가게 한 후 미술품 등을 장식하는 장소.

의 입술로 더럽힌 이 잔을 다시는 인간에게 사용되지 않기를." 이렇게 말하고 그는 잔을 산산조각 낸다.

—오카쿠라 가쿠조, 『다서』

작품 해설

1

세스 노터봄은 1933년 7월 31일 헤이그에서 2남 1녀 중 둘째로 태어났다. 그의 아버지는 세스가 열 살 때 집을 나가 재혼했고, 이 년 후 헤이그의 버사위던하우트에서 영국군의 폭격으로 사망했다. 1947년 그의 어머니는 독실한 가톨릭 신자와 재혼했다. 의붓아버지는 노터봄을 프란시스코회와 아우구스틴회에서 운영하는 수도원 학교에 보냈다. 그러나 노터봄은 좋지 않은 친구들의 영향으로 학교에서 자주 쫓겨났다. 그럼에도 그는 작가가 되기로 마음먹고 독서에 심취했다. 그가 수도원 학교에서 배운 고전은 "나는 그리스어와 라틴어 없는 나의 삶을 상상할 수 없으며, 만약 그랬다면 나는 다른 사람이 되었을지도 모른다."라는 말처럼 후에 그의 문학적 자산이 되었다. 열일곱 살 때 의붓아버지와 갈등을 빚고 1951년 집을 나와 힐베르쉼에서 일을 하며 야간 학교를 마쳤다. 1953년 그는 지나가는 자동차를 얻어 타고 유럽 여행을 시작했다. 스칸디나비아와 프랑스 프로방스 지방을 여행할 때 체험했던 것들을 토대로 1955년에 첫 소설 『필립과 다른 사람들』을 발표했다. 이 작품으로 그는 안네 프랑크 상을 받으며 일약 문단의 스타가 되었다. 이후 그는 광고회사에서 카피라이터로 일하며 여행 르포를 쓰기 시작했고, 1956년에는 《파롤》지에 헝가리 혁명에 관한 글을 실으며 기자로 데뷔했다. 이 기간 동안 그는 여행 작가로서 명성을 얻는 한편 네덜란드 시를 소개하는 데 힘쓰기도 했다. 1963년 『기사는 죽었다』 이후 십칠 년 만인 1980년 노터봄은 세 번째 소설 『의식』을 발표했다. 이 작품은 독일어, 영어, 스페인어, 프랑스어, 터키어, 헝가리아어 등 수많은 외국어로 번역되어 좋은 반응을 얻었으며 네덜란드뿐만 아니라 전 세계적으로 이름을 떨치는 계기가 되었다.

노터봄은 작가 생활 초기부터 네덜란드 문학계에 많은 반향을 불러일으켰으며 국내는 물론 해외에서 수여하는 많은 문학상을 받았다. 1957년에 『필립과 다른 사람들』로 안네 프랑크 상을 받았으며, 1959년에는 그의 유일한 희곡 『템스 강의 백조들』로 피서르 네덜란드 문학상을 받았다. 특히 1981년 소설 『의식』으로 보르더베이크 상을 받았고, 1982년에 미국에서 비영어권 소설에 수여하는 가장 권위 있는 페가수스 문학상을 받았다. 또한 독일, 오스트리아, 벨기에, 스페인, 이탈리아에서 다양한 문학상을 받기도 했다. 가장 최근인 2009년에는 그의 전 작품에 가장 권위 있는 네덜란드 문학상이 수여되었다. 한

편『의식』은 헤르베르트 쿠리얼 감독에 의해 1988년에 영화화되기도 했다.

2

소설『의식』은 주인공 인니 빈트롭의 인생을 이십 대, 삼십 대, 사십 대 3부로 나누어 묘사하고 있다. 1부는 인니의 삼십 대 이야기이다. 그는 유산으로 생활하며 미술품 거래를 하고 신문 별자리 운세란에 기고하고 주식도 한다. 그는 아내 지타를 사랑함에도 다른 여자와 잠자리를 한다. 지타는 아이를 가지고 싶어하나 변화를 싫어하는 인니는 그것을 거부한다. 그 후 둘 사이가 멀어지기 시작하고 지타는 결국 그를 떠난다. 그것을 안 인니는 자신이 쓴 운세란 원고의 내용 '아내가 떠나고 당신은 자살할 것이다.'를 떠올리며 자살을 시도하나 결국 실패한다. 그날 이후 인니는 혼란의 시기가 도래할 것임을 느낀다.

2부는 인니가 과거 이십 대에 아버지 쪽 가족과 대면하는 이야기이다. 학교에서 여러 번 퇴학당하고 사회에 적응하지 못하는 청년 인니는 사무실에서 일을 하며 겨우 생활비를 번다. 그러던 중 1953년 테레제 고모가 찾아온다. 고모는 자신의 옛 애인 아르놀트 타츠에게 인니를 데려간다. 아르놀트는 전직 공증인이었고 스키 선수였으나 현재는 은둔 생활을 하고 있었다. 그는 2차 대전 이후 세상을 증오해 신앙도 버린 독특한 인물로, 인간을 혐오하며 인간이 이룬 서양 문물을 비판한다. 젊은 인니는 그의 사고에 영향을 받게 된다. 빈트롭 가문의 유산을 받기 위해 방문한 테레제 고모의 집에서 아르놀트 타츠는 독실한 가톨릭 분위기에 적응하지 못하고 식사에 동석한 신부와 논쟁을 벌인다. 그렇게 종교인 분위기와 무신론적 분위기가 충돌하는 가운데 인니는 고모 댁의 하녀 페트라와 몇 번의 정사를 벌이며 현실에서 도피한다. 유산을 받고 난 후 인니는 종종 아르놀트 타츠를 찾아가지만, 어느 날 타츠가 자신이 늘 말하던 대로 스위스의 눈 덮인 산에서 동사했다는 소식을 전해 듣는다.

3부는 인니의 사십 대 이야기이다. 그가 필립 타츠를 처음 만나게 되던 날 마치 성수태고지를 하듯 앞날을 예시해 주는 전조인 세 마리의 비둘기를 목격한다. 첫 번째 비둘기는 인니와 한 소녀가 목격했던 달리는 자동차 유리에 부딪쳐 떨어져 죽은 비둘기였다. 인니는 소녀와 함께 비둘기를 묻어 준 후 소녀의 집으로 가는 도중에 다리에 앉아 있는 살아 있는 두 번째 비둘기를 보았다. 이후 인니는 두 점의 미술품을 감정받기 위해 미술상 로전봄에게 간다. 그중 한 점은 일본 판화였는데, 로전봄은 인니에게 다른 미술상인 리젠캄프한테 가 보라고 한다. 그는 가는 도중에 세 번째 비둘기를 본다. 그 비둘기는 날아가다가 쇼윈도 유리창에 부딪친 후 그대로 날아가 버렸고 쇼윈도 유리창에 부딪친 흔적을 남겼다. 리젠캄프의 화랑에 도착한 인니는 동양인으로 보이는 키 작고 야윈 남자가 동양 찻잔 하나를 뚫어지게 바라보고 있는 것을 목격하고 마음이 끌린다. 그 남자의 이름을 필립 타츠였고, 인니는 그가 예전 아르놀트 타츠가 부정하고 싶어 했던 동양 혼혈 아들임을 알게 된다. 그리고 그때부터 아버지 타츠에게서 아들 타츠로 이어져 내려오는 염세적인 세계관을 접하게 되며 필립만의 도피처인 일본 다도의 세계에 함께 뛰어들게 된다.

3

소설『의식』읽기는 네덜란드어를 쓰는 사람들에게도 힘이 든다. 원어민이 아닌 한국 독자에게는 더더욱 노력이 요구되는 소설이다. 독자들에게 여러 가지 일반 지식과 문학적 지식을 요구하기 때문이다.

우선 심리적으로 불안정한 세 명의 남자가 가톨릭의 미사 전례, 일본 다도 등 동서양의 의식(儀式)을 통해 어떻게 삶의 의미를 찾는지, 각자의 시간에 대한 인식은 어떤지가 우리의 관심을 끈다. 아울러 이 소설에서 다뤄지는 기억의 효과, 역사의 연속성과 불연속성과 같은 철학적 주제들에 관심이 간다. 특히 이 소설을 읽기 위해서는 1953~1978년 동안의 시대적 상황인 2차 대전의 여파, 한국 전쟁, 베트남 전쟁 , 케네디 대통령 암살, 암스테르담에서 일어났던 프로보 운동과 같은 역사적 지식과 교회와 여성의 지위, 부유층의 몰락, 로마 가톨릭 미사 전례, 자연 환경 파괴 등 사회, 문화, 종교에 대한 지식은 물론 선(禪), 실존주의, 포스트모더니즘 등 철학에 대한 일반적 지식이 요구된다. 서술 방식이 연대순이 아니며 이야기 진행 과정에서 관점이 수시로 바뀌는 포스트모더니즘적 기법과 반어법, 메타포, 상징과 같은 문학적 스타일에 대한 이해가 전제되어야 하기 때문에 독자에게 지적 포만감을 주기도 한다.

또한 텍스트에는 매우 어렵고 추상적인 단어와 라틴어, 프랑스어, 영어, 독일어 어휘가 수시로 인용되어 있고 심지어 12개의 쉼표로 이루어지는 복잡한 문장들로 이루어져 있어 긴장감을 이어 가는 한편 피로감을 주기도 한다. 『의식』을 읽다 보면 이런 노터봄의 능란한 언어적 감각으로 채워진 세련된 문체를 만나게 된다. 게다가 소설 속 인물들은 각자 독특한 화법을 갖고 있다. 화자는 자주 아이러니를 이끌어 간다. 그리고 아포리즘과 다양한 이미지를 떠올리게 하여 그 안에 시간, 기억력, 죽음, 역사와 같은 철학적 사유를 담아낸다. 또한 텍스트에는 대화, 코믹한 장면, 적나라한 정사 장면 외에는 이야기 과정이 화자의 묘사와 상세한 기술로 구성되어 있다. 또 대화는 주인공들이 하는 긴 회상 혹은 시간과 같은 질문에 대한 화자의 철학적 묵상들 때문에 중단되기도 한다.

앞에서 언급한 바와 같이 소설의 구조는 1부(1963), 2부(1953), 3부(1973) 순이다. 이런 구조는 소설의 가장 큰 주제라 할 수 있는 주인공들의 시간에 대한 인식과 관련이 있다. 인니 빈트롭은 현재, 과거, 미래는 분리되지 않는 보이지 않는 총체로 인식한다. 1부에서 보면 인니는 서른 살이다. 그러나 1부에는 2부에까지도 언급되지 않는 과거와 3부에서 다뤄진 미래에 대한 전조가 포함되어 있다. 소설의 큰 줄기인 이 세 가지 에피소드는 앞에서, 뒤에서 언급되면서 상호 연결되어 있고 가끔은 동시에 진행되기도 한다.

소설 속에는 성찬 전례, 다도 예식과 같은 다양한 의식들이 등장하지만 주요 등장인물인 인니 빈트롭, 아르놀트 타츠, 필립 타츠 세 인물 모두 신앙을 잃었다. 그리고 그들은 각기 자기만의 방식으로 의식(儀式)을 통해 삶의 의미를 창조하려고 시도한다. 그러한 시도들은 의식화된 삶의 방식을 통해 존재의 부조리함에서 벗어나기 위한 다양한 몸부림으로 묘사된다. 소설의 주제이기도 한 고독과 죽음은 모두 일관된 시간 체험이라는 더 큰 주제와 맞물려 있다. 시간을 선형적인 삶의 운동으로 볼 것이냐 순환적인 삶의 운동으로 볼 것이냐 하는 물음이다. 아르놀트 타츠는 시계의 규칙적인 리듬 속에 살고 시간에 예속되어 있는 시간의 노예이며 시간과 함께 제한적 평화를 갖고 있다. 그에 반해 아들 필립 타츠는 외견상 아르놀트 타츠와 반대로 설정된 인물이지만 사실은 아버지와 같은 방법으로 산다. 그는 무(無)를 추구하며, 시간과 공간에 대해 완전한 부정을 추구한다. "그들이 들어선 방은 매우 밝았다. 첫눈에 보기에 방은 완전히 텅 빈 것 같았다. 모든 것이 흰색이었다. 여기에 속세에서 멀리 떠나온 남자가 있었다. 적막하고 추운 산악 지대 깊숙이 위치한 수도원에 있는 사람. 아무튼 이곳은 네덜란드 같지 않았다." 필립 타츠는 하나의 의식인 선과 요가를 통해 시간에서 탈출하려고 노력한다. 말하자면 두 타츠는 각기 자신의 삶을 강하게 의식화했다. 아르놀트 타츠는 시간이라는 개념의 테두리 안에서 의식화했고, 필립은 시간에 대한 거부로 의식화했다. 의식은 인니의 삶에도 중요한 역할을 한다. 의식들은 삶에 형식과 의미를 부여하려는 노력이다. 아르놀트 타츠와 필립 타츠는 그들의 삶에 지나친 형식을 부여하고 있다고 인니 빈트롭은 생각한다. 그는 두 타츠처럼 삶에 어떤 고정적인 형식을 부여하길 거부한다. 그런 의식화는 할 수도 없으며 또 그렇게 하고 싶어 하지도 않는다. 그러나 인니 빈트롭은 의식화에 대한 거부에서 오는 카오스가 불안하다. 의식들은 어떤 경직성을 갖고 있다. 그로 인해 인간은 죽을 수 있다. 인니는 그 치유를 그의 종교이자 만물의 중심이며 세상을 움직이는 여자들의 역할과 우리의 삶에 더 가까이 있는 에로스에서 찾고 있다. 아르놀트 타츠와 필립 타츠는 양극의 인물이다. 아르놀트는 일생을 규칙적으로 시계에 맞춰 살았고 필립은 명상하고 시간에서 벗어난 삶을 살려고 노력했다. 중간자인 인니는 타츠 부자의 영적인 도피와 반대로 세속적이다.

인니 빈트롭은 그의 인생을 '연결되지 않은 사건들'의 기억을 상기하는 방식으로 늘 시간을 경험한다. 소설 속 주인공들의 일상생활, 생활 습관, 생각, 사상은 그들의 청년기로부터 결코 제거될 수 없는 문제들이다. 인니는 몰락한 부잣집 출신이다. 그는 주식을 하고 매일 신문에 별자리 운세란을 기고한다. 그는 자신을 자신감이 없고 아마추어라고 평가한다. 지타가 인니를 버렸을 때 인니는 자살을 시도한다. 우리는 경이롭고 텅 빈 우주 속에서 의미를 찾아 암스테르담 거리를 홀로 배회하는 인니 빈트롭를 본다. 인니 빈트롭은 여러 여자들(지타, 페트라, 리다, 소녀)과 관계를 갖지만 어떤 여자에도 충실하지 않았다. 아르놀트는 인니가 고통을 거부한다고 믿는다. 인니는 아르놀트 타츠처럼 결코 고통에 참여하지 않으며 가담하지 않는다. 그는 아르놀트 타츠의 비밀스러운 아들 필립 타츠와 만나는 기회를 갖는다. 그들 모두 세상을 등진 낭만적인 인물들이다. 그들은 삶에 고통을 느끼며 구원을 찾는다. 결국 그들은 그 구원을 자살을 통한 죽음에서 찾는다.

노터봄의 자전적 화자인 인니 빈트롭은 이 소설에서 아르놀트 타츠와 필립 타츠가 각자 자신이 정해 놓은 의식에 희생되는 절대주의의 유혹으로부터 자신을 지키는 근원적 회의주의론자이다. 우리가 행하는 『의식』 읽기라는 의식은 우리에게 그런 노터봄의 문제의식을 선명하게 보여 준다.

작가 연보

1933년 7월 31일 네덜란드 헤이그에서 아버지 휘베르투스 노터봄, 어머니 요한나 페서르스 사이에 2남 1녀 중 둘째로 태어남. 본명은 코르넬리스 요한네스 야고부스 마리아이.

1943년 아버지가 노터봄을 키워 준 젊은 유모와 눈이 맞아 가출하여 이복동생 휘호(1944) 낳음.

1944년 2차 대전이 끝나기 바로 직전 영국군이 헤이그 시내 버사위던하우트에 터트린 폭탄에 맞아 아버지가 사망.

1948년 어머니가 독실한 가톨릭 신자와 재혼. 의붓아버지에 의해 가톨릭 수도원에서 경영하는 기숙사 학교에 입학. 그러나 사춘기에 접어들면서 가출을 일삼는 등 혼란스러운 시절을 보냄. 이때부터 작문과 시작을 즐기는 문학적 기질이 두드러짐.

1951년 아버지와의 갈등으로 집을 나와 힐베르숨에서 독립 생활.

1952년 신변 사정과 적응 문제로 여러 학교를 전학해 다니다가 마침내 위트레흐트에 있는 김나지움에서 고등 교육을 이수.

1953년 병역 면제를 받고 파리로 직행. 파리에 소재한 유네스코 본부에서 한동안 근무하다 곧 사직하고 여행길에 오름. 그 후 이 년 동안 유럽 전역을 정처 없이 방랑.

1955년 유럽 기행을 바탕으로 한 소설 『필립과 다른 사람들(Philip en de anderen)』 출간. 이 작품으로 안네 프랑크 상을 수상하면서 스물두 살의 젊은 나이에 일약 문단의 스타가 됨.

1956년 첫 번째 시집 『죽은 자들이 고향을 찾는다(De doden zoeken een huis)』 출간. 언론사 기자로 활동, 《파롤》 해외 특파원으로 헝가리 반란을 취재하고 보도.

1957년 뉴욕에서 프랜시스 디아나 리히트벨트와 결혼하였으나 몇 년 후에 이혼. 《엘저피어》에 기행문 연재 시작.

1958년 소설 『사랑에 빠진 죄수(De verliefde gevangene)』, 희곡 『템스 강의 백조들(De zwanen van de Theems)』 출간.

1959년 시집 『차가운 시들(Koude gedichten)』 출간.

1960년 폴크스크란트 신문사로 이직. 시집 『까만 시들(Het zwarte gedicht)』 출간.

1961년 소설 『왕은 죽었다(De koning is dood)』 출간.

1963년 여행기 『브뤼에에서의 어느 오후(Een middag in Bruay)』 출간. 소설 『기사는 죽었다(De ridder is gestorven)』로 반데르 호흐트 부부 상 수상. 이후 거의 이십 년 동안 소설을 발표하지 않음.

1964년 시집 『잠긴 시들(Gesloten gedichten)』 출간.

1965년 여행기 『튀니지에서의 하룻밤(Een nacht in Tunesie)』을 출간하여 평단의 호평을 받음. 1965년부터 1979년까지 네덜란드 샹송 가수 리스베스 리스트와 동거하면서 그녀를 위한 작사를 맡기도 함.

1968년 여행기 『바이아에서의 아침(Een ochtend in Bahia)』을 출간하고, 「파리 소동(De Parijse beroerte)」 등의 기사를 발표. 《애버뉴》지에 고정 칼럼을 쓰기 시작.

1970년 시집 『조작된 시들(Gemaakte gedichten)』 출간.

1971년 여행기 『씁쓸한 볼리비아/달의 나라 말리(Bitter Bolivia/Maanland Mali)』 출간.

1978년 시집 『조개처럼 열리고, 돌처럼 닫힌 시들(Open als een schelp, dicht als een steen)』의 발표와 함께 얀 캄페르트 상 수상. 여행기 『이스파한에서의 하루 저녁(Een avond in Isfahan)』 출간.

1980년 소설 『의식(Rituelen)』 출간. 이 작품으로 그간 주목받지 못했던 네덜란드 문학계의 관심을 받게 됨.

1981년 『의식』으로 페르디난드 보르드베이크 상 수상. 소설 『그림자와 실물의 노래(Een lied van schijn en wezen)』 출간.

1982년 『의식』으로 미국의 페가수스 상 수상.

1983년 『서플란더런 스케치 르포(reportage 'Schetsen van West-Vlaanderen')』로 벨기에 베스트두리스미 상 수상.

1985년 네덜란드의 뮐타툴리 상 수상.

1986년~1987년 미국 캘리포니아 버클리 대학에서 객원 교수로 활동. 단편소설 「울타리 뒤의 부처 — 차오프라야 강가에서(De Boeddha achter de schutting — Aan de oever van de Chaophraya)」 발표.

1990년 여행기 『베를린 수기(Berlijnse notities)』 출간.

1991년 프랑스의 레지옹 도뇌르 훈장 수여. 베를린 예술 아카데미의 회원으로 임명. 소설 『다음 이야기(Het volgende verhaal)』 출간.

1992년 전 문학 활동에 대해 네덜란드 문학상인 콘스탄테인 하위헌스 상 수상. 독일과 네덜란드 간의 문화 교류에 대한 공헌 훈장 수여. 여행기 『산티아고 가는 길(De omweg naar Santiago)』 출간.

1993년 기행 작가, 수필가, 시인으로서의 활동에 대해 독일의 휘호 발 상 수상. 소설 『다음 이야기』로 유럽 문학상 수상.

1994년 이탈리아의 그린차네 카보우르 상에 이어 『다음 이야기』로 더크 마텐스 상 수상.

1996년 『산티아고 가는 길』로 오스트리아 티롤 주의 기행문 상 수상.

1997년 미국 현대 어문협회의 명예 회원으로 임명.

1998년 벨기에 브뤼셀 대학교에서 명예박사 학위 수여. 소설 『모든 영혼들의 날(Allerzielen)』 출간.

2000년 『산티아고 가는 길』로 스페인 국제 콤포스텔라상 수상.

2001년 전 문학 활동에 대해 독일의 유럽미디어 칼 메달 상 수상.

2002년 전 문학 활동에 대해 독일의 괴테 상 수상. 수필집 『노터봄의 호텔(Nootebooms hotel)』 출간.

2003년 전 문학 활동에 대해 오스트리아의 유럽 문학상 수상.

2004년 전 문학 활동에 대해 네덜란드 최고 권위의 문학상인 페이 세이 호프트 상 수상. 소설 『실낙원(Paradijs verloren)』 출간.

2005년 여행기 『신의 이름의 소리 — 이슬람 세계를 여행하면서(Het geluid van Zijn naam — Reizen door de islamitische wereld)』 출간.

2006년 네덜란드 남부 도시 네이메헌의 라드바우트 대학에서 명예박사 학위 수여.

2008년 전 문학 활동에 대해 스페인의 크리스토발 가바롱 재단 상 수상.

독일 베를린 자유대학에서 명예박사 학위 수여.

2009년 전 문학 활동에 대해 네덜란드 문학상 수상.

세계문학전집 320

의식

1판 1쇄 펴냄 2014년 5월 8일
1판 7쇄 펴냄 2023년 2월 20일

지은이 세스 노터봄
옮긴이 김영중
발행인 박근섭, 박상준
펴낸곳 (주)민음사

출판등록 1966. 5. 19. (제 16-490호)
서울특별시 강남구 도산대로1길 62(신사동) 강남출판문화센터 5층 (우편번호 06027)
대표전화 02-515-2000 팩시밀리 02-515-2007
www.minumsa.com

ISBN 978-89-374-6320-4 04800
ISBN 978-89-374-6000-5 (세트)

세계문학전집 목록

45 젊은 예술가의 초상 조이스·이상옥 옮김 서울대 권장도서 100선
46 카탈로니아 찬가 오웰·정영목 옮김
47 호밀밭의 파수꾼 샐린저·정영목 옮김 《타임》 선정 현대 100대 영문소설 | 미국대학위원회 선정 SAT 추천도서 | 《뉴스위크》 선정 100대 명저 | BBC 선정 꼭 읽어야 할 책
48·49 파르마의 수도원 스탕달·원윤수, 임미경 옮김
50 수레바퀴 아래서 헤세·김이섭 옮김 노벨 문학상 수상 작가 | 국립중앙도서관 선정 청소년 권장도서
51·52 내 이름은 빨강 파묵·이난아 옮김 노벨 문학상 수상 작가
53 오셀로 셰익스피어·최종철 옮김 서울대 권장도서 100선
54 조서 르 클레지오·김윤진 옮김 노벨 문학상 수상 작가
55 모래의 여자 아베 코보·김난주 옮김
56·57 부덴브로크 가의 사람들 토마스 만·홍성광 옮김 노벨 문학상 수상 작가
58 싯다르타 헤세·박병덕 옮김 노벨 문학상 수상 작가
59·60 아들과 연인 로렌스·정상준 옮김 《뉴스위크》 선정 100대 명저
61 설국 가와바타 야스나리·유숙자 옮김 노벨 문학상 수상 작가 | 서울대 권장도서 100선
62 벨킨 이야기·스페이드 여왕 푸슈킨·최선 옮김
63·64 넙치 그라스·김재혁 옮김 노벨 문학상 수상 작가
65 소망 없는 불행 한트케·윤용호 옮김 노벨 문학상 수상 작가
66 나르치스와 골드문트 헤세·임홍배 옮김 노벨 문학상 수상 작가
67 황야의 이리 헤세·김누리 옮김 노벨 문학상 수상 작가
68 페테르부르크 이야기 고골·조주관 옮김
69 밤으로의 긴 여로 오닐·민승남 옮김 노벨 문학상 수상 작가 | 미국대학위원회 선정 SAT 추천도서
70 체호프 단편선 체호프·박현섭 옮김
71 버스 정류장 가오싱젠·오수경 옮김 노벨 문학상 수상 작가
72 구운몽 김만중·송성욱 옮김 서울대 권장도서 100선 | 국립중앙도서관 선정 청소년 권장도서
73 대머리 여가수 이오네스코·오세곤 옮김
74 이솝 우화집 이솝·유종호 옮김 논술 및 수능에 출제된 책(1998~2005)
75 위대한 개츠비 피츠제럴드·김욱동 옮김 《타임》 선정 현대 100대 영문소설
76 푸른 꽃 노발리스·김재혁 옮김
77 1984 오웰·정회성 옮김 《타임》 선정 현대 100대 영문소설 | 《뉴스위크》 선정 100대 명저
78·79 영혼의 집 아옌데·권미선 옮김
80 첫사랑 투르게네프·이항재 옮김
81 내가 죽어 누워 있을 때 포크너·김명주 옮김 노벨 문학상 수상 작가
82 런던 스케치 레싱·서숙 옮김 노벨 문학상 수상 작가
83 팡세 파스칼·이환 옮김
84 질투 로브그리예·박이문, 박희원 옮김
85·86 채털리 부인의 연인 로렌스·이인규 옮김
87 그 후 나쓰메 소세키·윤상인 옮김
88 오만과 편견 오스틴·윤지관, 전승희 옮김 미국대학위원회 선정 SAT 추천도서
89·90 부활 톨스토이·연진희 옮김 논술 및 수능에 출제된 책(1998~2005)
91 방드르디, 태평양의 끝 투르니에·김화영 옮김
92 미겔 스트리트 나이폴·이상옥 옮김 노벨 문학상 수상 작가
93 뻬드로 빠라모 룰포·정창 옮김

94 차라투스트라는 이렇게 말했다 니체 · 장희창 옮김 국립중앙도서관 선정 청소년 권장도서
95·96 적과 흑 스탕달 · 이동렬 옮김 국립중앙도서관 선정 청소년 권장도서
97·98 콜레라 시대의 사랑 마르케스 · 송병선 옮김 노벨 문학상 수상 작가 | BBC 선정 꼭 읽어야 할 책
99 맥베스 셰익스피어 · 최종철 옮김 서울대 권장도서 100선 | 미국대학위원회 선정 SAT 추천도서
100 춘향전 작자 미상 · 송성욱 풀어 옮김 서울대 권장도서 100선
101 페르디두르케 곰브로비치 · 윤진 옮김
102 포르노그라피아 곰브로비치 · 임미경 옮김
103 인간 실격 다자이 오사무 · 김춘미 옮김
104 네루다의 우편배달부 스카르메타 · 우석균 옮김
105·106 이탈리아 기행 괴테 · 박찬기 외 옮김
107 나무 위의 남작 칼비노 · 이현경 옮김
108 달콤 쌉싸름한 초콜릿 에스키벨 · 권미선 옮김
109·110 제인 에어 C. 브론테 · 유종호 옮김 BBC 선정 꼭 읽어야 할 책
111 크눌프 헤세 · 이노은 옮김 노벨 문학상 수상 작가
112 시계태엽 오렌지 버지스 · 박시영 옮김 《타임》 선정 현대 100대 영문소설 | 《뉴스위크》 선정 100대 명저
113·114 파리의 노트르담 위고 · 정기수 옮김 미국대학위원회 선정 SAT 추천도서
115 새로운 인생 단테 · 박우수 옮김
116·117 로드 짐 콘래드 · 이상옥 옮김 《뉴스위크》 선정 100대 명저
118 폭풍의 언덕 E. 브론테 · 김종길 옮김 미국대학위원회 선정 SAT 추천도서
119 텔크테에서의 만남 그라스 · 안삼환 옮김 노벨 문학상 수상 작가
120 검찰관 고골 · 조주관 옮김
121 안개 우나무노 · 조민현 옮김
122 나사의 회전 제임스 · 최경도 옮김 미국대학위원회 선정 SAT 추천도서
123 피츠제럴드 단편선 1 피츠제럴드 · 김욱동 옮김
124 목화밭의 고독 속에서 콜테스 · 임수현 옮김
125 돼지꿈 황석영
126 라셀라스 존슨 · 이인규 옮김
127 리어 왕 셰익스피어 · 최종철 옮김 서울대 권장도서 100선 | 《뉴스위크》 선정 100대 명저
128·129 쿠오 바디스 시엔키에비츠 · 최성은 옮김 노벨 문학상 수상 작가
130 자기만의 방 · 3기니 울프 · 이미애 옮김
131 시르트의 바닷가 그라크 · 송진석 옮김
132 이성과 감성 오스틴 · 윤지관 옮김
133 바덴바덴에서의 여름 치프킨 · 이장욱 옮김
134 새로운 인생 파묵 · 이난아 옮김 노벨 문학상 수상 작가
135·136 무지개 로렌스 · 김정매 옮김
137 인생의 베일 서머싯 몸 · 황소연 옮김
138 보이지 않는 도시들 칼비노 · 이현경 옮김
139·140·141 연초 도매상 바스 · 이운경 옮김 《타임》 선정 현대 100대 영문소설
142·143 플로스 강의 물방앗간 엘리엇 · 한애경, 이봉지 옮김 미국대학위원회 선정 SAT 추천도서
144 연인 뒤라스 · 김인환 옮김
145·146 이름 없는 주드 하디 · 정종화 옮김
147 제49호 품목의 경매 핀천 · 김성곤 옮김 《타임》 선정 현대 100대 영문소설

148 **성역** 포크너 · 이진준 옮김 노벨 문학상 수상 작가 | 퓰리처상 수상 작가
149 **무진기행** 김승옥
150·151·152 **신곡(지옥편 · 연옥편 · 천국편)** 단테 · 박상진 옮김 《뉴스위크》 선정 100대 명저
153 **구덩이** 플라토노프 · 정보라 옮김
154·155·156 **카라마조프가의 형제들** 도스토옙스키 · 김연경 옮김
157 **지상의 양식** 지드 · 김화영 옮김 노벨 문학상 수상 작가
158 **밤의 군대들** 메일러 · 권택영 옮김 퓰리처상 수상 작가
159 **주홍 글자** 호손 · 김욱동 옮김 서울대 권장도서 100선 | 미국대학위원회 선정 SAT 추천도서
160 **깊은 강** 엔도 슈사쿠 · 유숙자 옮김
161 **욕망이라는 이름의 전차** 윌리엄스 · 김소임 옮김
162 **마사 퀘스트** 레싱 · 나영균 옮김 노벨 문학상 수상 작가
163·164 **운명의 딸** 아옌데 · 권미선 옮김
165 **모렐의 발명** 비오이 카사레스 · 송병선 옮김
166 **삼국유사** 일연 · 김원중 옮김 서울대 권장도서 100선
167 **풀잎은 노래한다** 레싱 · 이태동 옮김 노벨 문학상 수상 작가
168 **파리의 우울** 보들레르 · 윤영애 옮김
169 **포스트맨은 벨을 두 번 울린다** 케인 · 이만식 옮김
170 **썩은 잎** 마르케스 · 송병선 옮김 노벨 문학상 수상 작가
171 **모든 것이 산산이 부서지다** 아체베 · 조규형 옮김 《타임》 선정 현대 100대 영문소설
172 **한여름 밤의 꿈** 셰익스피어 · 최종철 옮김 미국대학위원회 선정 SAT 추천도서
173 **로미오와 줄리엣** 셰익스피어 · 최종철 옮김 미국대학위원회 선정 SAT 추천도서
174·175 **분노의 포도** 스타인벡 · 김승욱 옮김 노벨 문학상 수상 작가 | 《타임》 선정 현대 100대 영문소설
176·177 **괴테와의 대화** 에커만 · 장희창 옮김
178 **그물을 헤치고** 머독 · 유종호 옮김 《타임》 선정 현대 100대 영문소설
179 **브람스를 좋아하세요...** 사강 · 김남주 옮김
180 **카타리나 블룸의 잃어버린 명예** 하인리히 뵐 · 김연수 옮김 노벨 문학상 수상 작가
181·182 **에덴의 동쪽** 스타인벡 · 정회성 옮김 노벨 문학상 수상 작가
183 **순수의 시대** 워튼 · 송은주 옮김 《뉴스위크》 선정 100대 명저 | 퓰리처상 수상작
184 **도둑 일기** 주네 · 박형섭 옮김
185 **나자** 브르통 · 오생근 옮김
186·187 **캐치-22** 헬러 · 안정효 옮김 《타임》 선정 현대 100대 영문소설 | 《뉴스위크》 선정 100대 명저 | BBC 선정 꼭 읽어야 할 책
188 **숄로호프 단편선** 숄로호프 · 이항재 옮김 노벨 문학상 수상 작가
189 **말** 사르트르 · 정명환 옮김
190·191 **보이지 않는 인간** 엘리슨 · 조영환 옮김 《타임》 선정 현대 100대 영문소설
192 **왑샷 가문 연대기** 치버 · 김승욱 옮김 퓰리처상 수상 작가
193 **왑샷 가문 몰락기** 치버 · 김승욱 옮김 퓰리처상 수상 작가
194 **필립과 다른 사람들** 노터봄 · 지명숙 옮김
195·196 **하드리아누스 황제의 회상록** 유르스나르 · 곽광수 옮김
197·198 **소피의 선택** 스타이런 · 한정아 옮김 퓰리처상 수상 작가
199 **피츠제럴드 단편선 2** 피츠제럴드 · 한은경 옮김
200 **홍길동전** 허균 · 김탁환 옮김

201 **요술 부지깽이** 쿠버 · 양윤희 옮김
202 **북호텔** 다비 · 원윤수 옮김
203 **톰 소여의 모험** 트웨인 · 김욱동 옮김
204 **금오신화** 김시습 · 이지하 옮김
205·206 **테스** 하디 · 정종화 옮김 미국대학위원회 선정 SAT 추천도서 | BBC 선정 꼭 읽어야 할 책
207 **브루스터플레이스의 여자들** 네일러 · 이소영 옮김
208 **더 이상 평안은 없다** 아체베 · 이소영 옮김
209 **그레인지 코플랜드의 세 번째 인생** 워커 · 김시현 옮김 퓰리처상 수상 작가
210 **어느 시골 신부의 일기** 베르나노스 · 정영란 옮김
211 **타라스 불바** 고골 · 조주관 옮김
212·213 **위대한 유산** 디킨스 · 이인규 옮김 서울대 권장도서 100선 | BBC 선정 꼭 읽어야 할 책
214 **면도날** 서머싯 몸 · 안진환 옮김
215·216 **성채** 크로닌 · 이은정 옮김
217 **오이디푸스 왕** 소포클레스 · 강대진 옮김 서울대 권장도서 100선
218 **세일즈맨의 죽음** 밀러 · 강유나 옮김
219·220·221 **안나 카레니나** 톨스토이 · 연진희 옮김 서울대 권장도서 100선
222 **오스카 와일드 작품선** 와일드 · 정영목 옮김
223 **벨아미** 모파상 · 송덕호 옮김
224 **파스쿠알 두아르테 가족** 호세 셀라 · 정동섭 옮김 노벨 문학상 수상 작가
225 **시칠리아에서의 대화** 비토리니 · 김운찬 옮김
226·227 **길 위에서** 케루악 · 이만식 옮김 《타임》 선정 현대 100대 영문소설 | 《뉴스위크》 선정 100대 명저
228 **우리 시대의 영웅** 레르몬토프 · 오정미 옮김
229 **아우라** 푸엔테스 · 송상기 옮김
230 **클링조어의 마지막 여름** 헤세 · 황승환 옮김 노벨 문학상 수상 작가
231 **리스본의 겨울** 무뇨스 몰리나 · 나송주 옮김
232 **뻐꾸기 둥지 위로 날아간 새** 키지 · 정회성 옮김 《타임》 선정 현대 100대 영문소설
233 **페널티킥 앞에 선 골키퍼의 불안** 한트케 · 윤용호 옮김 노벨 문학상 수상 작가
234 **참을 수 없는 존재의 가벼움** 쿤데라 · 이재룡 옮김
235·236 **바다여, 바다여** 머독 · 최옥영 옮김
237 **한 줌의 먼지** 에벌린 워 · 안진환 옮김 《타임》 선정 현대 100대 영문소설
238 **뜨거운 양철 지붕 위의 고양이 · 유리 동물원** 윌리엄스 · 김소임 옮김 퓰리처상 수상작
239 **지하로부터의 수기** 도스토옙스키 · 김연경 옮김
240 **키메라** 바스 · 이운경 옮김
241 **반쪼가리 자작** 칼비노 · 이현경 옮김
242 **벌집** 호세 셀라 · 남진희 옮김 노벨 문학상 수상 작가
243 **불멸** 쿤데라 · 김병욱 옮김
244·245 **파우스트 박사** 토마스 만 · 임홍배, 박병덕 옮김 노벨 문학상 수상 작가
246 **사랑할 때와 죽을 때** 레마르크 · 장희창 옮김
247 **누가 버지니아 울프를 두려워하랴?** 올비 · 강유나 옮김
248 **인형의 집** 입센 · 안미란 옮김
249 **위폐범들** 지드 · 원윤수 옮김 노벨 문학상 수상 작가
250 **무정** 이광수 · 정영훈 책임 편집 서울대 권장도서 100선

308 에드거 앨런 포 단편선 앨런 포·전승희 옮김 미국대학위원회 선정 SAT 추천도서
309 보이체크·당통의 죽음 뷔히너 홍성광 옮김
310 노르웨이의 숲 무라카미 하루키·양억관 옮김
311 운명론자 자크와 그의 주인 디드로·김희영 옮김
312·313 헤밍웨이 단편선 헤밍웨이·김욱동 옮김 노벨 문학상 수상 작가
314 피라미드 골딩·안지현 옮김 노벨 문학상 수상 작가
315 닫힌 방·악마와 선한 신 사르트르·지영래 옮김
316 등대로 울프·이미애 옮김 《타임》 선정 현대 100대 영문소설 | 《뉴스위크》 선정 100대 명저
317·318 한국 희곡선 송영 외·양승국 엮음
319 여자의 일생 모파상·이동렬 옮김
320 의식 노터봄·김영중 옮김
321 육체의 악마 라디게·원윤수 옮김
322·323 감정 교육 플로베르·지영화 옮김
324 불타는 평원 룰포·정창 옮김
325 위대한 몬느 알랭푸르니에·박영근 옮김
326 라쇼몬 아쿠타가와 류노스케·서은혜 옮김
327 반바지 당나귀 보스코·정영란 옮김
328 정복자들 말로·최윤주 옮김
329·330 우리 동네 아이들 마흐푸즈·배혜경 옮김 노벨 문학상 수상 작가
331·332 개선문 레마르크·장희창 옮김
333 사바나의 개미 언덕 아체베·이소영 옮김
334 게걸음으로 그라스·장희창 옮김 노벨 문학상 수상 작가
335 코스모스 곰브로비치·최성은 옮김
336 좁은 문·전원교향곡·배덕자 지드·동성식 옮김 노벨 문학상 수상 작가
337·338 암 병동 솔제니친·이영의 옮김 노벨 문학상 수상 작가
339 피의 꽃잎들 응구기 와 시옹오·왕은철 옮김
340 운명 케르테스·유진일 옮김 노벨 문학상 수상 작가
341·342 벌거벗은 자와 죽은 자 메일러·이운경 옮김 퓰리처상 수상 작가
343 시지프 신화 카뮈·김화영 옮김 노벨 문학상 수상 작가
344 뇌우 차오위·오수경 옮김
345 모옌 중단편선 모옌·심규호, 유소영 옮김 노벨 문학상 수상 작가
346 일야서 한사오궁·심규호, 유소영 옮김
347 상속자들 골딩·안지현 옮김 노벨 문학상 수상 작가
348 설득 오스틴·전승희 옮김
349 히로시마 내 사랑 뒤라스·방미경 옮김
350 오 헨리 단편선 오 헨리·김희용 옮김
351·352 올리버 트위스트 디킨스·이인규 옮김
353·354·355·356 전쟁과 평화 톨스토이·연진희 옮김
357 다시 찾은 브라이즈헤드 에벌린 워·백지민 옮김
358 아무도 대령에게 편지하지 않다 마르케스·송병선 옮김
359 사양 다자이 오사무·유숙자 옮김
360 좌절 케르테스·한경민 옮김 노벨 문학상 수상 작가

361·362 **닥터 지바고** 파스테르나크 · 김연경 옮김 노벨 문학상 수상 작가
363 **노생거 사원** 오스틴 · 윤지관 옮김
364 **개구리** 모옌 · 심규호, 유소영 옮김 노벨 문학상 수상 작가
365 **마왕** 투르니에 · 이원복 옮김 공쿠르상 수상 작가
366 **맨스필드 파크** 오스틴 · 김영희 옮김
367 **이선 프롬** 이디스 워튼 · 김욱동 옮김 퓰리처상 수상 작가
368 **여름** 이디스 워튼 · 김욱동 옮김 퓰리처상 수상 작가
369·370·371 **나는 고백한다** 자우메 카브레 · 권가람 옮김
372·373·374 **태엽 감는 새 연대기** 무라카미 하루키 · 김연경 옮김
375·376 **대사들** 제임스 · 정소영 옮김
377 **족장의 가을** 마르케스 · 송병선 옮김 노벨 문학상 수상 작가
378 **핏빛 자오선** 매카시 · 김시현 옮김
379 **모두 다 예쁜 말들** 매카시 · 김시현 옮김
380 **국경을 넘어** 매카시 · 김시현 옮김
381 **평원의 도시들** 매카시 · 김시현 옮김
382 **만년** 다자이 오사무 · 유숙자 옮김
383 **반항하는 인간** 카뮈 · 김화영 옮김 노벨 문학상 수상 작가
384·385·386 **악령** 도스토옙스키 · 김연경 옮김
387 **태평양을 막는 제방** 뒤라스 · 윤진 옮김
388 **남아 있는 나날** 가즈오 이시구로 · 송은경 옮김
389 **앙리 브륄라르의 생애** 스탕달 · 원윤수 옮김
390 **찻집** 라오서 · 오수경 옮김
391 **태어나지 않은 아이를 위한 기도** 케르테스 · 이상동 옮김 노벨 문학상 수상 작가
392·393 **서머싯 몸 단편선** 서머싯 몸 · 황소연 옮김
394 **케이크와 맥주** 서머싯 몸 · 황소연 옮김
395 **월든** 소로 · 정회성 옮김
396 **모래 사나이** E. T. A. 호프만 · 신동화 옮김
397·398 **검은 책** 오르한 파묵 · 이난아 옮김 노벨 문학상 수상 작가
399 **방랑자들** 올가 토카르추크 · 최성은 옮김 노벨 문학상 수상 작가
400 **시여, 침을 뱉어라** 김수영 · 이영준 엮음
401·402 **환락의 집** 이디스 워튼 · 전승희 옮김
403 **달려라 메로스** 다자이 오사무 · 유숙자 옮김
404 **아버지와 자식** 투르게네프 · 연진희 옮김
405 **청부 살인자의 성모** 바예호 · 송병선 옮김
406 **세피아빛 초상** 아옌데 · 조영실 옮김
407·408·409·410 **사기 열전** 사마천 · 김원중 옮김 서울대 권장도서 100선
411 **이상 시 전집** 이상 · 권영민 책임 편집
412 **어둠 속의 사건** 발자크 · 이동렬 옮김
413 **태평천하** 채만식 · 권영민 책임 편집
414·415 **노스트로모** 콘래드 · 이미애 옮김
416·417 **제르미날** 졸라 · 강충권 옮김
418 **명인** 가와바타 야스나리 · 유숙자 옮김 노벨 문학상 수상 작가
419 **핀처 마틴** 골딩 · 백지민 옮김 노벨 문학상 수상 작가

세계문학전집은 계속 간행됩니다.